光文社文庫

長編ハードボイルド小説

# 撃つ薔薇《ばら》
## AD2023 涼子
新装版

大沢在《あり》昌《まさ》



光　文　社

この作品はフィクションであり、特定の個人、
団体等とはいっさい関係がありません。

著者

# 撃つ薔薇　ＡＤ２０２３涼子

解説　吉野《よしの》　仁《じん》

# プロローグ

長い夢を見ていた。夢の中で彼は褐色《かっしょく》の軍服を着けた若者だった。なのに軍服の胸は、主席から賜《たま》わった勲章で埋まっている。

彼は自らに与えられた〝王国〟に立っていた。冷えびえとした岩肌が顔をのぞかせる瘦《や》せた大地。

しかしその大地は豊穣《ほうじょう》な実りをもたらした。季節になれば一面を薄桃色の花が埋めつくす。

実りはその花の果実から得られた。

主席の命のもと、国家事業としておこされた巨大な農園と、それを護《まも》る兵員の管理が彼の任務だった。

それは夢ではなく、確かに存在した。

彼は兵舎の最上階に位置する執務室の窓から、広大な畑を見おろした。農園の実りは、鉄道で北に運ばれ、ロシア人の手で換金された。憎むべきアメリカ人どもの金、USドル。そのドルが国家を救う。飢《う》えた主席の民に食物を届けるのだという。

しかし彼はそれを信じてはいなかった。首都では、毎夜のように主席とそのとり巻きたちによるパーティが開かれていることを彼は知っていた。もちろん飢えた主席の民らはそれを知らない。

このあたりでも凶作はひどく、以前は見ることの多かった野良犬の姿もめっきり減っている。彼の兵士たちはさすがに食糧の優先配給を受けているので、飢える者はないが、多くの地元民は法を犯し、ロシア側へ越境して食糧を調達している。

そこに国境があろうと、このあたりは古くから民族の居住地だったのだ。遠く祖先のつながったロシア人は、物乞いに見まちがうほどに貧しい同胞に、物々交換で食物を譲っている。

この国はもうそれほど長くはない。いかにすぐれた主席であろうと、三年つづきの大凶作と頑《かたく》なな鎖国政策の失敗をとり返すことはできないだろう。

少なくとも三年前なら南進する手もあった。兵員に士気は残っていたし、兵糧《ひょうろう》に備蓄もあった。

かつての主席の名を冠した大学で戦争史を学んだ彼は、戦争とは常に豊作の翌年に起こすべきものであると知っていた。充分な兵糧を確保して後、侵略戦争は開始される。いかに士気を煽《あお》ろうと、飢えに苦しんでいては戦闘に勝利はない。

機を逸したのだ。

きのうの出荷に、彼は副官の大尉を同行させた。大尉は取引相手のロシア人と今後を協議することになっている。

八年間、彼はこの地を支配してきた。その間に、秘《ひそ》かに貯えた作物が一トンはある。その一トンの作物には、同じ重さの黄金に匹敵する価値がある。

いよいよこの国が滅びるとき、自分は首都に呼び戻されるだろう。そしてかつてはあれほど欲しかった将軍の称号とひきかえに、主席に命をささげることを求められるにちがいない。

だが彼にそのつもりはない。北へ向かう列車に乗り、国外へ脱出する。一トンの作物とひきかえに、ロシア人たちがその手配をしてくれる筈《はず》だ。

そのあとの行き先は、彼にもわからない。

中国か、ロシアか。それとも——。

「——将軍」

囁《ささや》き声《ごえ》に、彼は目を開いた。下半身が重い。ほとんど感覚を失いつつある下半身は、病が脊椎《せきつい》に及ぶ恐怖を予感させる。

いや、ちがう。これは病のせいではなく、あの苦痛を押し止めるための薬の副作用なのだ。その薬が、かつて自分が祖国から持ちだした作物から作られていることを彼は知っていた。

一トンの阿片《アヘン》から精製されるモルヒネはいったいどれほどの量になるのだろうか。そしてそのモルヒネからさらに作りだされるヘロインは。

それが彼の今の〝王国〟を作りだした。祖国にいたときとは比べものにならぬほど清潔で、管理のいき届いた〝王国〟。ちっぽけだが、しかし途方《とほう》もなく金のかかった屋敷。

「食事のお時間です」

眠りから呼び戻した看護師がいって、リモートコントローラーで彼のベッドを起こした。食欲など、ない。もう一度夢の世界に戻って、かつての〝王国〟に帰りたかった。

だがそれはかなわない。食事のあと、彼のもとを部下たちが訪ねてくることになっている。彼を崇拝する少佐、大尉、ロシア人と中国人。少佐と大尉は、今では大佐と少佐に昇官した。自分の任命だ。

月に一度の会議がじきに始まろうとしている。ベッドに横たわったまま、将軍として、部下たちに命令を彼は下す。

だがそれも、もう長くはない。彼自身の〝王国〟も滅びるときが近づいている。

そのときは祖国の土に還《かえ》れるのだろうか。

それが今、一番の気がかりだった。

# 1

矛盾こそが犯罪の世界だ。かつて、科学は戦争によって発達する、といわれた。そしてその発達した科学をいち早く金儲《かねもう》けに利用するのが犯罪者だ。

犯罪とは、法を犯すこと。しかし最先端の科学技術の利用に対し、法は常に遅れをとる。たとえばハッキング、たとえば新種のドラッグ。

法に規定され禁じられていない行為は、犯罪とはいえない。どれほど中毒性が高く、常習者を夢中にさせる薬だろうと、「麻薬」「向精神薬」の指定がなければ、売りまくったところで罪に問われる心配はない。

いつだって法はあとからやってくる。頭のいい連中は、法の枷《かせ》がかかる前にさっさと金を稼いでいる。

なのにこいつらの世界には矛盾がある。ハイテクをまっ先に金にかえる頭脳をもちながら、コンピュータ画面の数字を信じない。電子マネーによる代金決済を決して取引にもちこもうとしない。

キャッシュ・オン・デリバリー。現金引換でない限り、取引に応じようとしないのだ。

理由は簡単だ。信用がない。自分以外の誰も信用しないのが、犯罪の世界のルールだからだ。それがルールの一。

ルールの二は、ない。

鶏と卵の関係にも似ている。誰も信用しないからこそ、今どきアナログの取引にこだわる。そしてアナログな取引にこだわるからこそ、誰も信用できない結果になる。

「動くな」

彼女が告げたとき、ピーターはぽかんと口を開いた。一見鈍重そうに見える、この自称オーストリア人の大男は、ユーロ連邦では常に公開手配の対象になっている。二度も整形手術を受け、その傷跡を隠すために顎《あご》の周りに濃いヒゲを生やし、結果的にそれがトレードマークになっていた。

「何だい、そりゃあ」

ピーターは濁み声《だごえ》でいうと、彼女が手にした九ミリオートマティックを見つめた。ドイツ訛《なま》りはみじんもない英語だ。

「見ての通りよ。そこから一歩でも動いたら、膝を撃つわ」

ピーターは首をふった。

「よせよ。もうお客が着くってのに、何の真似だ」

「お客はこないわ」

彼女がいったとたん、ドアにノックの音が響いた。

「きたじゃないか」

彼女は肩をすくめ、プレジデンシャルスイートのドアに歩みよった。ドアを開くと、眼鏡をかけたスーツ姿の男が途方に暮れた表情で立っていた。日本橋《にほんばし》に本社のある中堅商社「カトー物産《ぶっさん》」の社員だ。

「ほら」

ピーターは嬉しそうにいいかけ、表情を険《けわ》しくした。商社マンの背後に予期しない二人の男が立ったからだった。

商社マンは押されるように無言で室内に入ってきた。アタッシェケースを胸に抱いている。

蒼白だった。

ピーターが彼女を見た。

「動いてもいいわ」

彼女は微笑《ほほえ》んでいった。

「あなたの荷物をとってらっしゃいよ」

銃口を床に向けた。

「何の話だ」

「ピーターの目が、商社マンとともに部屋に入りこんだ二人の男にせわしなく注がれる。

「運んできたブツよ。きのうあなたがチェックインしたとき、ホテルのボーイが前もって届いていると、部屋に運んできた、あれ」

彼女は楽しそうにいった。

「知るか、そんな代物《しろもの》」

「あらそう？　きのうは開けて眺《なが》めて、ご満悦だったじゃない？」

「罠《わな》にかけたな」

ピーターはくるりと背を向け、ベッドルームに駆けこんだ。二時間前までふたりが寝ていたベッドがおかれている。ツインルームで、使われたベッドもふたつ。いくど夜を共に過しても、彼女に不安はなかった。ピーターは、国籍、民族を問わず、十歳以上の男女にはまったく性欲を抱かない。

ベッドの下に隠してあったトランクをひきずりだす。

彼女がゆっくりと寝室に入ったときは、番号錠を合わせ終え、X線非透視の蓋《ふた》をひき起こしたところだった。ピーターの手が最新モデルのミニマシンガンをとりだした。四・五ミリのケースレス弾を二十発装塡《そうてん》している。

彼女の背後につづいた二人が身をこわばらせた。

「それで何をするつもり？」

彼女はいった。

「いっておくけど、ホテルのボーイも印刷屋も、ネットサーバーもつかまっているわ。ここからでていっても逃げる場所はないわよ」

「だから？」

落ちつきをとり戻したようにいって、ピーターはミニマシンガンの遊底《ゆうてい》を引いた。

「そんなものをふり回すより、弁護士に電話をした方がいいのじゃない」

「するさ。お前らを皆殺しにしたあとな。ホテルに強盗が押し入ってきたので、身を守るために射殺したと。俺《おれ》は国際法で認められた、貴重品運搬に伴う武器携帯許可証をもっているんだ」

「偽名でね」

「やかましい！」

彼女の背後の男たちがはっと床に伏せた。彼女はぴくりとも動かなかった。ミニマシンガンの内蔵撃鉄がスプリングから解放される、カチリという音がピーターの手もとで響いた。

だがそれ以外は何も起こらなかった。

「きのうはぐっすり眠れたでしょう？」

彼女はいって、左手をショーツの中にさしこんだ。起きて以来、Tシャツとショーツだけの姿で彼女はいたのだ。拳銃はバスルームのトイレタンクに沈められていた。ショーツの中からとりだしたのは、小さな金属製の針だった。部品の大半がプラスティックで作られたミニマシンガンの中で、数少ない金属製の部品だ。

「この撃針を鼻の穴に押しこんでもきっと、目を覚まさなかったのじゃないかしら？」

ピーターの目がまん丸くなった。彼女はつかつかと歩みよると、いった。

「ピーター・シュトラウスこと、セルゲイ・ソコロフ、我が国の法律である児童ポルノ取締法違反の現行犯で逮捕します。なお、ユーロ連邦法第四十六条違反による国際手配があなたにはなされており、その容疑もこの逮捕には含まれます」

立ちあがった男のひとりがピーターの手からミニマシンガンをとりあげ、手錠をかけた。

「このトランクはあなたのものですな」

手袋をはめた手で中身をベッドの上にぶちまけた。超高画質ディスクが数枚に、プリントアウトした「見本写真」が二十枚ほど入っていた。

彼女は冷ややかにピーターを見つめた。どの写真も、幼児と大人、幼児と動物、あげくには死亡した幼児と大人という、目をそむけたくなるものばかりだった。ピーターはそのすべての撮影に立ちあい、中には出演さえもしたという情報が、ユーロ連邦捜査局からはもたらされている。

「二週間も俺をだましていたのか……」

ピーターはようやく口を開いた。

「パリ、ロンドン、東京。楽しい夫婦旅行だったとはいわないわ。特にあなたのイビキにはうんざりだった」

顔をしかめて吐き捨てた彼女に、ピーターは手錠のままとびかかった。

「この小汚ない牝犬がっ」

彼女は半歩退《さが》ると右膝をピーターの下腹部に叩きこんだ。容赦のない、渾身《こんしん》の一撃だった。

ピーターは声もたてずに床にひざまずいた。

ピーターが胃の中身を床にぶちまけたとき、彼女はクローゼットからとりだしたスカートに両脚を通していた。

## 2

警視庁は六年前の二〇一七年、分庁舎を最新の東京湾埋立地である臨海区《りんかい》に建設した。この分庁舎に所属するのは、本庁舎から移ってきた警備部災害対策課、交通部第十方面交通機動隊、警ら部第十方面自動車警ら隊、刑事部第四機動捜査隊などである。公安部門はおかれていない。

そして分庁舎にのみ新設されたのが、刑事部捜査第四課特殊班の部屋だった。

この部屋は一風かわっている。通常の集合刑事部屋ではなく、所属する班員に対し個別の執務室があてがわれているのだ。それぞれの部屋には、通信と検索のためのコンピュータがおかれ、フロアには地下駐車場への直通エレベータが設けられている。

特殊班に配属されるのは、刑事部捜査一課、二課、三課、並びに生活安全局の保安一課、二課で三年以上の勤務経験をもち、上司による適性有りの判断と本人の承諾があった者だけとされていた。それでも特殊班の勤務は最長で二年という不文律《ふぶんりつ》があり、この勤務を終えた者は、一年間は内勤、さらにあと一年を警察大学校などの教育関連部署で過すという慣例になっている。

彼女は三年間の捜査三課勤務経験ののち、この特殊班に配属された。捜査三課時代の階級は巡査、特殊班に配属されたときは巡査部長に昇級している。特殊班の班員は巡査部長以上、という内規が適用されたのだった。

二十日ぶりに登庁し、執務室に入ると、どこか空気が淀《よど》んでいるような気がした。実際デスクの上を指でなぞると、うっすらとほこりがたまっていた。

長くのばしマニキュアを塗っていた爪をようやく切り落とせて、彼女はほっとしていた。備えつけのディスペンサーからコーヒーを陶製の私物カップに注ぎ、デスクにすわる。このカップは以前警視庁に勤務していた叔父から贈られたものだ。叔父は退官年齢を待たず関連国際機関へと出向した。

「おはよう」

コンピュータに話しかけると、声紋識別装置が作動《さどう》し、画面が立ちあがった。庁内コミュニケーションシステムが三件の通話請求を受信している。うち一件は、班長の岩永《いわなが》警視からだった。あとの二件は、発信人の名を見て、内容の想像がついた。捜査二課の康《こう》は、デートの誘い、広報課のミーナ・星川《ほしかわ》は、法務省若手との合コンへの呼びかけだ。

岩永警視にアクセスした。

「おはようございます」

待たされるかと思ったが、岩永はすぐに応えた。モニターに制服を着けた岩永の姿が映った。捜査四課の特殊班員は、庁内勤務時、制服の着用が義務づけられている。警視庁警察官の顔写真は、アンダーネットで高額取引されているが、中でも私服勤務者の写真に値がつく。どの警察官も、通勤には私服を着用するのが通例だが、売られているのは庁舎内での着用写真である。つまり、私服で登庁して、私服のまま勤務する人間の写真の方が、制服を着用する人間の写真より高価なのだ。それを考慮した、制服着用義務だった。

当然のことながら、そうした顔写真の撮影者は、庁内に出入りできる人物である。今年に入ってからも、庁内食堂の配膳係一名がその疑いで解雇された。

「思ったより早かったな」

彼女の挨拶《あいさつ》に岩永はいった。班員が一件の捜査活動を終了した場合は、最長で五日間の有給休暇が与えられる。その休暇をどう過したかについての報告義務はない。

彼女は肩をすくめた。

「預けていた猫が子供を産んでいました」

「育てるのか？」

「姉の家ですべてひきとってくれるそうです」

「親も？」

彼女は頷《うなず》いた。

「ここにいたのでは、動物を飼うのは無理です。植物も……。せいぜいサボテンくらいでしようか」

「独身の班員は、君を含めて三名だ。転属を希望するかね」

岩永の目は真剣になった。彼女は首をふった。

「希望しません」

「記録によると、八日後に君はカウンセラーの診断を受けることになっている」

「自覚するストレスはありませんが」

「先日の現場に居あわせた国際捜査課の報告では挑発的な言動が見られたとある」

彼女は無言でモニターの中の岩永を見つめた。制服を着た岩永は、退官間近の内勤警察官に見える。実際の年齢より十以上老《ふ》けて見えるのだ。わざと年寄りに見せるためのメイクをしているという噂《うわさ》もあった。特殊班員は、男女を問わず変装技術の訓練を受け、必要と判断されれば整形手術の費用も支給される。

「性分《しょうぶん》ですから」

しばらくおいて、彼女はいった。岩永は沈黙した。

「現在の職場がわたしにはあっています」

「――君を異動させる気はない。少なくとも任期はまだあと一年残っている」

「ここにきたがっている人間はたくさんいます」

「希望者すべてに適性があるとは限らない。苛酷《かこく》な部署だからね」

「わたしが楽しんでやっているとお考えですか？」

彼女は鋭い視線を、モニターではなくカメラに注いだ。

岩永が椅子に背を預けた。右手がデスクの下で動いた。庁内通話の記録装置を停止させたのだとわかった。警視以上にのみ許される特権だった。

「君は独身だ。つまり錨《いかり》がない。特殊班の仕事は、自分に戻るための錨がない人間にはしんどいと私は思っている」

「家族がいてもしんどいと思います。理解が得られなければ。恐怖もありますし」

過去二名の班員が、捜査終了後報復に家族を誘拐されている。うち一名は、四歳の息子を失った。

岩永は無言だった。

「班長は、錨をもたないわたしのストレスが挑発的な言動に表われているとお考えですか」

「いや。立ち入った質問だが、恋人はいるか」

「答える義務はありませんが、おりません」

彼女がいうと、岩永は苦笑した。

「らしき人間も？」

「周囲の判断と、わたしの中での評価は異なります」

「それについて君自身の意識は？」

「別に」

「別に、とは？」

「不自由はしていません」

「そうきたか」

岩永は薄く笑った。彼女は岩永の本意をつかみかねていた。岩永は自分を特殊班から外したいのだろうか。

「わたしが班員として不適格であるとお考えですか」

「君は優秀だ。君がかかわった捜査活動における検挙率は、班内でもトップクラスだ。それをいうのなら……」

彼女はわずかに目をみひらいた。特殊班では、その捜査活動の成否が他の班員に知らされることはない。極端な話、彼女は特殊班に所属する捜査員の名や顔をすべては知らないのだ。

「適性の問題でいえば、君はやや冷静さに欠けるかもしれない」

彼女は顎をひいた。言葉を口にしようとしたとき、岩永が訊《たず》ねた。

「トラックジャックの捜査に従事した経験は？」

「もちろんあります。古巣は三課ですから」

彼女は答えた。トラックジャックは、輸送車専門の強盗、あるいは窃盗犯罪だった。多くは高速道路上で発生する。

「高速機動隊と二度ほど合同捜査をおこないました」

岩永は頷いた。

「次の仕事ですか」

「君が受諾した場合、特殊班における最終任務になる可能性が高い案件だ」

「一年かかる、ということですか」

「可能性もある」

彼女は黙った。

捜査四課特殊班の任務は潜入捜査である。だが潜入捜査班と呼ばれることを、警視庁上層部は何よりも嫌う。特殊班の活動がマスコミの記事になるのを禁じ、「潜入捜査員」の存在が公けにならないよう常に配慮している。

「ロングか」

彼女はつぶやいた。

部署の呼称がどうであろうと、捜査活動そのものの内容が潜入捜査であることはまぎれもない事実だった。そしてその潜入捜査は、大別すれば長期と短期のふたつになる。

長期の捜査では、捜査員の活動が被疑者の逮捕に直接つながるとは限らない。捜査員の任務は情報収集であり、被疑者の逮捕・起訴のための証拠固めを目的とする。

一方、短期の捜査では、禁制品の取引などの日時・場所をつきとめるのが目的となる。被疑者はたいていの場合、所有しているだけで違法となる物品を携行しているため、現行犯逮捕をおこなえる。彼女がこれまで特殊班で従事してきた捜査はすべて、この類《たぐい》だった。捜査期間が最長でひと月を越えたことはない。

「これまで長期の潜入捜査に携った経験はなかったな」

岩永の言葉に彼女は頷いた。特殊班に他の女性捜査員がいるかどうかを彼女は知らない。だが一般に、ロングに女は不向きといわれていた。長期の潜入捜査では、捜査対象やその周囲と性的関係をもたざるをえなくなるときがある。任務とはいえ、男性と女性では苦痛の度合の差が大きすぎる、というのだ。

「捜査対象者は？」

彼女は訊ねた。岩永の手が記録装置を再び作動させた。

「崔《さい》将軍の組織だ」

「麻薬ですか」

崔将軍は三年前、祖国崩壊を待たず半島から脱出したといわれている人物だった。半島での任務は、外貨獲得のための罌粟《けし》の栽培。罌粟の実から採取される生阿片はロシアマフィアを通じて、莫大《ばくだい》なUSドルを国家にもたらした。

「将軍は脱出の際、隠匿していた阿片を資金源に自分自身の麻薬組織を作りあげた」

「今でもヘロインを？」

彼女は訊ねた。麻薬の王、といわれるヘロインは阿片を原料に作られる。

岩永は首をふった。

「いや、将軍がもちだした阿片がどれだけあったにせよ、とうに底をついているだろう。将軍はかわりに流通組織を作った。ブラックボールだ」

彼女はわずかに息を吸いこんだ。ブラックボールは、二十世紀の終わりに中国で開発された合成麻薬だ。モルヒネの代替薬として発明され、瞬《また》く間《ま》に中国国内に広がった。中国名の「黒丸」をそのまま英訳したのが名の由来だ。

「中国公安部の努力で、今世紀に入ってからはブラックボールの流行は下火になっていた。だがこの数年、中国及びアメリカ国内で再び流行《はや》り始めている。ＩＮＣは、供給者をつきとめようと躍起だが、まだ明らかになっていない」

コカを原料にしたコカイン、阿片を原料にしたヘロインなどは、植物が製造の根幹にあるため、密造組織の存在を把握するのは比較的容易である。

たとえばコカは中南米、阿片を採取する罌粟《けし》は中国南西部とミャンマーの国境地帯と中央アジアが、主だった産地とされている。二〇〇二年、アメリカ合衆国の提唱で「国際麻薬機関」（インターナショナル・ナルコティックス・コントロール＝ＩＮＣ）が設立され、麻薬撲滅のための監視活動をおこなうようになった。ＩＮＣの任務は、麻薬原産地の衛星による監視、製造・密売組織の実態調査などである。

どれほど麻薬組織が巧妙かつ複雑化しようと、原産地が明らかである限り、その流通経路を追うのは可能である、というのがＩＮＣの設立理由だった。

一方、ブラックボールに代表される合成麻薬は、植物を原材料としないため、製造地の特定が難しく、流通経路の実体も明らかになりにくい。

「アメリカでは、これまでコカインを扱っていたヒスパニック系の組織がブラックボールの供給に乗りだしたという情報もある。ＤＥＡ（アメリカ合衆国連邦麻薬取締局）は輸入経路を中米ではなく、アジアだと見ている。日本国内におけるブラックボールの摘発は、昨年が初めてで、今のところはまだ多量ではない」

「崔将軍がブラックボールの密造あるいは密売に関与しているとＩＮＣでは見ているのですか」

「そうだ。国外に脱出後の崔将軍がどこに基地をかまえているのかは、まだ明らかではない。中国、ミクロネシア、あるいは日本という噂もある。ただ崔将軍が阿片マネーを資金に作りあげた流通組織がブラックボールを扱っているということは、ＩＮＣの調査で判明している」

「もしそうなら将軍が日本にいる、という可能性は低くなりますね。ブラックボールがもっと流行しています」

「将軍本人がいなくとも、組織の存在は否定できない。ＩＮＣの調査では、ブラックボールを運ぶ輸送車が日本国内を運行している、とある」

「どういうことです？」

岩永が端末を操作し、モニターの画面が岩永の顔から捜査現場の映像に変化した。

「これは今年の四月、中央区の佃島《つくだじま》にあるコンテナターミナルで撮影されたものだ。『ベイコンテナ』という運送会社所有の貨物トラックが何者かに襲われ、運転手と助手の二名が射殺され、積荷が奪われた。ターミナルへの届けでは積荷は衛生用品ということになっていた。襲撃者はつかまっていない。奇妙だったのは、『ベイコンテナ』という運送会社は実在せず、書類は運転手の免許証も含め、すべて偽造だったという点だ。そして――」

さらにモニターが別の映像にかわった。空撮された高速道路のサービスエリアだった。

「これは岡山県の高速道で起こった類似の事件だ。昨年の十一月だ。襲われたトラックと運転手の死体が放置され、積荷は発見されなかった。トラックは長期リース会社から貸しだされたレンタカーだったが、その後の調べで、運転手も含め、借り主は実在しないことがわかった」

「その二件が何か？」

「我が国国内でブラックボールの所持、あるいは使用が摘発されたのが、昨年の十二月以降、そして今年の五月に再びその量が増加している」

彼女は首をふった。

「それだけじゃ積荷がブラックボールだったという証拠になりません」

画面が岩永に戻った。

「これはあくまでも状況的なものだ。具体的な証拠は別にある」

彼女は岩永を見つめた。

「INCは一年かけて、崔将軍の組織にアンダーカバーを潜入させた。その人物からINCの本部を通じて警視庁に連絡が入った。組織では、トラックジャック防止の専門家を捜しているという」

彼女は沈黙した。

高価運搬物や転売の容易な酒や煙草などの積荷を襲うトラックジャックは、ほぼ百パーセントの確率で、被害者側の情報に通じた共犯者が存在する。積荷の内容や輸送ルートの情報が不可欠だからだ。そのため被害にあった運送会社は、外部の警備会社に対策を依頼するのが常だった。

陸送路の発達と銃の普及がトラックジャックの増加を生んだといわれている。成功したトラックジャックの被害品は専門の故買屋《こばいや》によって市場に出回り、回収は不可能というのが現実だった。そのため保険会社の支払いが激増し、運搬品目によっては高額な保険料がかけられることもあった。それらはすべて消費者の負担となるため、高価なビンテージワインなどの値段が急騰するケースも生まれていた。

「むろん組織では、表だって警備会社や専門の保安コンサルタントに依頼するわけにはいかない。そこで専門家として組織に入りこむチャンスが生まれる、というわけだ。積荷がブラックボールであれば、組織が日本に実在する証拠にもなる。ただし――」

口を開きかけた彼女を制するように岩永はいった。

「INCでは、輸送コンテナの摘発などの短期捜査は望んでいない。どうやら崔将軍の組織は高度に分業化されており、輸送部門の一部を逮捕したところで組織の全容が明らかにできる状況ではないようだ。今回の潜入捜査の目的は、将軍の組織の全容解明だ。INCと協力し、どこでブラックボールが作られ、どのように流通しているかをつきとめることにある。長くなるだろう、といったのはそういうことだ」

彼女はぬるくなったコーヒーを口に含んだ。そういう状況であれば、INCのエージェントと接触するのはかなり先になるだろう。自分が潜入に失敗すれば、接触していたエージェントは危険にさらされる。彼女の偽装《カバー》が確実に受け入れられるまでは、決して向こうからは近づいてこないにちがいない。

アンダーカバーは、自分以外のアンダーカバーが同じ組織に潜入してくるのを望まぬものだ。ひとりならば化けの皮が剝《は》がれない自信があっても、あとからきた人間がドジを踏めば一蓮托生だ。

犯罪組織に潜入したアンダーカバーが任務に失敗すれば、その運命は悲惨だ。組織から無事離脱できればよいが、さもなければ苛酷な拷問《ごうもん》と確実な死が待ちかまえている。組織側は、情報がどこまで洩《も》れているかを知りたがり、誰がそれを喋《しゃべ》ったかをつきとめようとする。アンダーカバーの死を皮切りに、組織内には粛清《しゅくせい》の嵐が吹く。生きのびるために、アンダーカバーがもうひとりのアンダーカバーに拷問を加え、さらに殺害に手を下した、という前例もある。警察官には手をださないのを掟《おきて》としている、旧暴力団型の犯罪組織であっても、ことアンダーカバーに関しては、この例外ではない。

警視庁が捜査四課特殊班の存在を秘匿《ひとく》する最大の理由だった。

「他のアンダーカバーと共同捜査をおこなった経験はありません」

彼女がいうと、岩永は頷いた。

「この場合、君は君で捜査をおこない、相手は相手でおこなう。主導権がどちらかにある、というものではない。それから――」

岩永の目が正面から彼女に向けられた。

「君の叔父上だが、君がこのセクションにいることは?」

「知りません、もちろん」

彼女は息を吸いこんだ。

「たとえ知っていたとしても、この事案には無関係です。重要なのは、現在、手の空《あ》いている特殊班員の中で、わたしがこの捜査に適任かどうかという問題です」

「客観的に判断して、君はどう思う?」

彼女はカップを弄《もてあそ》んだ。

「他の班員の経歴について、わたしには充分な情報はありません。わたし個人に関していえば、先ほども申しあげた通り、トラックジャックの捜査経験はあります。ただし、別のアンダーカバーとの共同捜査経験はないので、それについては若干《じゃっかん》、不安はあります。それと、ロングの捜査についても。さらにいえば、これはきつい仕事になると思います。仮りに組織に潜入し、トラックジャックを防止する役割を演じる、ということになれば、内部共犯者の炙《あぶ》りだしや、場合によってはトラックジャッカーとの対決、という結果を招きます。法的な問題が生じてくると思います」

「気が進まないかね?」

彼女は息を吐いた。

「そうはいっていません。きつければきついなりに、やりがいはある、と考えていますので」

「INCのアンダーカバーについてもう少し情報が得られないかは努力してみる。君には明日までに決断してもらいたい」

「了解しました」

彼女はいって、通話を切った。

その日はこまごまとした書類仕事を片づけ、四時過ぎに、彼女は庁舎をでていた。ニュートラムと地下鉄を乗り継ぎ、人形町《にんぎょうちょう》に借りたマンションに帰りついた。

自分が特殊班に配属された理由を、彼女は知っていた。ひとつ目は、共同作業が得意ではないこと。チームプレイの捜査が、彼女はどうしても苦手《にがて》だった。短期間の所轄署員とのコンビや高速機動隊員との連携はそこそこなせる。だが長期間、同じ相手となると苦痛に感じてしまう。

その理由もわかっていた。自分の容貌《ようぼう》だ。警視庁に入庁し、巡査を拝命した彼女が最初に配属されたのは総務部の広報課だった。警察官募集のコマーシャルに制服で出演しないかと打診された彼女はそれを拒否した。やがて留置管理課にとばされ、女性留置者の世話を焼く仕事を命じられた。

だがそこで得た情報をもとに詐欺事件を摘発する協力をおこない、捜査二課にひっぱられた。期待していた刑事になれたものの、今度は別の苦痛が待っていた。有資格者《キャリア》の管理官に見初《みそ》められ、求婚される。これを拒否して、所轄署の刑事課に転属になった。だが、今の度胸と腕っぷしは、不法滞在外国人と旧暴力団系組織がしのぎを削る、その所轄署で培《つちか》われた。

そこでは、一切に容赦する必要がなかった。容貌を理由にからかう者、いい寄る者、すべてに彼女は微笑んで見せ、そして次の瞬間には急所を握《にぎ》り潰《つぶ》すか蹴り潰した。その方法を彼女に教えたのは、同性愛者であると告白したために左遷された元捜査四課の刑事だった。「ホモと男嫌いのコンビ」と呼ばれた二人は、管内で驚異的な検挙率をあげたが、二年半後、消滅した。

パートナーだった刑事が少年の男娼に刺殺されたのだ。殺された現場はホモ専門のラブホテルで、しかも勤務時間外のことだった。

転任してきたばかりの、若いキャリア署長は、体面をはばかり、事件を公けにせず捜査もおざなりにしかおこなわなかった。

二カ月後、彼女はひとりで犯人の男娼を捜しだし、射殺した。報告書にはただ、職務質問をおこなおうとしたところ、凶器を使用したため生命の危険を感じ、拳銃を使用、とのみ書いた。

ひと月後、本庁捜査三課に転属し、三年経過後、今の部署へ配属となった。着任時、岩永はただ一度だけ、所轄署での射殺事件を話題にした。

――女性であるからといって、銃器使用に優先権が与えられている、という考え方を私はしない

対して彼女は訊ねた。

――これは記録されていますか
――いや
　このとき初めて、岩永が記録装置を停止させるのを見た。
――わたしも同じ考え方をしています
――ではなぜあのとき、拳銃を使用した？　相手はナイフ。君は素手でも充分対応できた筈だ
――殺そうと決めていたからです
　彼女は平然と答えた。岩永はつかのま沈黙し、いった。
――君の拳銃使用を審査した監察官はそうは考えなかったようだな
――容姿が助けになるときもあります
　岩永は無言で頷いた。感想は口にしなかったが、彼女の言葉を脳裡《のうり》に刻んだことはまちがいなかった。
　岩永は冷徹な上司だった。その冷徹さにおいて、彼女は上司を信頼していた。新たな任務を拒《こば》もうと受けようと、自分に対する評価は変化しない。
　ありあわせの材料で作った夕食を摂《と》り、封を切ったワインの壜《びん》を手に長椅子に寝そべって、彼女は考えていた。
　自分も岩永も、一度としてそうと口にしたことはないが、潜入捜査官は彼女にとって天職

だった。男嫌いといわれようが、鉄の女と揶揄《やゆ》されようが、彼女の容貌は、悪党どもを油断させる最大の武器になる。捜査の過程で、対象者やその周辺と性的交渉をもったことは一度もない。だがそれは、警察官としての倫理に妨げられたからではなかった。自らが相手にそれを望まなかったからにすぎない。岩永は見抜いている。

相手が刑事だろうが犯罪者だろうが、寝たいと思った男と自分は寝るだろう。

翌日、分庁舎に登庁した彼女を待っていたように、岩永は、通話してきた。ＩＮＣは、先行アンダーカバーとの接触を拒否してきた、と伝えるためだった。つまり、先行アンダーカバーの正体はまったくわからず、その協力も一切、得られない。

それを聞き、彼女は任務を受けます、と答えた。

3

十二歳のときにベトナムをでて以来、ホーは自分の運命をナイフで切り開いてきた。大切なことはひとつしかない。相手がヤバいと思ったら、先に殺してしまうことだ。ナイフは離れている相手を倒せない。だからこいつは危険だ、と本能が告げたら時と場所を選ばずにナイフを使った。ナイフは銃とちがって音をたてないから、素早く移動さえすれば人混みや電車の中でも簡単に殺《や》ることができる。使ったナイフは回収しない。鳩尾《みぞおち》から上に向け刺しこんだナイフは、相手に声をたてさせないが、抜けば血をかぶる。

だからホーのやり方は、狙った相手に息がかかるほど近づき、袖の下からひきだしたナイフを上向きに刺し通す。そしてすれちがうように遠ざかるのだ。

うしろから近づき首を掻《か》き切るのは、兵隊のやり方だ。人のいない場所や夜ならばいいが、人混みでは適さない。だからホーは右手でも左手でもナイフが使え、いつも両手首に二本ずつのナイフを仕込んでいる。両刃の細いナイフだ。

その女を見たとき、ホーの本能は危険だ、といった。何が危険なのか。男だったら、まず刑事《でか》であるかと疑う。少し考えて刑事かどうかわからなければ、わからないことそのものが危険なので、その場から遠ざかるか、殺す。

ホーは今まで一度も口をきいたことのない男を、酒場や駅のホームで四人殺した。うち三人が刑事だったことをあとからニュースで知った。四分の三の確率は悪くない。その三人が自分を追っていたり監視していたかどうかは知らない。訊《き》く暇などあったためしはないのだ。

女は少しいらだったような表情でつっ立ち、入港したフェリーから陸揚げされるコンテナを眺めていた。埠頭《ふとう》にある荷役監視所は、パスをもった人間しか入ってはこれない。実際その女も、ジーンズの上に羽織ったスイングトップの前に、首から吊るしたパスをさげていた。指紋と写真が登録されたパスだ。

監視所の中には、ホーと女の他に四人の人間がいた。二人は中国人で、あとの二人は日本人だ。日本人は荷役作業の監督会社から派遣され、通関の代行業務もおこなっている。中国人の方はたまに見かける顔で、今荷役をおこなっているフェリーが中国船籍であることから、積荷を受けとりにきたのだと知れた。ひとりは上海《シャンハイ》系の組織のいい顔だ。

誰も女には話しかけなかったが、視線は向けていた。一度見たら、目をそらすのが難しいほどの美人だった。危険だとホーの本能がいったのも無理はなかった。いい女というのは必ずトラブルを起こす。自分を巡って男が争うのを見たがる癖がいい女にはある。それなのに被害者面《づら》をして、勝った方につくのだ。理由は単純だ。女はきれいなほど欲張りだからだ。

女が体につける値段は、いつだって吊り上がっていく。

その女が刑事だとは思わなかったが、かかわりあうのは御免だった。ホーはホモではないが、金を欲しがる女は大嫌いだ。

「ねえ」

その女が自分に話しかけたのでホーはびっくりした。その監視所の中で、ホーはただひとり離れた場所にすわっていたからだ。女が喋ったのは北京《ペキン》語だった。

「片さんは今日くるの？」

「知らねえ」

女よりもっと下手な北京語でホーは答えた。上海の奴ら二人がすばやく目を見交した。日本人の会社員は知らんふりをしている。二人とも北京語はわかるがかかわりたくないのだ。

二人は、ホーのいる会社からも上海の連中の会社からも金を受けとっている。陸揚げされるコンテナのうち、ひとつかふたつはたいてい別の場所へ運ばれていく。それに知らぬふりをするためだ。

「片さんを捜してるのよ」

女がいった。

「俺は奴の身内じゃない」

「こっちだよ」

声をかけてきたのは、上海系の片われだった。眉に太いピアスを入れている。

「あちらは別の会社だ」

「あら失礼」

女は顔色もかえずにいって、二人組に歩みよった。ホーは眺めることにした。

「片さんはあと十五分くらいでくるが何だ」

ピアスが訊ねた。女は腰に手をあてた。

「約束の金をもらいにきたの。頼まれて荷物を運んだわ」

二人組は怪訝《けげん》そうな顔になった。

「金をここにとりにこいっていったのは片さん本人よ。仕事も世話してくれるって」

「何を運んだんだ？」

「そんなこといえるわけないじゃない。新宿から成田のホテルまでっていやわかるでしょう」

ホーは聞き耳をたてた。二人組の表情がかわった。

「烈兄貴のことか」

ピアスが小声でいった。おもしろいことになった、とホーは思った。新宿の福建《ふっけん》系の組織と上海系の組織のあいだで戦争が起きている、という噂は聞いていた。だからこそこの二人組は、ここにきている。ホーの目的も同じだ。中国から運ばれてくる銃を受けとりにきたのだ。今名前のでてきた「烈」というのは、新宿で福建人を四人殺した、上海の大物のことにちがいなかった。復讐を誓って、新宿を封鎖した福建人組織の裏をまんまとかいて、上海へ逃げのびたという噂だった。

「あたしはただの運送屋だけど、もらうものはもらう主義なの」

ピアスの相棒が腕にはめた電話で連絡をとった。耳と喉に埋めこみ式のスピーカーとマイクを入れている。外部に音を洩らすことなく通話できる。

「知らねえってさ」

そいつがいった。女の表情がかわった。

「ふざけないで。そっちが頼んできたから、こっちは受けたのよ。どうして代金を払ってもらえないのよ」

「知らねえ。失《う》せろ!」

「馬鹿にしないで!」

ありそうなことだ。片はケチで有名だ。烈を逃がすのに、自分の組織を使えず、フリーの運び屋を雇った。だが仕事が終われば知らん顔というわけだ。だまされた女が馬鹿なのだ。

「前金で百、後金で百の約束よ、あと百万もらうまでは帰らないわよ。第一このパスだって片が用意したのよ」

「知らねえっていってるだろうが。消えねえと、この場で突っ込むぞ！」

「あら上等ね。勝負する？」

女がいったので、ホーは耳を疑った。確かに二人は丸腰だが（監視所に銃はもちこめない）、ここで何をされても、誰かが助けに駆けつけることはありえない。

電話をつけたチンピラが女をつきとばそうとした。次の瞬間、その腕が鮮やかに捻《ひね》りあげられ、さらにポキリという音をたてた。右腕を一瞬で折られ、うずくまったチンピラは悲鳴をあげた。

あっけにとられたピアスが腰に手をやり、銃を預けてしまったことに狼狽《ろうばい》した表情を見せたとたん、女の足が股間《こかん》につき刺さった。体を折ったピアスの髪をつかみ、女は監視所の中央にあったテーブルに叩きつけた。派手な音がして、テーブルが二つに割れ、ピアスは声もたてずに床に沈んだ。

ホーは唖然《あぜん》としていた。素手でこれほど早く人が畳まれるのを見るのは久しぶりだった。日本人は見て見ぬふりをしている。

「何見てんのよ」

女が鋭い声をだした。なまじ顔がきれいなだけに恐ろしかった。ホーは両手を広げた。

「チビるぜ。あんた強《つえ》えな」

「片とは関係ないんでしょ。だったら放っといてよ」

「会社がちがうんでね」

「そ」

女はいうと、ホーをふりむきもせず、のばしたピアスの懐ろに手をつっこんだ。財布を抜き、あらためると中の札だけを自分のヒップポケットに押しこむ。さらにピアスがしていたロレックスを外し、これも奪った。

「何してんだ」

「決まってるでしょ、未収金の回収よ」

腕を抱えて泣きべそをかいているチンピラに向き直った。

「内蔵式の電話ってまだ高いのよね。あんたナイフもってる?」

ホーに訊ねた。耳と喉から抉《えぐ》りだすつもりらしい。それに気づいて立ちあがろうとしたチンピラの背を女は無雑作に踏んづけた。チンピラは悲鳴をあげた。容赦なく、腕から本体をむしりとる。

「そんなものとったっていくらにもなんねえよ」

ホーはいった。女がふり返った。

「あんたはそうでしょうよ。高い給料もらってんだから。でもあたしはちがうの。片の借りをたてかえる気があるのならともかく、関係ないなら黙ってな」

「待てよ。烈を成田まで運んだのは、あんたなのか」

「何ていうかは知らない。坊主頭の臭い大男」

「そいつだ。福建の奴らに追われていたろう。どうやって逃がしたんだ?」

「どうやって? 別に。車に乗せて逃がしただけよ」

「警察《サツ》も追ってた」

女は肩をすくめた。

「得意なのよ、まくのが」

女はようやくチンピラから手を離し、ホーに向き直った。

「何なの? あたしに仕事でも頼もうっての」

ホーは頷いた。

「昔から、これでも本物は見りゃわかる」

「何の本物よ。ナンパする気だったらお生憎《あいにく》よ」

「そんな気はねえ。つきあってくれねえか」

「片がくるまで待つわ」

女は平然といった。

「やめとけよ。片から金はとれても、つけ狙われるぞ」

「冗談じゃない」

女はぐるりと目を回した。

「いいから話を聞けよ。もっと儲《もう》かる話だ」

「あんたも踏み倒す気？」

「俺の会社はこいつらとはちがう。ちゃんとしてるぜ」

「どうだか」

「話だけでも聞けよ。損はしねえ。人を捜してるんだ」

「運転手？」

「そんなようなもんだ」

日本人に気をつかいながらホーはいった。こいつらが死んだら、また後釜《あとがま》に金をつかませなくてはならない。

「いいわ。どうすりゃいいの？」

ホーは車のキィを投げた。

「三十分後に降りていく。下に駐まっているメルセデスで待っていてくれ」

女は驚いたような顔になった。

「あたしが乗り逃げしたらどうするの」

ホーは初めて笑った。

「逃げられない。俺以外の奴がエンジンをかけたら、ハンドルがロックされる」

「あら」

ホーは頷いた。のびている中国人二人を目で示す。

「わかったろ、こいつらより金があるってことが」

「みたいね」

女はいってでていった。でていってから気づいた。ピアスはのびているが、電話のチンピラはまだ意識がある。やりとりを聞いていたろう。

「でてけ」

日本語でホーはいった。日本人二人は無言で監視所をでていった。

監視所は埠頭の突端に位置する八階建てのタワーの頂上にあった。ホーは窓を開けた。下は海面だ。

まずピアスの体をひきずっていって蹴落とした。チンピラは逃げようとしたので、ナイフを使った。いつも通り、血は一滴もこぼさない。ホーが使うナイフは金属探知機にひっかからない合成樹脂製なのだ。チンピラも海面に蹴落とした。荷役作業中は、クレーンの音が大きく誰にも気づかれないだろう。気づいたところで警察を呼ぶ馬鹿はいない。荷役会社そのものが、ホーの会社や中国人の組織に逆らえないのだ。

ホーは窓を閉めると煙草を一本点《つ》け、受けとりにきたコンテナが無事会社のトラックに移されるのを見守った。

監視所をでようとすると、入れちがいに片が手下二人を連れてエレベータを降りてきたところだった。

「よう、片さん」

ホーはいった。

「これはこれは、ホー課長」

片は相好《そうごう》を崩した。

「会社の景気はいかがです？」

「まあまあ、かな。近頃、ネズミがでて困ってたんだが……」

片は顔色を曇らせた。もともと黒ずんだ顔がよけい暗くなる。

「それはよくない」

「いい猫を見つけられたんで、使ってみるさ」

片はぱっと笑みを浮かべた。

「それはいい。ネズミをとる猫はいい猫です。大事にしなきゃ」

「ときどき家具においいたをするんだがね」

片の手下が監視所の扉を開け、割れたテーブルにあんぐりと口を開けた。ホーはにやりと笑った。

「ま、見逃してやるさ」

「名前を教えてくれ」

「リョウコ」

彼女は答えた。

「涼しい子って書くわ」

「確かにぴったりの名だな」

4

翌日、呼びだされたベトナム料理店の個室で、彼女は男たちと向かいあっていた。ひとりは荷役監視所にいたスーツ姿の細身のベトナム人。もうひとりは、見るからに軍人あがりとわかる日本人だった。無口で膝の上にノート型のコンピュータをのせている。

「この男は俺の部下だ。山岸《やまぎし》」

ホーは日本語で男を紹介した。山岸は無言で涼子を見つめた。

「どこにいたの？　国連軍？」

半袖のポロシャツからのぞく左腕に白い傷跡が二筋走っている。

「そんなところだ」

無表情に山岸はいった。

「きのうの話では、おたくの会社であたしを雇いたいってことだったけど」

ホーは頷いた。鼻の下に、まるで作り物のような細いヒゲを貯えている。

「うちはある大手商社の物流部門を請け負っている。運送は主にトラックだ」

「運転手をしろってこと」

「それもある。ところで、その腕っぷしはどこで身に着けた？」

「自然に、よ」

「自然に、ね」

ホーは薄く笑った。

「うちの会社は商売敵《しょうばいがたき》が多い。中にはスパイを潜りこませようというところもある。あんたを雇うにあたっては、少し調査をさせてもらいたい」

山岸のコンピュータにはアンテナがついていた。その山岸がいった。

「フルネームを教えてくれ」

「桑野《くわの》涼子」

山岸の太い指がキィボードの上で躍った。どこかのホストコンピュータとアクセスしているのだろう。山岸は画面に並んだ文字を見つめ、ホーに首をふってみせた。

「あんたのデータはどこにもない」

ホーはいった。彼女は平然といった。

「そりゃそうよ。免許をとるために作った偽名だもの」

「本名は？」

「その前に、運転手以外にあたしにさせたい仕事って何？　いっておくけど愛人契約とかいうのならお断わりよ」

「レスビアンか」

「ちがう。ただ望みが高いの」

山岸が涼子をにらんだ。気に食わないと目がいっていた。

「あんたを愛人にするのは難しそうだ。特にその気もないときには」

「痛めつけられたことは何度もあるわ。世の中にはあたしみたいな女を思い通りにしたいって変態も多いから」

「気にいらん女だ」

山岸の方を見つめ、涼子がいった。山岸の顔が赤らんだ。

ホーは胸の前で組んでいた腕をほどき、山岸を制した。

「熱くなるな。お前たち二人が暴れだしたら、この店は潰れてしまう」

「一分といらん」

山岸は唸《うな》った。

「女だからってなめない方がいいぞ」

「首を捻るだけだ」

「勝負する？」

涼子はいった。ホーが割って入った。

「まあまあ。俺のいう仕事はそんな色っぽいことじゃない」

「課長、この女は気にくわない」

山岸がいった。

「課長。なるほど偉いのね」

「下《した》っ端《ぱ》だ。この面接に受かれば、いずれ社長を紹介する」

ホーはいった。

「給料は誰が決めるの」

「まだ雇うとはいってない。あんたに頼みたいのは、運転とは別に調査の仕事だ」

「なるほど」

「なるほど、とは？」

「仲間を見張れっていうんでしょ」

ホーの表情が険しくなった。

「なぜそう思う」

「物流会社の管理職が、わざわざ腕の立つ新人を雇おうとしている。今の時代、ただの運転手なら、いくらでも雇えるわ。おたくは社員の国籍にこだわる体質じゃなさそうだし。だったら目的は別にあると考えるのが普通だわ」

ホーが再び腕を組んだ。ホーの上着は袖口が広くなっていた。両手の指先がそこに隠れた。

「別の目的とは」

「トラックジャック」

涼子はいった。

「社員の中に手引きしている人間がいる。それをつきとめたいのじゃない？」

ホーの指が袖の中へとさらにのびた。

「ずいぶん頭がいいな」

「そういう仕事をしていたことがあるから」

ホーは首を傾けた。

「警備会社か」

「警察よ」

ホーも山岸も沈黙した。山岸がゆっくりとコンピュータを閉じた。

「——殺《や》りますか」

低い声でホーに訊ねた。

「警察のどこにいた」

ホーはだが抑えた口調で訊ねた。

「本庁の三課」

「なぜ辞めた？」

「クビになったから」

「本名を訊こう」

「櫟《くぬぎ》涼子」

山岸は半信半疑の表情でコンピュータを開き、キイボードを叩いた。一瞬後、

「ありました」

いって、画面をホーに向けた。

「依願退職となってるな」

「上がことを公けにしたくなかった。懲戒免職じゃマスコミが騒ぐから」

「何をやった？」

「抜き荷をつきとめたの。故買屋まで辿《たど》って、契約した」

「契約？」

「月々の口止め料」

「何の抜き荷だ？」

「医療用の向精神薬」

「調べた方がいいですね」

山岸がいった。ホーは訊ねた。

「故買屋の名は？」

「金。金在恵」

コンピュータの画面が動いた。

「去年死んでいる筈よ」

涼子はいった。山岸は頷いた。

「ガサ入れのときに射殺されてます。射殺したのは、捜査三課の櫟巡査部長――」

涼子を見た。

「だから依願退職できたのよ。金が生きてつかまってたらム所の中だわ」

涼子はいって、だされたまま手をつけられていない前菜に箸をのばした。

「ずいぶん大胆だな」

ホーはいった。

「課長をたらしこんであったの。堅物だから金は受けとらなかったけど、情には弱い」

「ガラガラ蛇みてえな女だ」

山岸が吐きだした。

「でも失敗だったわ。金を生かしておけば、すぐに仕事になったのよ」

ホーは首をふった。

「よく喋るな。俺たちが警察の犬だったらどうする？」

涼子は箸を止め、ホーを見やった。

「あなたはきのう二人殺してる。あたしは痛めつけはしたけど、窓から放りだしたのはあなたよ」

「見ていたのか」

「これでも用心深いの。秘密を握りあっている点では対等だわ。彼は別だけど――」

山岸を顎でさした。

「何だったら殺してみるか？」

ホーはいった。涼子は箸をおいた。手の甲で口をぬぐう。山岸はコンピュータをおき、ゆっくりと立ちあがった。

「新入りが入ってくると困る理由があるわけ？」

すわったまま、涼子はいった。

「何のことだ」

「ずいぶんあたしが気にくわないみたいだから。あんたもしたんでしょ、調査の仕事とかを」

ホーの目が山岸に注がれた。山岸の顔が朱に染まった。

「俺はルワンダにいたんだよ、姐《ねえ》ちゃん。あそこじゃえらく人の命は軽い。女の値段もな」

のしかかるように涼子に近づいた。涼子は手の甲についた脂を着ていたスイングトップにこすりつけ、次の瞬間、オートマティックを内側からつかみだした。

「ここでも軽いわ。あたしの銃のトリガープルはうんと軽くしてあるの」

銃口を見つめ、山岸は動かなくなった。涼子はホーに訊ねた。

「こいつを殺しても雇ってくれる?」

「それは困る。契約でいこう。支度金を用意するから、あんたはうちのトラックに乗ってくれ」

「ボーナスは?」

山岸の顔に銃口をつきつけたまま、涼子はいった。

「トラックジャックの仲間を見つけたら払う。ただし殺したあとじゃ駄目だ。殺してからそうだといわれても確かめようがない」

「支度金はいくら?」

「三百だそう」

「ボーナスは？」

「千」

「積荷は何？」

「そいつを教えるとあんたはここからでられなくなる」

「じゃ社長に訊ねるわ」

ホーは苦笑した。

「恐いもの知らずの姐さんだ」

「甘い顔しても突っこまれるときは突っこまれる。殺されるときは殺されるわ。そこが男とはちがうところ。やらせてやったからって、男が皆味方になるとは限らない」

「突っこまれまくったことがあるんだろう」

歯ぎしりするように山岸はいった。涼子はふんと鼻で笑った。銃口が下を向き、山岸の股間を向いた。

「おい――」

ホーがいうより早く、九ミリが爆《は》ぜた。山岸は股間をおさえ、ひざまずいた。さっと椅子をひき、涼子は立ちあがった。

「殺さなかったわ」

山岸は嘔吐《おうと》するような声をあげ、血に染まった前を押さえている。

「携帯に連絡をちょうだい。明日からでもいいわ」

いい捨てると、個室をでていった。

## 5

涼子が呼びだされたのは二日後の昼間だった。築地《つきじ》の旧中央卸売市場前で、ホーの乗るメルセデスに拾われた。新しい卸売市場は臨海区に建設された地下三階地上十階建てのビルになっている。旧卸売市場は、ロシアやアジア系の食料品市場として再利用され、周辺部に日本人はほとんど居住していない。周辺環境の変化に伴い、築地本願寺も移転し、現在はそこに金色に輝く巨大なモスクが建っている。東京都内に居住するイスラム教徒のメッカとして、日に何度もコーランがスピーカーから流されていた。

「あの大男はどう？」

涼子は初めてホーと会ったときと同じ、ジーンズ姿だった。

「入院している。新しいモノを手術でつけることになりそうだ」

「前より立派になるんじゃない」

ホーは白いツナギを着けていた。胸にクローバーの縫い取りが入っている。後部席に同じツナギが畳んでおかれていた。

「あれを着ろ」

「今？」

「この車を降りるまででいい」

涼子はふんと鼻を鳴らし、腰から九ミリ拳銃を外した。足もとにおく。それからスイングトップとジーンズを素早く脱いだ。

ホーはちらりと拳銃を見た。

「どこの銃だ」

「チェコ」

「今までに何度も使ってるのか」

「殺しにはまだ使ってないから安心して」

ホーは涼子の脚から目をそらした。ツナギに体をすべりこませ、涼子はブーツに九ミリを差しこんだ。

「拳銃はそれ一挺《ちょう》か」

「もっともってこいとはいわれなかったわ」

「他の銃も扱えるのか」

「基本的にはね」

食料品市場への入場許可証を貼ったサンバイザーをおろし、ホーはメルセデスのハンドルを切った。イラン人の警備員が手をふって通行を許可した。

「生モノも扱ってるの？」

「積荷に関しては答えない」

「いいけど、だったらあたしの仕事は運転だけね」

おろしていた窓からさまざまな香辛料や食材の匂いが流れこんだ。

ホーは薄暗い構内を勝手知ったようすで走り抜け、つきあたりの隅田川《すみだがわ》に近い位置で車を止めた。冷凍倉庫が何棟も建っている。

小型の保冷車が一台、止まっていた。ツナギと同じクローバーのマークが横腹に入っている。ホーはメルセデスを降りるよう涼子に合図し、歩みよった。

「こいつを千葉まで転がす」

リモートコントローラーでメルセデスをロックしたホーがいった。

「千葉のどこ？」

「港だ。勝浦新港《かつうらしんこう》」

「二時間くらいね」

ホーは頷いた。

「午前二時に入港する船がある。それに積荷をのせる」

「まだ十二時間以上あるじゃない」

「まっすぐ勝浦にいけとはいってない」

「じゃあどうするの？」

「まず茨城に向かって、そこから一般道を南下するんだ」

「何のために？」

「囮《おとり》だ。囮のトラックが二台、高速の三郷《みさと》インターチェンジで合流する。トラックジャックが多いんで、うちは常に三台を同時に動かしている」

「本物はこれ一台？」

「そういうことだ」

ホーは運転席のドアを開いた。

「運転はあんただ」

トラックの窓はすべて濃いスモークガラスだった。涼子は無言で運転席に乗りこんだ。私物のまったくおかれていない運転席だった。煙草の吸い殻も飲み物の容器も何もない。ただ高出力の無線器が天井の一角に取付けられている。

「そいつにはさわるな」

ホーはいって、助手席に乗った。

「あら、あんたもいっしょなの」

助手席にジュラルミンのトランクがおかれていた。ホーはそれを膝の上にのせた。

「責任があるからな」

いって、トランクの蓋を開き、ミニマシンガンをとりだした。

「銃を預かる」

「どうして？」

「代わりにこれでどうだ」

厚い封筒を左手でよこした。涼子は受けとり、中を見た。三百万の現金が入っていた。

「殺して回収、てことはないでしょうね」

「一度運転させるたびに殺していたのじゃ、我が社はすぐ人材不足だ」

「なるほど」

いって、涼子はかがみ、ブーツの中の拳銃をとりだした。ホーは受けとり、トランクの中に入れた。涼子は封筒から現金を抜いた。

「悪いけど数えさせてもらうわよ」

ホーは手を広げた。涼子は真剣な表情で金を数えた。

「きっちり三百万ね。領収証は？」

「いらない」

涼子はツナギの内ポケットに金をしまった。イグニションキィに手をのばす。

「じゃ、いくわ。運転のやり方に注文は？」

「警察の目を惹《ひ》かなけりゃ、どうでもいい」

涼子は頷き、エンジンを始動させた。保冷トラックは発進した。

ホーはトランクの蓋を開けたままにしていた。銃の他に、地図と何かの機械がおさまっている。

ゲートを抜け、一般道にでると涼子は訊ねた。

「ルートの指定は？」

「ない」

ホーは機械をのぞきこみながらいった。

「何を見てるの？」

「別に」

涼子は目をそらした。正体の見当はついている。発信電波の探知器だ。涼子が追跡装置を身につけていないかを調べているのだ。

涼子はわざと一般道を南に向け走った。

「前に一台、うしろに一台、追尾車がいるわ」

「車種は？」

「前が紺のＢＭＷ、うしろがシルバーのＧＴＲ」

「放っておけ。護衛だ」

ホーは無表情にいった。

「ただのニョクマムじゃないってわけね、積荷は」

ホーは無言だった。探知器をのぞいている。涼子は肩をすくめ、運転をつづけた。第一東京湾橋、旧レインボーブリッジを渡り、有明《ありあけ》から高速湾岸線の東行きに合流する。浦安《うらやす》インターまで走ると、いったん一般道に降り、今度は西行きに再合流した。

ルームミラーを見て、口を開いた。

「追尾車がかわったわ。グレイのワゴン、バイク二台」

「問題はない」

が、ホーの答だった。

「トラックは全部で何台あるの？　おたくの会社に」

「仕事が終わってから質問には答える。今日の仕事をまずクリアしてくれ」

「テストってわけ」

ホーは答えなかった。涼子は葛西《かさい》ジャンクションから北行きの中央環状線に合流した。そのまま六号三郷線まで渋滞の中を進んだ。築地をでてから二時間が経過していた。ホーはようやく、トランクの蓋を閉じた。

「年はいくつだ？」

「二十七。あなたは？」

「四十三だ」

「もっといってるかと思ってた。家族はいるの」

「いない」

「ホモ？」

ホーは涼子を見た。

「なぜそう思う」

「昔、ホモの刑事がいた。そんなヒゲを生やしていたわ、やっぱり」

「ちがう」

ホーは怒ったようにいった。

「いつ部長になるの？」

涼子がいきなり話題をかえたので、ホーはとまどったように見た。

「何のことだ」

「今、課長なんでしょう。部長に出世できるのはいつなの」

「欠員ができたら、だ」

「作ろうとは思わない？」

「今の部長には世話になった。思わない」

「じゃあ部長が上に出世したら？」

ホーは少し考えこんだ。

「重役にでもなれば、上が空くでしょう。重役にも世話になったの？」

「いや。だが重役は死ぬまでかわらない」

「死ねば？」

「簡単には死なない。軍人あがりだからな。兵隊もたくさんいる」

「軍人あがりなんてごまんといるわ」

「筋金《すじがね》入りだ。特殊部隊にいたんだ」

「どこの？　国連軍？」

「ちがう。その話も終わりだ」

ホーは鋭い声をだした。

「――あたしとやりたい？」

不意に涼子はいった。

「やりたい、といったらするのか」

ホーは涼子を見つめた。涼子は笑った。浅黒いホーの顔がかすかに赤らんだような気がした。

「しないわ。職場にセックスをもちこんだことはない」

ホーは苦笑した。

「かわってるな、あんた。なんでもっと楽な生き方をしない？」

「楽？」

「女の世界は簡単だ。きれいな女は楽ができる。脚を開くだけで」

「飽きたの。ガキの頃に」

「だから警官になったのか」

「ノーコメント」

渋滞をようやく抜け、常磐道《じようばんどう》三郷インターに入った。同じロゴをつけた二台のトラックが路肩に停止している。

「あれじゃ囮だって宣伝しているようなものね」

涼子は笑った。

「他に手は？」

「囮を使うのなら、同じ築地から全部だすべきよ。それに運転手は自分が囮だと知ってるの？」

「知っている」

「じゃ無駄よ。その運転手が共犯者だったら、自動的に絞りこまれる」

「どうすればいい？」

「これまでに襲われたトラックの運転手はどうなった？」

「皆殺しだ。三人、死んだ」

「サービスエリアで運転手を交代させるの。共犯者の運転手は自分が運転中は襲われたがらない。生き残れば疑われるから。それに無線器を常にオンにして他の二台と連絡をとらせておく方がいい」

「運転手は徹底的に調べた。怪しい奴はいない。どの運転手も会社に忠誠を誓ってる」

「罠《わな》は？」

「罠？」

「外の人間を使って誘惑するの。トラックジャックに協力しないかって。必ず落ちる人間はいるわ」

「考えてもいなかった」

「やってみる手よ。もしそいつが他のトラックジャッカーとつながっていたら、今度はそっちが必ず動きだす」

「なるほど」

「積荷にもよるけどね」

ホーは答えなかった。

涼子はウインカーを点《とも》し、左に寄った。並走していた囮のトラックはそのまま走り去った。

サービスエリアにトラックを進入させる。トラック専用の駐車ゾーンに止めた。

「トイレか」

「ちがうわ。待つのよ」

「待つ？」

涼子はミラーを見た。バイクが二台とワゴンがサービスエリアに入ってくる。

「高速道路は尾行をしやすいけど、ばれやすい、という欠点がある。昼間はね。あの二台は護衛だけど、それ以外の車が入ってくれば、すぐにばれるわ」

「じゃトラックジャッカーはどうしている？」

「この先にあるメンテナンス用の路側帯や路線バスの停留所エリアに止めて、襲う車がくるのを待つのよ。それからサービスエリアに止めたときは、タイヤを調べること」

「なぜだ」

「連中はリモートコントロールできるパンク発生器を使うの。超小型の爆弾みたいなものね。止めやすい路側帯やサービスエリアに仲間を待たせておいて、その手前でパンクさせるの。運転手は当然止めやすい場所でトラックを止め、タイヤを調べる。そこを襲うのよ。パンク発生器は一般道で信号待ちをしているときとかに、バイクで走りよってホイールにくっつける。強力な磁石がついているから、簡単に貼りつくわ。あとはボタンひとつでパンクさせられるし、襲撃のあとで回収するからアシがつかない」

ホーは感心したように頷いた。涼子はドアを開け、トラックを降りると、タイヤをひとつずつ調べて回った。

「大丈夫のようね」

考えこんでいたホーがいった。

「以前襲われた一台は確かにタイヤがパンクしていた。だが別の一台はタイヤには異常がなかった」

「どこで襲われたの」

「コンテナターミナルだ。寄る予定はなかったんだが、なぜだか運転手はそこに止め、助手も殺された」

涼子は訊ねた。

「そのトラックのエンジンの種類は？」

「さあ……」

「電気か、それとも電気とガソリンの混合型じゃなかった？」

「――そういえば電気だった。だが充電はたっぷりしてでていった筈だ」

「電気自動車は搭載コンピュータに対する電波干渉に弱いの。特にコンテナタイプは経済走行を常にコンピュータが管理しているわ。それ用の強力な発信器を備えつけた車を近づけて干渉すれば、モーターの具合がおかしくなる。運転手はターミナルの整備所にもっていって、バッテリーのようすを調べようとしたのかもしれない」

ホーは目をみひらいた。

「なるほど。たいしたもんだ」

「経験よ」

ことこもなげに涼子はいって、サイドブレーキを外した。

「ところで本物はどのトラックなの？」

「本物？」

「こんな見え見えの護衛をつけていたら囮だとすぐにわかるわ。本物は先行している二台のどちらかでしょう」

「あんたの勝ちだ」

ホーは苦笑した。

「惚れちまうぜ」

そのとき、頭上の無線器がピーッという鋭い音をたてた。ホーはマイクをつかみ、声を送りこんだ。

「こちら三号車、どうした？」

「二号車だ。どうやらパンクしちまったようだ。この先のバス停でタイヤ交換をしたい」

ホーはさっと涼子を見た。マイクを握り直していった。

「駄目だ、そのまま走れ！」

「無茶だ。バーストしちまってるみたいなんだ」

「いいか、そいつは罠だ！　お前がバス停に入るのを待ってるんだ」

涼子は無言でトラックを発進させた。アクセルを思いきり踏みこみ、フォンを鳴らして護衛の注意を惹きながら、本線に合流する。

「今どこにいるか訊いて」

ホーは訊ねた。

「百十キロ地点《ポスト》だそうだ」

「とにかく走らせるのよ。止めたらやられるわ」

「前に回りこまれたらどうする？」

「大丈夫。まだ昼間だから高速道路上では襲わない。必ず他の車から見られない場所にひっぱりこもうとする筈」

ホーはマイクに怒鳴った。

「いいから走れ！　そのトラックにはブツが積んであるんだ」

涼子は走行車線と追い越し車線を縫うようにトラックを飛ばした。速度計は百六十キロをさしている。

「おい、あまり飛ばすと覆面パトカーに狙われるぞ」

ホーが注意した。

「大丈夫よ。県境が近すぎる。県境をはさんだ十キロ以内は、よほどのことがない限り面パトは巡航しない」

「なるほど」

ホーはいい、今度は携帯電話をとりだして護衛の車に指示を与え始めた。即座にバイクとワゴンが追いこしていく。

「彼らは？」

「役員直属の部隊だ。警備部門に所属している」

涼子は遠ざかっていく三台を見つめた。

「戦闘訓練は受けているの」

「たっぷりな」

ホーは答え、ジュラルミンのトランクを開いた。ミニマシンガンをとりだし、膝のあいだにおいた。

「あとどれくらいだ？」

涼子は運転パネルに表示されるナビゲーションデータに目を向けた。

「八キロ。その一・四キロ前方に高速路線バス用の停留所がある」

「そこにジャッカーが待ち伏せしているというわけか」

「ふつうならそう」

ホーは携帯電話で指示を送った。戦闘部隊を送りこむ気のようだ。

「無駄よ。獲物のトラックが入らなければすぐにでていく」

涼子はいった。

「それでどうする？」

「襲いやすい場所で止まれば襲撃する。止まらないようならあきらめる。今は昼間だからあきらめる確率が高いわ」

「くそ。襲わせればよかったか」

ホーは吐きだした。涼子は無言でトラックを走らせた。

「こちら二号車だ。もう限界だ、どうすりゃいい？」

無線器がいった。

「今どこだ？」

「百十二キロ地点《ポスト》だ。停留所は過ぎちまった。早くタイヤを交換しないと、ホイールが駄目になる」

「あと四キロ」

涼子はいった。ホーは携帯電話でつながっている護衛部隊に訊ねた。

「どうだ？」

返事を聞くと携帯電話をおろし、涼子にいった。

「バイクの連中がバス停に着いたが誰もいない」

「逃げたのよ。襲撃部隊とは別に、獲物の動きを知らせる監視役が必ずいるわ。バス停を通りすぎたことをそいつが知らせたのね」

涼子は答えた。ホーはバイクの部隊に、二号車の護衛に向かえと命じた。

涼子はハンドルを切った。バス停への流出車線が見えてきたからだった。

「二号車だ。護衛がきた。停止していいか」

ホーは涼子を見た。涼子は頷いた。

「オーケーだ。タイヤを交換してくれ」

ホーは無線器に告げた。

涼子はバス停留所の前でトラックを止めた。バス停留所には誰もいなかった。

「何をしようってんだ?」

「調べものよ」

涼子はいって、トラックを降りた。停留所には、路線バスの自動走行位置表示がある。乗客があと何分を待たねばならないかを知らせるものだ。

それによると二十分前にバスは発車したところで、次のバスは四十分後でなければこない。

戻ってきた涼子にホーが訊ねた。

「何がわかった？」

「犯人は仕事に慣れてる。ここを襲撃地点に選ぶには、路線バスの運行状況を把握していなけりゃならない。襲撃中にバスが入ってきたら面倒になるから。安全な時間を選んでいたわ」

「だから？　だから何なんだ」

いらついたようにホーはいった。

「つまり、あんたの会社にスパイがいるってこと。獲物が何時にどこを出発し、どんなルートを通るかがわかってなければ、こういう罠はしかけられない。ちなみに、ここで待機していた襲撃部隊は遺留品を何も残してはいない。プロね」

涼子はトラックを発進させた。停留所をでて少し走ると、左路肩にハザードを点灯させ止まっている二号車が見えた。前後を護衛が固めている。タイヤを交換している最中だ。

涼子はそのかたわらを走りすぎた。

「どこへいくつもりだ」

「監視役の車を捜すの。きっとこの先をとろとろ走っている筈」

ホーは首をふった。

「何十台と走ってるんだ。見つかりっこない」

「二人乗り。ナンバープレートは東京。そう絞りこんだら？」

「どうしてわかる」

「運転係と連絡係はふつう分かれるわ。それに東京からずっと二号車を監視しているのだから、東京ナンバーである確率は高い」

「なるほど」

涼子は追い越し車線を走りながら、走行車線の車を注視した。二号車を追いこして十分後、走行車線を走る赤いスポーツカーに目をつけた。アベックが乗っている。

「あれね」

「アベックだぞ」

「スポーツカーで若いアベック。ふつうは追い越し車線を飛ばしていて不思議はない。こんなにのんびり走っているのは、二号車が追いつくのを待っているか、女が男のをしゃぶっているか、どっちか」

ホーはサイドウインドウから見おろした。

「しゃぶっちゃいない」

「じゃ決まりよ」

涼子はハンドルを切り、走行車線に入った。スポーツカーの二台前だった。

「待った。どうするんだ」

「あなたしだい。襲撃部隊はもっと離れた場所にいて、うしろの車からの連絡を待っている。

たぶんこの何キロか先をゆっくり流している筈よ」

「今、うしろの車にしかけるのはまずい。こっちは積荷を運んでいる最中だ」

「この車は空でしょ」

「だがまずいんだ」

「つまり警察にこのタイプのトラックが目をつけられては困るってことね。ここでドンパチやって」

涼子はホーを見やった。

「その通りだ」

「じゃああの車を尾行させたら？　護衛部隊の誰かに」

ホーは電話に話しかけた。涼子は右にウインカーを点した。

「そうする」

「近くを走っていると警戒されるから離れるわ」

ホーは指示を下しながら頷いた。

しばらく走ると、次のサービスエリアが見えてきた。涼子はそこに入り、二号車と護衛が追いつくのを待つことにした。

少ししてスポーツカーがサービスエリアに進入してきた。が、涼子たちの乗るトラックに気づくと駐車帯で停止することなく、本線に再び合流していった。そのあとを、護衛部隊のバイクが追尾していくのも見えた。

「運転の腕はいいかもしれないけれど、あのライダー、頭は空っぽね」

涼子はいった。

「なぜだ」

「スポーツカーの二人は、こちらに気づいたからすぐでてった。同じようにすぐでてくるバイクがいたら、尾けられてるって馬鹿でも気づくわ」

「じゃあどうすりゃよかったんだ」

「サービスエリアの出口手前で待つのよ」

ホーは電話で尾行車の交代を命じた。だがワゴン車がバイクに追いつく前に、ライダーはスポーツカーからの狙撃を受け、転倒した。スポーツカーはそのまま走り去り、高速道路を流出した。トラックジャッカーは、襲撃をあきらめたようだった。

# 6

涼子とホーが千葉から都内に戻ったのは、午前四時を回った時刻だった。旧中央卸売市場で、トラックからメルセデスに乗りかえたホーはいった。

「ご苦労だった。逃がしはしたが、とりあえず荷は無事運べた。あんたのおかげだ」

涼子はメルセデスのかたわらに立ち、肩をすくめた。かつてはこの時刻、鮮魚の仲買いでにぎわった中央卸売市場だったが、現在は人けがほとんどない。アジアやロシア食材の卸売は、午前八時に開始される。搬入のトラックも六時を回らなければ入ってこない。

「――よかったら一杯やらないか」

ホーはいった。

「やめとくわ。疲れた」

「俺があんたに迫ると思ってるのか。そこまで命知らずじゃない」

ホーは苦笑した。涼子は煙草に火をつけ、深々と煙を吸いこんだ。

「別にそんなことを思ってないわ。ただ、あんたたちの扱っている品がヤバそうなので、深入りしたくないの」

ホーはわずかに顎をひき、涼子を見つめた。

「だから仕事が終わっても質問をしなかったのか」

「そういうこと。知らなけりゃ、余分な刑をしょわされることもないわ」

「知ってもっと稼ぐってのはどうだ」

「だったらあたしを早く上の人間に紹介してよ。課長クラスに認められても、そんなに出世できると思えないもの。あ、怒らないでね」

ホーは首をふった。

「うちの会社にはいろんな人間がいる。あんたなら、そういう連中も認めるかもしれん」

涼子はメルセデスにもたれかかり、ホーを見つめた。

「欲がないのね。ミスター・ホーは」

「俺は恐《こわ》がりでね。今の立場で充分満足している。あんたみたいな人間からすりゃ、もの足らないだろうな」

涼子は横目でホーを見た。

「野心家が好きだとはいってないわ」

煙草をはさんだ指で髪をかきあげた。その仕草に、ホーは突然強い欲望を感じた。だが抑えつけた。確かにこの女は美しいだけではない。肝っ玉も腕っ節もある。だからこそ、自分には遠い存在なのだ。

ホーは涼子に惚れてしまったことを、素直に認めざるをえなかった。だが涼子との距離を縮めようとも思わなかった。もし涼子に自分のこの気持を気づかれたら、ひどく惨《みじ》めな思いをしそうな予感があった。

それは御免だった。用心深さを身上《しんじょう》にしてきたこれまでの自分のやり方を裏切ることになる。

ホーは涼子から目をそらした。気持を抑えつけるのに成功したとはいっても、これから帰る渋谷のマンションがひどく侘《わび》しく感じられることはまちがいない。これまでに連れこんだ女たちが、十人が十人、感嘆の声をあげた、新東京タワーを一望するマンション。しかしたとえどんなに豪華なマンションでも、この女をその気にさせることはできないだろう。

「送っていこう。どこに住んでる?」

ホーは訊ねた。

「友だちからまた借りしているアパートよ。五反田《ごたんだ》の」

「通り道だ」

涼子はちらりとホーを見やった。信じていない目だった。が、何もいわず、助手席のドアを開いた。

ホーは無言でメルセデスを発進させた。

涼子が住んでいるというアパートは、お世辞にも豪華とはいえない建物だった。車一台が通るのがやっとの一方通行路に面し、陽当たりもひどく悪そうだ。

「洗濯物の乾きが悪いだろう」

車を止め、アパートを眺めたホーはいった。涼子は初めて笑みを見せた。

「洗濯なんて自分でするの？」

「趣味なんだ。ノリのきいた服が好きでね」

にこりともせず、ホーは答えた。本当だった。涼子は笑わなかった。

「あたしも好きよ。料理はまるで駄目だけど」

「そのうちもっといい部屋に住めるさ」

涼子は無言だった。

「それとも部屋には興味がないか」

涼子はメルセデスのドアを開いた。

「運転手に関する資料をそろえておいて。明日から調査にとりかかる」

ホーは頷いた。

「あんたのこと。上に伝えておく」

「ありがとう」

涼子はいい、洗濯機の並んだ廊下に入っていった。そのうしろ姿を見送り、入る部屋のドアを見届けて、ホーはメルセデスを発進させた。少しだけほっとして、おおいにがっかりもしていた。ほっとしたのは、自分がこれ以上愚かなことを涼子に口走らなかったことで、がっかりしたのは、涼子につけ入る隙がまるでなかったところだった。

結局あの女は自分を踏み台に、組織の階段を登っていくだろう。

しかたがない。自分には、分不相応な女なのだ。

「ホーから受けとった運転手のリストは十二名です。うち七名が日本人。三名が中国人。残る二名がそれぞれロシア人とイラン人であると判明しています。いずれも正規の二種自動車運転免許取得者で、このうち四名までの調査を終了しました」

# 7

防衛省とNTTが共同開発した最新の盗聴防止装置が電話にはとりつけられている。警視庁のメインコンピュータはハッカーによる日常的な侵入攻撃にさらされているため、庁内においてのみメールのやりとりが許される状況だった。そのため潜入捜査状況の報告は、昔ながらの音声に頼るものだけが許可されていた。ハッカーは、警視庁内のコンピュータから、ありとあらゆる警備計画や捜査情報を盗みだし、裏ネットで売りだしている。電子マネーによる決済を受けいれる唯一のプロの犯罪者だ。

「現在三郷料金所の監視システムで撮影した車輛のナンバーを洗いだしにかかっている。例の赤いスポーツカーに関しては該当車輛はなし。おそらく偽造プレートだろう。ただそちらの役に立つ情報が一件入ってきた。首都高速道警察隊の刑事捜査部が二年前に外環自動車道を専門にしたトラックジャックグループを追った際、今回のと同タイプと見られるパンク発生器を受注生産していた工場を摘発した。工場主の氏名は坂上一幾《さかがみいっき》。出所後、現在は川崎市内に居住している」

「もう少し情報を集めてから坂上に当たります。これまでに調査した四名については、問題はありませんでした。トラックジャッカーはかなり専門的な集団で、ホーの組織が被害を公けにできないのを承知で獲物にしている節があります」

「内通者がより上に及んでいる可能性についてはどうだ」

「今のところホーより上の関係者とは接触できずにいます。組織は分業化が進んでいて、かなり上級の幹部にならないと別部門の人員に関する情報が得られないシステムになっているようです。おそらくホーもそれほどの情報をもっていないでしょう」

「そのホーが、君の任務終了後、手柄をひとり占めにしようとする危険はないか」

「彼は……ホーは、それほどの野心家ではないようです。むしろ私が成功した場合ですが、組織に積極的に私をひき入れたがっているように見えます」

「君からの情報では、ホーがそれほど安全な男だとは考えられないが――？」

「危険であることはまちがいありません。上司の命令がなくても、必要であると判断すれば、ホーはすぐに私を殺そうとするでしょう。ただ現在はホーが、ただひとつの組織とのパイプである以上、緊張関係にはもちこみたくないと考えています」

「ホーが君に疑いを抱くようであれば、即座に離脱行動に入ってくれ。ホーの身柄は、荷役監視所での殺人容疑で押さえることが可能だ」

「了解しました。連絡事項は以上です」

「了解した」

# 8

ロシア語のロックが大音量で流れていた。肩や腕の刺青《いれずみ》を誇示した客のあいだを、でっぷりと太ったウェイトレスがビアジョッキを手にいきかっている。

「待ちあわせか」

カウンターにすわった涼子に、ズブロッカのボトルとショットグラスを手にした男が話しかけた。ロシア語ではなく日本語だった。男はネルのシャツの前を大きくはだけていた。濃い胸毛でおおわれた胸に、赤い四角の中の金の鎌と槌、旧ソビエト連邦の国旗が刺青されている。

「そうよ」

いって髪をかきあげ、涼子はロシア人を見つめた。今日は薄手のワンピースを着ている。

「見ない顔だな」

涼子の隣りのストゥールにすわりながらロシア人はいった。

「初めてきたのよ。おもしろいところに連れていってやるっていわれて」

「おもしろいか」

「動物園で飲んでいるのとかわらないわ」

ロシア人はにやりと笑った。

「待ちあわせの相手は誰だ」

「ミハイルよ」

「はっ」

ロシア人は笑い、カウンターをぴしゃりと平手で叩いた。

「ミハイル・ノボシビッチ！　奴ならこないぜ。急病の相棒のかわりに、今頃は眠い目こすりながら第二東名を飛ばしてらあ」

ショットグラスにズブロッカを注いだ。涼子におしやる。

「ふられちまったようだな、お嬢さん」

涼子はおもしろくもなさそうに笑い、ショットグラスを一息に飲み干した。

「かわりに俺が案内しようか」

「どこに連れていってくれるの」

「東京一うまいロシア料理の店だ。本物のディスコもある。ロシア人が好きならな」

「あんたの仕事は何？」

「ミハイルと同じだ。これさ」

ロシア人はハンドルを回す手つきをした。

「タフなロシア人は長距離トラッカーに向いてる。タフなのは、それだけじゃないぜ。知ってるだろうが」

「名前は何ていうの」

「ジョンでいい」

「ロシア人らしくない名ね」

ジョンは手をひらひらとふった。

「名前なんて記号さ。大切なのはロシアの血が流れているかどうかなんだ」

「あたしはリョウコ」

ジョンは涼子を見すえた。

「あんたは少し瘦《や》せすぎだ。もっと食った方がいい」

「そうね。太った方がロシア人には好かれる？」

「でぶは駄目だぜ。お袋さんはいらない」

ジョンはウインクした。

「ミハイルの好みもそう？」

「奴に惚れてるのか」

「仕事の話をしたかったのよ」

「奴はフリーだからな。あんたみたいな美人なら、俺も相談に乗るぜ」

「自分のトラックをもってるの？」

「いや。会社の車だ。だが運転の腕は一流だ」

バーのドアが開いた。背の高い東洋人の男がひとり入ってきた。長髪を束ねている。陽に焼けていて、考えを悟らせない切れ長の目をしていた。男は涼子の反対側に腰をおろした。

「ビールをくれ」

ジョンは隣りにすわった男をふりかえった。だが知らない顔らしく、すぐに涼子に目を戻した。

「何を運んでほしいんだ」

「ここじゃ話せない。どこか静かなところへいきましょう」

店の中を見回し、涼子はいった。ジョンはにやりと笑った。

「いいねえ。このバーの二階に個室があるのを知ってるか」

「ウェイトレスを指名するとあがれるんでしょ。ミハイルに聞いたわ」

「そこにいくか？」

「話だけよ。おいたはなしで」

ジョンは片手をあげた。

「もちろん」

二人はストゥールをすべりおりた。ビールを手にした東洋人の男がさりげない視線を向けてきた。涼子は無視した。ボトルを握ったジョンの腕が腰に回ってくる。

階段を登り、廊下にでると、ドアが並んでいた。ひとつひとつをノックしていき、返事のないドアをジョンは押し開けた。ダブルベッドとドレッサーがあるだけの部屋だった。

部屋に入ってドアを閉めたとたん、ジョンは涼子の唇に唇を押しつけてきた。涼子はされるがままにしておき、ジョンの手が胸をわしづかみにしたとき、相手の体を押しやった。

「おいたはなしといったでしょ」

「すまない。あんたがあんまり美人だから」

ジョンは色男ぶって、手をひらひらと動かしてみせた。

「すわって」

ジョンをベッドにおしやり、涼子はドレッサーの丸椅子に腰をおろした。

「ふだんは何を運んでいるの」

「会社の荷だ。うちは流通専門の小会社なんだ。親会社は医薬品の商社で」

「親会社の名は何ていうの」

「知らないさ、いっても。俺も聞いたことがなかったんだ。病院とかに卸しているらしい」

「名前を教えて」

「ＣＭＰ。『クラモ・メディカル・プロダクト』」

「あなたの会社は？」

「『四《よ》つ葉《ば》運輸《うんゆ》』」

「給料はたくさんもらってるの」

「そこそこだな」

ジョンは首をふった。

「今は中国人がえらい勢いで儲けてる。奴ら自分の国で稼ぐだけじゃ飽き足らず、世界中に出稼ぎにいっているからな。中国人は世界で一番セックスが好きな人種だ。さもなきゃ、あんなにいっぱい中国人がいる筈ねえ」

「家族はいるの？」

「おい。俺と結婚する気か。それともそこまで知らなけりゃセックスできないってのかよ」

「答えてよ」

「いるよ。五歳と三歳のガキだ。うちのカミさんも中国人だ。わかるだろ」

ジョンは目をぐるりと回してみせた。

「もっと稼ぐ気ある？」

「だからいってるじゃねえか。儲け話ならのるって」

「多少ヤバくても？」

ジョンは急に真顔になった。ズブロッカのグラスをベッドの上におろした。

「何だい、ヤバいって」

「あんたがいつ、どこからどこまで積荷を運ぶかを教えてほしいの。あんた以外の同僚でもいいわ、百万だす」

ジョンは無言だった。目が涼子を離れ、考えこむように部屋のドアに向けられた。

「どうしたの？　萎えちゃった？」

涼子は笑みを浮かべた。

「からかってるのか」

「本気よ」

ジョンは口を開け、首をふった。

「やめとくよ。親会社はそういうのにひどくうるせえんだ。特に警備課の連中はおっかねえ」

「警備課？」

「東洋人だが、日本人でも中国人でもねえ。軍隊みたいな連中なんだ。逆らって頭を割られた仲間がいる」

「ばれたら殺される？」

「きっとな。悪いが話はこれで終わりだ。俺は下に戻って飲み直すことにする」

ジョンは立ちあがった。涼子は動かずにジョンを見あげた。

「じゃあ、あんたじゃなくてもいいわ。情報を売ってくれそうな人を教えて」

「馬鹿いうな！」

ジョンは怒鳴った。

「てめえが売られて殺されるのはまっぴらだ。お前はトラックジャッカーの仲間だろう」

そして涼子に指をつきつけた。

「二度とこの店にくるんじゃねえ。今度見つけたら、ただじゃおかないからな」

涼子は無言で立ちあがった。部屋をでて、階段を降りる。カウンターにはまだあの東洋人がすわっていた。そこから少し離れた隅のテーブルに、他の客とは雰囲気のちがうロシア人の二人組がいて、涼子を見あげていた。ひとりは黒皮のコートを着て、ひどく顔色が悪い。もうひとりは金髪でピーコートを着け、せわしない貧乏ゆすりをしながら、のべつあたりに鋭い視線を向けている。他のロシア人の客たちは、その二人をあえて無視するような態度をとっていた。

階段を降りかけ、涼子は背後をふりかえった。今にもかみつきそうな顔でジョンが踊り場に仁王立ちしている。

「あたしのことは忘れて。それとお酒をまずくしてごめんなさい」

涼子はいうと、階段を降り、店をでていった。

そのバーは、ロシア人居住者の多い東池袋にあった。外は雨が降っていて、ロシア語のネオンが路面に反射している。およそ二百メートルの路地をはさんだ左右が、ロシア料理店やバー、ディスコなどだった。

店をでて少し歩いたとき、涼子は尾行してくる人間に気づいた。わざと北に向かう高速道路の高架に沿って歩きだす。高架の下は月極の駐車場になっていて、人けがなかった。

並んだ車の陰でしゃがむと、涼子ははいていたパンプスに手をのばした。高さ八センチのヒールは爪先方向にすべらせることで、とり外しがきく。踵《かかと》の外れたパンプスは底の平らな、しかし先の尖った靴にかわった。外した踵をしまったバッグの口を開けたままにしておく。

尾《つ》けてきたのは、隅のテーブルにいた二人組のロシア人だった。リーダー格は、黒皮のコートをまとった唇の赤い男だ。落ちつきのない金髪を何ごとか小声で叱りながらやってくる。

二人は涼子を見失い、駐車場の入口で立ちすくんだ。

「馬鹿、お前がぼやぼやしているからだ」

低いロシア語でコートの男がいうのが聞こえた。

「そんなことといったってよ、あのでぶが邪魔で――」

「やかましい！　女を捜せ」

ロシア人はふた手に分かれ、並んだ車の列をのぞきこみ始めた。涼子は煙草をくわえると立ちあがった。

ちょうど金髪が涼子のいた列にさしかかり、気づいて立ちすくんだ。

「ウラジミール……」

声にコートがふり返った。

「あたしに何の用?」

涼子はロシア語でいった。金髪があんぐりと口を開いた。

コートの男は驚きをかくすようににやけた笑いを浮かべた。

「なんだ、こんなところにいたのか。俺たちもあんたの儲け話に加わりたくてさ」

「あの部屋には盗聴器がついてるのね。いい趣味だこと」

涼子は微笑んでいった。二人は涼子をはさむように左右から近づいてきた。

「俺たちはこのあたりじゃ、ちょっとは知られた組織の人間なんだ。あの店の保安管理を任されてる」

コートがいった。

「保安管理が聞いてあきれるわ。テーブルの下でマスをかいてたんじゃないの」

金髪がピーコートの下から大きなナイフを抜いた。涼子は、はっと息を呑んで見せた。

「――なんてね、あたしがびびると思った?」

「よがり泣きさせてやるよ」

コートは薄笑いを浮かべた。その笑いが凍りついた。涼子がバッグから九ミリを抜きだしたからだった。

「二人いっぺんに撃てるか」

それでもコートは強がった。

「撃てるわ」

いうが早いか、涼子は金髪の右足の甲を撃ち抜いた。金髪は悲鳴をあげ、ナイフを放りだしてうずくまった。涼子は次の瞬間、コートの眉間《みけん》に狙いをつけていた。

コートは息を呑み、両腕を広げた。

「わかった！　あんたの勝ちだ。撃たねえでくれ」

「いいわよ。こちらの質問に答えてくれたら」

「質問？」

「トラックジャックのことを聞きたいの」

「俺たちはやってねえ。ああいう荒っぽい仕事はチェチェンの奴らの商売だ」

「チェチェンね」

「奴らのたまり場は駅の反対側にある。『収容所』って名の酒場だ」

「チェチェンの連中は何を扱ってるの」

コートの男は広げた手をふった。

「何でも扱ってるよ。盗んだ車、コンピュータ、銃、薬」

「ブラックボールは？」

「ブラックボール？　何だい、それは」

「知らなきゃいいわ。消えなさい」

いって、涼子は銃をおろした。コートの男はゆっくり後退《あとじさ》りすると、金髪を抱き起こした。コートの男の肩を借りた金髪は、憎しみのこもった目で金切り声をあげた。

「覚えてろよ！　必ず殺してやるからな！」

「忘れるわ」

涼子はいい返し、煙草に火をつけた。二人組が見えなくなるまで、そこにたたずみ煙草を吸っていた。

それから元きた道を戻った。乗ってきた車が池袋駅東口の地下駐車場に止めてあるからだった。常駐の警備員がいるので、車を盗まれる心配がない。池袋では、他の盛り場に比べ、自動車の盗難は倍近く多い。チェチェンマフィアによる犯行だった。盗難車の改造やナンバープレートの偽造をおこなう工場を、チェチェンマフィアはもっている。

駐車場はがらんとしていて人けがなかった。止めてあった自分の車に歩みよったとき、涼子はどこからともなく現われた無数の男たちにとり囲まれた。全員が白人だった。ざっと見渡せる範囲で、七、八人はいる。全員が銃をもっていた。

「私らに用があるのか」

先頭に立つ、大柄な男がいった。豊かなヒゲを貯え、スリーピースにネクタイをしめている。

「ずいぶん情報が早いわね」

涼子はいった。拳銃はバッグの中だが、抜きだす暇はなさそうだ。目を駐車場入口の警備員詰所に向けた。

男はヒゲを生やした顎をふった。

「連中は頼らん方がいい。あんたがここに車を止めていると教えてくれたのは、彼らだ。ここは私らの縄張りでね」

「ウラジミールが知らせたのね」

「自分らの代わりにあんたを痛めつけてほしいそうだ。ロシア人に恩を売ってもしかたがないが、私らのビジネスを嗅ぎ回っているとなれば、知らん顔もできん」

涼子は息を吐いた。背中を汗が伝っていた。大男はいった。

「見たところ警官ではないようだが何者だ？」

「私設の調査員よ。トラックジャッカーを調べてるの」

とり囲んだ男たちの何人かが表情を険しくした。だが大男は表情をかえず、いった。

「どのトラックジャックだ」

「『四つ葉運輸』」

「積荷は？」

「医薬品」

大男は首をふった。

「私らはやってない。このところコンピュータ関連の需要が多くてね。薬品ならイラン人に当たることだ」

周囲に目を走らせ、涼子はいった。

「信じる他ないようね」

大男は頷いた。

「じゃ、ひきあげるわ」

涼子は車のドアに手をのばした。

「そうはいかん。まだロシア人からの頼まれごとが残っている」

大男が厳《おごそ》かな口調でいった。

「バッグをそこにおいて、我々といっしょにきてもらおうか」

数挺の拳銃の狙いが涼子につけられた。

「殺しはしない。多少、痛い思いはするだろうが」

そのとき駐車場の一角に止まっていた旧型のポルシェが突然、エンジンの咆哮《ほうこう》をとどろかせた。ライトをハイビームにして発進する。全員がそちらをふり返った。タイヤを鳴らし、まっすぐに涼子と大男めがけ、つっこんでくる。窓も車体もまっ黒だった。

チェチェン人が発砲した。だが防弾装甲を施してあるらしく、ポルシェはびくともしなかった。立《た》ち塞《ふさ》がろうとしたひとりをはねとばし、ポルシェは大男と涼子のあいだにすべりこんだ。

助手席のドアが開いた。

「乗るか」

日本語で、ハンドルを握る男が訊ねた。バーに現われた長髪の東洋人だった。何発もの拳銃弾がポルシェの窓や車体に命中した。男は悠然と運転席の窓を数センチおろした。膝にのせていたミニマシンガンの銃口をつきだし、狙いもつけずに撃ちまくった。止められていた車のウインドウが次々と砕け散り、被弾のショックで車体が揺れた。チェチェン人たちはあわてて車の陰にかくれた。涼子は無言でポルシェの助手席にとびこんだ。

男がアクセルを踏み、急発進したポルシェのドアが勢いで閉まった。

ロシア語の叫び声があがり、必死に併走しながら何人もの男たちが銃弾を浴びせた。だが運転席の男は顔をそむけることすらしなかった。ゲートの横木をはね飛ばし、スロープを一気に登って地上に躍りでる。

男の右手がマニュアルシフトを目にもとまらぬ早さで操作すると、ポルシェはさらに雄叫《おたけ》びをあげ、あわてて追ってきたチェチェン人たちの車を、はるか視界の後方におきざりにした。

9

池袋を離れたポルシェは秋葉原《あきはばら》の電気街に入った。東京で最も多くの人種が混在しながら、直接的なコミュニケーションを嫌う人間が集まってくる。乱立する二十四時間営業のネットカフェはどこも人でいっぱいなのに、咳《しわぶき》ひとつ聞こえてこない静けさだ。

「ここがいい」

東洋人の男はアベック専用のネットカフェの前でポルシェを止めた。カメラとマシンが個室に装備され、リアルタイムでネット上の乱交を楽しめるのが売りの店だ。プライバシーを逆探知される心配のないネットカフェの普及が、ネットセックスを流行させた。個室の空くのが待ちきれないアベックたちが、店の前に止めた車の中で励んでいる。

「ありがとう。助けてくれて」

「別に助けたわけじゃない」

男はいって、ミニマシンガンを涼子に向けた。

「やっぱりね」

涼子は九ミリを握った右手をバッグからだした。二人は並んですわったまま銃を互いに向けあった。

男が苦笑を浮かべ、首をふった。

「どうする。このまま刺しちがえるか」

「いいけど、痛い思いはそちらの方がするわよ。あたしは即死ですむ。あなたはお腹に九ミリ弾を抱えこむわ。これは軟頭弾《ホローポイント》なの」

「やめとこう」

男はいって、ミニマシンガンをおろした。

「俺の名前は龍。そっちは?」

「涼子」

「オーケイ、涼子。なんであんな無茶をしたんだ」

龍と名乗った男は訊ねた。一見すると甘さのある容貌だが、切れ長の目がそれを台なしにしている。

「仕事だからよ」

「調査員とかいってたな。〝熊〟に」

「熊?」

「あの大男だ。『収容所』グループのリーダーだ」

涼子は頷いた。

「雇われてトラックジャッカーのグループを追ってるの」

「『四つ葉運輸』のトラックを襲った連中か」

「ええ」

「それならチェチェンマフィアは関わってはいない」

「なぜわかるの」

「俺もあいつらを調べていたからさ」

「あなたの仕事は？」

龍はにやりと笑った。

「商社マンさ」

「楽しそうね」

「刺激に富んだ毎日さ。今日も社命で美女を救った」

涼子は首をふった。この龍という男には気を許せないところがある。

「なぜ怒る？」

龍が訊ねた。体を涼子に向けていた。

「怒る？　怒ってなんかいない」

「いや、怒っている。俺が美女だといったとたん、怒った」

涼子は笑った。

「馬鹿いわないで」

「きれいだといわれて怒る女を、俺は前にも見たことがある」

冗談とも本気ともとれない口調だった。

「そう?」

「誤解があるのさ」

龍はいって、フロントグラスに目を向けた。車を降り、ネットカフェに入っていく若い女を見つめた。

「きれいな女は人生でさまざまな得をすると思われている。同じ能力なら、必ずきれいな女の方が評価をされる。だが実際はちがう。秀れた結果をだしても、きれいな女は、認められた理由を周囲に『きれいだったから』といわれてしまう。『きれい』はいつだってついて回る。仕事ができることと『きれい』は別だと、なかなか思っちゃもらえない。頭や体を使わず、楽をしたい女は、『きれい』を上手に使う。だが自分を正当に評価してもらいたい女にとっちゃ、『きれい』はむしろハンディになる」

「考えたこともないわ」

「嘘だね」

きっぱりとした口調だった。思わず涼子は龍を見た。真剣な顔をしていた。

「なぜ嘘だとわかるの」

「俺が男だからだ。俺はコミュニケーション嫌いでもないし、ホモでもない。ガキの頃から、どうしたらきれいな女に好かれるか、そればかりを考えてきた。つまりふつうの男さ。頭が焼けるほど考えたね。『きれいな女は何を思っているか』」

涼子は笑いだした。

「あたしを口説《くど》いているの」

「殺し合おうかといった直後に口説けるほど、俺の肝っ玉は太くない。やってる最中に、やっぱり殺すことにしたわ、なんていわれたくはないからな」

「じゃあ龍、あなたはなぜ、ロシアバーにいたの」

涼子は訊ねた。気は許せない男だが、興味を感じ始めてもいた。

「会社の扱う品が横流しされている。それを調べてた」

「何？　扱う品って」

「そいつは答えられない。君を雇ったのは『四つ葉運輸』か」

「あたしも答えられない」

「そんなところだろうな。車はあきらめることだ」

「池袋の？」

龍は頷いた。

「困るわ。まだローンが残ってるの」

「今頃、影も形もないだろう」

涼子は息を吐いた。

「あそこは安全だって聞いてたのに」

「安全な場所なんか、どこにもないね」

「どこで育ったの、あなた。東京？」

龍は笑った。

「ちっぽけな島さ。それはそれはちっぽけで奇妙な島だった」

「ドクター・モローの島？」

龍は笑いながら首をふった。

「いや。だが親父は科学者だった。それは確かだ」

いって、助手席のドアを開いた。

「じゃあな、涼子」

あっさりといった。涼子はわずかに拍子抜けする思いで龍を見やった。龍は無言で頷いてみせた。

「もしどこかで会ったら一杯奢《おご》るわ」

いって、涼子はポルシェを降りた。

「君が知らんふりをしなけりゃな」

龍はいった。そして涼子がドアを閉めると同時に走り去った。

涼子はほっと息を吐いた。あたりを見回す。

秋葉原。奇妙な街だ。これほどきらびやかな電飾が瞬いているのに、人の温《ぬく》もりがまるで感じられない。機械を通したコミュニケーションでしか、愛情や友情を感じられない人間の存在がマスコミで問題になっていた。秋葉原は、そんな人間にとっての〝聖地〟だ。きらびやかだがにぎやかではない。熱くなるのは、人ではなく機械ばかりだ。アベック専用の同伴ネットカフェに入っていく女は、そのほとんどがオンネットコールガールだった。ネット上でのセックスを売り物にする女たち。

不意に腰に固いものが押しつけられ、ぎくりとして涼子はふりかえった。危く、引き抜いた九ミリの引き金をひきそうになる。だがそこに立っていたのは、モニターゴーグルをかけ、ＰＤＡ端末を手にした少年だった。

涼子をオンネットのコールガールとまちがえたにちがいなかった。涼子がＰＤＡのかわりにバッグからひき抜いた拳銃を見て、ぽかんと口を開けた。

だがひと言も言葉を発することなく、くるりと背を向けて走り去った。驚きも恐怖も、性欲すらも、音声ではなくモニター上の文字でしか表現できない手合いだ。

涼子は首をふり、拳銃をしまうと歩きだした。自分もまた、ひとりぼっちの好きな人間なのかもしれない。

「運転手は全員調べた。あなたのいう通り、買収されている人間はいなかったわ」

## 10

涼子がいってベトナムビールをすすった。ホーのいきつけの料理店だった。二人は奥の席に向かいあってすわっていた。アオザイを着たウェイトレスが前菜を運んでくる。小魚や蟹《かに》を揚げたものだ。

「やはりな」

ホーは答え、タイトスカートからのぞく涼子の足首に見惚《みと》れた。新しい調査員を雇ったことは、部長に報告してあった。その調査員のアドバイスが功を奏し、ホーの管轄するトラックがこの二週間襲われていないことを、部長は評価していた。

「報告によると二度、パンク発生器が見つかっている。どちらもサービスエリアで運転手によって除去された」

「だからって安心はできないわ。パンクが駄目なら、車載コンピュータに干渉する手もあるのだから」

「確かにな。だが重要なのは、現場での被害を防ぐことより、情報の流出をくいとめることだ」

ホーはいった。涼子は頷き、脚を組みかえた。涼子が自分のために体を開いてくれる可能性は百分の一もあるだろうか。千分の一もなさそうだ。

「現場レベルの情報流出がないとすれば、あとはもっと上のレベルね」

きれいな白い歯が蟹をかみ砕く。その歯に、指でいいからはさまれてみたかった。

「とすりゃ、俺より上だ」

「部長？」

「と、担当役員」

「何人いるの？」

「役員は二名、うちひとりが『四つ葉運輸』の社長を兼任している」

「部長はひとり？」

「いや二人の役員の下にそれぞれひとりずついる。課長も同じだ」

「つまり計六人の幹部？」

ホーは頷いた。

「CMPには他にどんな役員がいるの」

「社長を別にあと二人。警備担当と仕入担当だ。この二人は古くからの社長の仲間らしい」

「らしい？」

ホーは手を広げた。

「社長に会ったことがないんだ。社長に会えるのは四人の役員だけだ。その役員ですら、俺が会ったことがあるのは、警備担当の大佐と俺の上にいる佐藤《さとう》だけだ」

「佐藤とあなたの間にいるのは？」

「沛《はい》部長」

「警備と仕入担当以外の二人の役員は、どう立場がちがうの？」

「商品の流通先のちがいだ。アジアと欧米」

「日本国内の担当はいないの？」

「うちは国内流通をやってないのさ。輸出専門商社でね」

涼子が身をのりだした。

「そろそろ商品の中身を聞かなけりゃならないようね」

ホーはナプキンを口に当てるふりをして、内ポケットから封筒をとりだした。ナプキンに包み、涼子に押しやった。

「プレゼントだ。ただしよそで売らないでくれ。ばれたら俺たちは大佐に消される」

涼子はそっと封筒を開いた。表情に変化はない。

「見たことがないだろう。中国で発明された有名な漢方薬だ。だが今は中国でも作ってはいない。あまりに効き目が強いので禁止された」

「どこで作っているの？」

「俺も知らん。知っているのはおそらく社長と、仕入担当の一部の幹部だけだろう」

「飲んだらどうなるの？」

「一泊二日の天国旅行だ。病みつきになるらしい」

涼子はさりげなくブラウスの中に封筒を押しこんだ。白い胸の谷間に封筒は消えた。ホーは目をそらし、そっとため息をついた。

「元気がないわね」

「仕事のことがひっかかってるのさ。あんたのいうように情報が上から洩れているとしたら、俺の手には負えん」

「じゃ、あきらめるの？」

ホーは涼子を見た。

「それも手だ。考えてもみろ。もしやっているのが役員だったら、消されるのはこっちの方だ」

「役員全部が結託していると思う？」

　ホーは首をふった。

「それはありえない。この薬は、日本国内で流通させてはいけない代物《しろもの》なんだ。だから社長は、海外に流通先を絞っている。なのにわざわざトラックジャッカーを通して日本国内にばらまくような真似をすると思うか」

「なぜ日本国内では流通させないの」

「知らん。それが会社の方針なんだ」

「誰が決めたの？」

「社長だ」

「社長の名は何というの」

　ホーは肩をすくめた。

「将軍」

「将軍？」

「それ以外の呼び名を聞いたことはない。年寄りらしい」

　涼子はおもしろそうに笑った。

「謎の人物ね」

　ホーは真顔になっていった。

「社長には興味をもつな。会社の一番の規則だ。社長について詮索をするな。大佐ににらまれる」

「大佐や大佐の部下はよほど恐いのね。運転手たちにもだいぶ恐れられてる」

「殺し屋だ」

涼子は再び笑った。

「あら。あなたもそうじゃない」

「奴らはちがう。兵隊なんだ。ふだん何の仕事もしちゃいない。殺すだけ。あとはせいぜい護衛だ」

「どこから集めたの」

「大佐が連れてきた。もともとの部下たちだ」

ホーはいった。確かに自分も人を殺してきた。だが人を殺すだけで金をもらったことはない。ビジネスや自分の身を守るためにやむをえずやっただけだ。だがそんな話を涼子に理解してもらえるとは思えなかった。それに、ことによると涼子の方が自分よりはるかに多くの人間を殺しているかもしれない。

「社長の許可がでれば、裏切り者を捜しだしても安全でしょ」

「俺を出世させてくれようってのか。ありがたくて涙がでる」

「あなたには借りがあるわ」

涼子がまっすぐに見つめていったので、ホーは言葉に詰まった。

「仕事を紹介してくれた。三百万は助かったし、そのあともスパイを見つけられなかったのに二百、くれた」

「あれは部長の指示だ」

「嘘よ」

ホーは黙った。その通りだった。二百万は、ホーのポケットマネーだ。涼子に辞めてほしくなかったのだ。

「わかったよ。だが社長に会うのは無理だ」

「他に確実に信用できる人間は？　役員クラスで」

「大佐かな。社長の絶対的な僕《しもべ》だ」

「じゃ、大佐に会って話をもちかけたら？　スパイを炙《あぶ》りだすのに協力してくれって」

ホーは考えた。綱渡りだ。以前のホーなら絶対にやらない。これ以上出世したいとも思わなかったし、役員どうしのもめ事に巻きこまれるのは願い下げだ。誰が裏切り者だろうと知ったことではなかった。

だが今は。

もし断われば、涼子は自分を腑抜《ふぬ》けだと思うだろう。他の誰にどう思われてもいいが、涼子にだけはそう思われたくなかった。

「あたしを大佐に紹介して」

涼子はいった。

大佐がどんな反応をするか、ホーには想像もできなかった。いきなり涼子を殺せと部下に命じるかもしれない。

だが、そうだからやめろ、とは口が裂けてもいえない。涼子はそれを聞けば尚《なお》さら会いたがる。そして自分はもう涼子を抑えることができない。

「ミスター・ホー?」

ホーは呻《うめ》いた。

「あんたの勝ちだ」

## 11

　警視庁が涼子の偽装のために用意したアパートは、築十七年にもなる古い建物だった。一階部分の四部屋は、すべて警視庁捜査四課特殊班のダミー会社が借りている。涼子が使用している部屋は奥から二番目にあたり、あとの三部屋は、退官した元四課刑事の独身者に無償で提供されている。妻に先立たれたり、離婚した老人たちが住んでいるというわけだ。彼らはもちろん、現在でも警備員などの職業に就いているが、部屋を無償提供されるにあたっては、奥から二番目に〝入居〟する人物の情報を学習することを義務づけられていた。

　長期の潜入捜査の過程において、捜査員は自宅以外の住居をもつことを余儀なくされる。刑事という正体が接触する犯罪者や組織に露見するのを防ぐには、それは絶対に必要だった。

　ベトナム料理店をでた涼子は、飲みにいかないかというホーの誘いを断わり、アパートへと送られた。

　ホーには、池袋でのできごとを話してはいなかった。龍という男が同じ組織に属している人物なのかどうか知りたい気持はあったが、不用意な発言は、ホーに警戒心を抱かせるきっかけになりかねない。

これまでのところ、ホーは驚くほど紳士的に涼子に接していた。好意を押しつけることはせず、見返りを要求もしてこない。意識して、涼子との距離を保とうとしているように見える。

犯罪組織に属する人間がすべて、性的欲望に忠実な者ばかりではないことを、涼子は所轄署時代に学んでいた。粗野に見えても、強姦や卑猥《ひわい》な言動を嫌う人間は意外に多い。それは留置場や刑務所内のヒエラルキーで性犯罪者が最も下に位置することにも起因している。

ホーはホモセクシュアルではない。それはわかっていた。おそらく生来の用心深さで、涼子に深入りすることを避けているにちがいなかった。

ホーがアパートへとつづく路地の前でメルセデスを止めると、涼子はいった。

「ご馳走さま。大佐に紹介するといった話を忘れないで」

「話は通してみる。だが期待はしないでくれ。うちの社の幹部は、皆用心深いんだ」

「あなただってそうだわ」

ホーは首をふり、涼子が封筒をはさんだ胸の谷間を指さした。

「そいつを俺が渡したことは内緒だ。誤解をされたくない」

「誤解って？」

ホーは涼子から目をそらし、フロントグラスの向こうに目を泳がせた。

「それはつまり、俺があんたと二人で楽しんだと思われたくないんだ」

「あなたがそういうことはしないと、皆知ってるのじゃないの？」

ホーはため息をついた。

「ああ、知ってる。だが誰でもヤキが回ることはある。俺もそうだと思われるかもしれん」

涼子は封筒を抜きだした。

「だったら返すわ。あなたをまずい立場におきたくない」

ホーは封筒を見つめ、困ったような顔になった。ハンドルにかけた指先を神経質に動かした。

「いいんだ。それは俺の個人的な所有物だ」

「あたしがあなたを裏切らないという自信があるの？」

「そうじゃない」

ホーは首をふった。

「あんたがどんな人間かなんてまだわかっちゃいない。それはただ……俺があんたに知ってほしいと思っただけなんだ」

「あたしを会社にひっぱりたいの？」

ホーはわずかに沈黙し、手を広げた。

「腕の立つ人間は、どこでも欲しい。ちがうか?」

「あまり買い被《かぶ》らない方がいいかもよ」

ホーは正面から涼子を見た。決して醜男《ぶおとこ》ではない。浅黒い顔に生やした口ヒゲは、気障《きざ》だが嫌みになるほどではなかった。

「あんたは俺より出世しそうな気がする」

「出世」

つぶやき、涼子は首をふった。ホーの目が再び、路地の奥のアパートに注がれた。

「少なくとも、もっとましな場所に住めるだろう。こんな、年寄りだらけの陰気くさいところじゃなくて」

「調べたのね」

ホーは黙っていた。

奥から二番目の部屋の住人について、誰かに訊かれたら、

「およそ一年前から住んでいて、身寄りや友人、恋人らしき人物を見たことのない、不規則な生活の女」

と、二階の他の部屋の住人は答えることになっている。

「別に怒らないけど」

涼子はつけ加えた。

「あたしがあなたでもそうするから」

ホーはほっと息を吐いた。

「でもあんたがうちの会社に入るには、スパイを見つけるのが不可欠だ。うちはよそとちがう。街で新しい社員をスカウトしたりはしないんだ」

「大佐にそれをいってくれる？」

「スパイを見つけたら、会社に入れろと？」

「そう」

ホーの口もとに笑みが浮かんだ。

「入る気になったのか」

「いつまでもフリーじゃいられないわ」

ホーは頷いた。

「わかった」

メルセデスが遠ざかるのを、涼子はアパートの前から見送った。

部屋は小さな二Kだった。万一、留守のあいだに侵入者があっても、正体が知れるような私物は一切おいていない。

涼子はベッドに腰をおろし、安物のワインの栓を抜き、グラスに注いだ。

ホーが自分に抱いている感情に気づき、とまどっていた。ホーは、好意をあからさまにはせず、応えることを要求もしない。

むしろホーがそうしてくれた方が、涼子はよほど楽だった。たとえ目的が犯罪捜査にあるとしても、人を欺《あざむ》くのは決して楽しい仕事ではない。

ホーがINCのアンダーカバーである可能性はない。アンダーカバーなら、とうに涼子に正体を明しているだろうし、それに何より、ホーは殺人を犯している。

ベッドの上にすわり、両膝をひきよせて、涼子はワインをすすった。

憎しみであろうが好意であろうが、アンダーカバーが捜査対象者に特別な感情を抱くのは禁物《きんもつ》だ。

自分はホーには魅《ひ》かれていない。それはわかっている。とまどいは、ホーの好意をやがては自分が裏切ることに対してだ。

短期の潜入捜査では、こういう感情とは無縁だった。たとえばピーターだ。

ピーターは涼子に友情も愛情も示さなかった。信用はされていたが、それは涼子がピーターの犯罪に加担——この場合は身分を偽って複数の国をいききすること——していたからで、互いのプライバシーや考え方について話す機会などまるでなかった。涼子は、日本の児童ポルノ販売業者に雇われたふりをして、ピーターに近づいたのだ。業者が涼子を雇ったのは、ピーターが入国管理官に疑いを抱かれないですむ〝妻〟の存在を必要としていたからだった。

涼子にはわかっている。

このとまどいやホーへの裏切りをどれほど負担に感じようが、自分は仕事を途中で降りることはしないだろう。

龍の言葉をふと思いだした。

――自分を正当に評価してもらいたい女にとっちゃ、「きれい」はむしろハンディになる
龍の言葉は当たっていた。これまでどれだけそれを腹立たしく思ったことだろう。ハンディどころか、余分な憎しみや恨みまで背負いこむ羽目になった。

涼子を捜査二課から追いだした管理官は、その後、別の婦人警官とのトラブルが原因で皇宮警察へ転属になっていた。

今の自分なら、いい寄られたら応じるふりをして尻尾《しっぽ》をつかみ、痛い目にあわすこともできたろう。

ふとそう考え、涼子は愕然《がくぜん》とした。自分は、この容貌に魅かれいい寄ってくる男に対しては、良心の呵責《かしゃく》なく嘘を吐《つ》け、それを抑制する男に対しては、嘘を吐くことに罪悪感を感じている。

龍は痛いところを突いてきたのだ。

ワイングラスをヘッドボードのスペースにのせ、涼子は息を吐いた。

それが事実ならば、容貌を犯罪捜査に利用するのは、むしろ危険だ。自分自身が落とし穴にはまる可能性がある。

少なくともロングの潜入捜査に、自分は向いていない。

涼子は、ホーが早く大佐を自分に紹介してくれることを願った。

大佐が、ホーとはちがうタイプの人物だったら。涼子の容貌に興味を示し、下心《したごころ》をちらつかせて組織への加入を認めようといってきたなら。

自分はどれだけでも非情になれるだろう。


「今、どこにいる？」

二日後、連絡してきたホーは突然訊ねた。

「買物の最中よ」

事実だった。潜入捜査員は、捜査の過程で入手した金品を、身分の偽装に関してなら使用してかまわない規則になっている。涼子は青山のアウトレット専門店にいた。以前から欲しいと考えていたスーツを買いにきたのだ。好みではないが、高価なブランド物のスーツは、偽装には役立つ。

「迎えにいく。場所をいえ」

「何をするの」

「人と会う。それだけいえばわかるだろう」

「青山よ」

涼子は場所を教えた。

三十分後、店の前にホーのメルセデスが止まった。

大量の袋を抱え助手席に乗りこんできた涼子に、ホーは意外そうな目を向けた。

「あんたがブランド物を身に着けるとは思わなかったよ」

「あたしがなんで刑事《でか》をやめたと思ったの？」

涼子がいうと、ホーはあきれたように首をふった。

「女ってのはわからんものだな」

「安物の服と定食屋で我慢できるなら、今でも警察にいるわ」

涼子は平然といった。

「どこへいくの？」

「大佐の家だ」

答えて、ホーは車をスタートさせた。

「会うのはあたしとあなただけ？」

「いや、佐藤と沛部長もいっしょだ」

ホーの話では、佐藤は流通担当の役員のようだ。

「大佐とふたりきりになれる？」

ホーはさっと涼子を見た。

「なりたいと思うなら、な」

感情を押し殺した声でいった。

「誤解しないで。別にあたしは大佐をたらしこみたいわけじゃない。スパイは幹部かもしれないって話をしたでしょ。佐藤か部長のどちらかがそうだったら、と思っているだけよ」

「もしそうだったら、俺もあんたも消されるかもしれん」

「相手を先に消せば？」

ホーは息を吐いた。

ホーは首都高速にメルセデスを進めた。横浜方面へと向かう下り線に合流する。

「大佐はよく家で人と会うの？」

「ＣＭＰの本社は横浜にある。役員はほとんど出社しない。会社にいるのは、せいぜい部長か、俺たちみたいな下っ端だ」

ハンドルを操りながら、ホーは答えた。ホーは無理な運転を好まないようだった。よほどのことがない限り、追い越し車線を走ろうとしない。

「まだ根にもってる？　課長クラスっていったこと」

「いや」

ホーは首をふった。

「うちの会社はひどく閉鎖的だ。新しい顧客の開拓にも興味はないし、会議もめったに開かない。社長が社員の前に姿を現わしたことは一度もない」

「あなたも会ったことがない、といっていたわね」

「ああ。それでいい、と俺は思っている。余分な人間に会ったり、余分な話を聞かなけりゃ、それだけ安全だ」

「じゃ、あたしに関してはその主義に反しているというわけね」

ホーは黙った。

「感謝してるわ」

ぽつりと涼子はいった。ホーは口を開いた。

「あんたがうちの社に入れば、俺とは別の部門、たぶん大佐の下に所属することになるだろう。そうなりゃ、会う機会も少なくなる」

「まだ入ると決まったわけじゃない。大佐が虫の好かない奴だったら、こっちから願い下げよ」

「大佐は俺とはタイプがちがう。生粋《きっすい》の軍人だ」

「じゃあそうなるかもね」

「忠告しとく。たとえそう思っても、面と向かっては口にださんことだ。いくらあんたがタフでも、大佐の手下とはやりあわん方がいい」

涼子はホーを見やった。

「覚えておくわ」

大佐の家は、横浜市南部の高台にあった。狭く急な坂を登っていく途中に建っている。坂はまだつづいていて、三浦《みうら》半島と東京湾を見渡せる頂きにつながっていた。

建物は平屋で、装飾らしいものを一切排した造りになっている。鉄扉のはまった門と高い塀だけが異様に頑丈な構造で、内部にはまるで寮のような小部屋がいくつもあった。簡素な玄関をくぐると、直線にのびる廊下に面して扉が並んでいる。

二人を迎えたのは、詰襟の服を着た大男だった。大昔の制服警官がしていたような、肩と腰を斜めに結ぶ革のベルトを着け、拳銃を吊るしている。

玄関の扉を開けた大男は、無言で二人を廊下の一番手前にある部屋へと案内した。そこは天井の高い広間になっていて、小さな椅子がいくつもおかれ、正面に一段高い演壇が設けられている。

演壇をはさむように並んだ椅子に、男がひとり腰かけていた。五十代の後半で、地味なジャンパーにループタイを締めている。神経質そうな茶色い顔をしていた。

男はホーと涼子に小さく手をあげた。

「沛部長」

ホーがいった。涼子は男を見直した。およそ犯罪組織の人間には見えない風貌だった。うだつのあがらない役所の苦情係のようだ。

沛は立ちあがり、せわしなく瞬《まばた》きをする目で涼子を見た。

「あんたが、ホーの雇った人かね」

沛は細い声でいった。

「涼子です」

沛は涼子の右腕に触れた。

「若いのに、たいした腕だそうだな」

沛が左腕をほとんど動かそうとしないことに涼子は気づいた。何かの障害があるのかもしれない。沛はホーに向き直った。

「今、大佐は、佐藤常務に会っておられる。ここで待つように、ということだ」

ホーは頷き、涼子を見た。

「ここですわって待とう」

椅子には小さな机が固定されていた。腰をおろすと涼子はいった。

「まるで中学生に戻ったみたい」

沛は微笑んだ。

「大佐はここで、ブリーフィングを開く。大佐には優秀な部下がたくさんいて、皆、この家で暮らしている」

「じゃあこのあいだ高速道路にいた人間もそうなの？」

涼子はホーに訊ねた。

「そうだ。だが大佐と部下の仕事は他にもある」

ホーは落ちつかないようすで、演壇の並びにある扉を見つめながら答えた。

「他って？」

沛の手が再び涼子の腕に触れた。

「そう、何もかもを知りたがらんことだ。順序よくいけば、やがてすべてがわかる。急げば、こんがらがることもある」

涼子は沛を見やった。沛は目をしばたたかせ、気弱そうな笑みを浮かべている。

「せっかちは、あたしの悪い癖なんです」

「若いときは皆、せっかちだ。それは悪いことじゃない。体が元気な者は、そうでない者の何倍も早く動ける」

「沛部長も若い頃はせっかちでした？」

沛は大きく頷いた。

「大陸から船に乗ったときは、陸に着くのが待ち遠しくて、船の上を歩き回ったものだ。夢がいっぱいで、じっとしておられんかった」

涼子は沛の顔を見つめた。

「夢はかないました？」

沛は大きく頷いた。

「今の自分に満足しておるよ。好きなときに好きな場所にいける。あんたは知らんだろうが、私らが生まれた頃は、中国はまだ不便な国だった」

「中国に帰られることはあるんですか？」

沛は大きく破顔した。

「月の半分は中国で暮らしておるよ。家族は皆、向こうにいる。来月、孫が生まれるんだ」

涼子はホーに目を移した。

「あなたは国には帰らないの？」

「この十年に一度かな。身寄りがいないんでね」

ホーは無表情に答えた。

「部長とはどこで知りあったの？」

沛はくっくっくと笑った。

「大昔の新宿だよ。ホーは、私の手下を何人も痛い目にあわせたんだ」

「若かったのさ」

苦い口調でホーはいった。

「あるとき手下がホーを捕えてきた。どこで捕えたと思う？　ソープだよ。風呂に入ったところを待ちかまえていたんだ。この男は裸になるまでは、危くて近づけなかった。まっ裸のホーを縄でぐるぐる巻きに縛って、手下は連れてきた。殺すときは、私が殺る、といってあったからだ。だが会ってみて気がかわった。この男は仲間がいなくて用心深く、頭がいい。私は訊いた。『仲間になるか』と。『裏切りは絶対に許さない。だが仲間になれば、今よりもっといい生活をさせてやる。裏切ったら、殺しはしない。両手両足と両目を潰して放りだす』」

「それで今があるわけね」

沛は深く頷いた。

「思った通り、ホーは働き者だった。私が今の会社に移ったときもついてきた」

「あなたは誰にスカウトされたの？」

涼子は沛に訊ねた。

「常務の佐藤さんだ。佐藤さんは、もう今はなくなった新宿の組の、一番の若い者だった。若いが縄張りはきちっと仕切っていた。だが法律がかわり、やくざはやくざと名乗れなくなった。それで仕事をかわったのだ」

暴力団に対する刑法改正は、涼子がまだ生まれる前の二十世紀終わりと、七年前の二度、おこなわれた。二度目の改正では、「組」であるとか「興業」という形での団体名称をもつことすら違法とされ、旧態の暴力団は組織の存続が困難になった。団体名イコール暴力回路として、資金源を調達してきた組織は解体を余儀なくされ、生き残るには、すべて正業を看板に掲げた法人名を名乗らざるをえなくなったからだった。

やくざという言葉は形骸化した。いくら自分がやくざであるとすごんでも、身分はサラリーマンなのだ。

この法改正は、旧来の暴力団には壊滅的な効果をもたらす一方、法人型の犯罪組織を増加させる原因となった。

「CMPは、いろいろなところから、優秀な人材を集めて作られたというわけね」

沛はにこやかに頷いた。

「この会社は、将来性が抜群だ。あんたも参加できるとよいな」

演壇の並びにある扉がかちりと音をたてた。ホーが立ちあがった。

詰襟の服を着た、痩せて長身の男と、がっしりとした冷蔵庫のような体格のスーツ姿の男が姿を現わした。

詰襟の男は、なめし革のような皮膚が頭蓋に張りつき、ガラス玉に似た目をもっていた。背筋がまっすぐにのび、いかにも軍人という風貌だ。

一方のスーツの男は、負けず劣らず背が高いのだが、横幅の方もたっぷりとあって、相撲とりかプロレスラーのような体つきをしている。髪を短く刈り、顎からヒゲをのばしていた。

沛が歩みよると、二人は無言で見おろした。

「トラックの警備の件でアドバイスをくれた涼子さん」

沛は涼子を紹介した。スーツの男がじっと涼子を見つめた。欲望を隠そうとしない目だった。

「やめ刑事《でか》だそうだな」

しゃがれ声でいった。涼子は頷いた。

「初めまして」

「佐藤常務だ」

ホーがいった。佐藤は無言で詰襟の男を見やった。無表情な目が瞬きもせず、涼子を見つめている。

涼子は男の目を見返した。射抜くような視線だった。射抜いた上で、決して誰も信用はしない、という目だ。

「大佐に話があるそうです」

沛が控えめに告げた。

「女か」

詰襟の男が低くつぶやいた。ひどく蔑《さげす》むような口調だった。訛りがある。

年齢の見当はつかなかった。六十代初めか、もう少しいっているかもしれない、と涼子は思った。灰色の髪がかなり後退している。

佐藤が沛に訊ねた。

「パンクの件を教えたのは、この姐さんか」

「そうです。物識《ものし》りで驚きました」

「どこにいたんだ？」

佐藤が訊ねた。

「あちこちよ。最後は、本庁の三課」

「新宿にいたことは？」

涼子は首をふった。ホーが急いでいった。

「山岸に調べさせました。確かに警視庁にいました」

「――山岸を撃ったそうだな」

大佐が口を開いた。責めているのではなく、ただ事実を確かめようという口調だった。涼子は無言で頷いた。

「あれは――」

ホーがいいかけた。

「お前は黙ってろ」

佐藤がいい、ホーは口を閉じた。

「今でも銃をもっているのか」

大佐は訊ねた。

「もっています」

「見せろ」

大佐は右手をさしだした。涼子はショルダーバッグから九ミリをとりだした。受けとった大佐は掌にのせると、重さをはかるように動かした。

「珍しい銃だ。どこで作られたものか知ってるか」

細く長い指だった。だが決して華奢《きゃしゃ》には見えない。

「チェコスロバキア」

涼子は答えた。

「そうだ。お前が選んだのか」

「そうです」

「何という銃です?」

沛が訊ねた。

「Cz75だ」

大佐が答えた。そして握りしめると素早い動作でマガジンを抜いた。

「気をつけて。チェンバーにも入っています」

涼子はいった。大佐は小さく頷き、スライドを引いた。薬室内の銃弾を落とし、空になった銃を再び握りしめた。

狙いを壁につけ、訊ねた。

「どれくらい使っている?」

「ずっと」

「ずっと、とは?」

「刑事になってからずっとです。九ミリが十五発入る銃の中では、最もグリップが細く、私の手でも扱いやすいので選んだのです」

事実だった。大佐は引き金をひいた。カチンという音をたてて、撃鉄が落ちた。

大佐が顔をしかめた。

「軽いな」

「トリガープルは、D《ダブル》A《アクション》で三・七キロ。S《シングル》A《アクション》で一・六キロ。オリジナルより〇・五キロ軽くしてあります」

大佐は涼子の顔を初めて見た。

「お前が調整したのか」

涼子は頷いた。

「トリガープルを軽くすれば、不発が多くなる」

「その銃は大丈夫です」

「何人殺した?」

大佐は無表情に訊ねた。

涼子は肩をすくめた。

「殺した人間の数を自慢するのは、やった男の数を自慢するのと似てますから」

大佐の口もとが歪《ゆが》んだ。笑ったのだ。

銃を涼子に返し、

「入れ」

と扉を顎でさした。

扉の向こうは、小さいが居心地のよさそうな執務室だった。品のいい家具と、年代物のソファがおかれ、デスクの上には雪山の絵が飾られている。

涼子は意外な気がした。大佐の風貌と家の雰囲気から、すべてが質実剛健な調度でまとめられているのだろうと想像していたからだった。

涼子がソファのひとつにすわると、大佐は窓ぎわのデスクに腰をおろした。デスクの上には、やはり年代物の地球儀がおかれている。その半島の部分が赤く着色されていた。

「ホーはお前に何を頼んだ」

大佐は訊ねた。

「トラックジャッカーの組織とつながっている運転手を捜しだすことです」

「できたのか」

椅子にすわっても大佐の姿勢はかわらなかった。背筋をのばしている。

「運転手はすべて洗いましたが、それらしい人間はいませんでした。皆、大佐と大佐の部下を恐がっています」

「すると？」

「情報を洩らしている人間は確かにいます。運転手ではないとすれば、社員か幹部です」

「調べる方法は？」

「ふたつあります。ひとつは、わざとトラックジャッカーに積荷を襲わせ、追跡調査をする。もうひとつは、パンク発生器のメーカーからたどる」

「両方をやれ」

「私ひとりでは不可能です。特にトラックジャッカーの追跡は、人間が必要です。襲ったあと、積荷をどこに運ぶかを見張っていなければいけませんから」

「部下をつける」

涼子は首をふった。

「何が不服だ」

「大佐の部下は優秀です。しかしそれは軍人としてであって、尾行や監視などの仕事には向いていません。それにこの仕事には、流通部門の人間とふだん顔を合わせない人間が適任です。大佐が部下を動かせば、当然、他の社員や幹部も気づきます」

「何がいいたい？」

「ＣＭＰの他の部門で働いている優秀な人間が必要です」

「佐藤はともかく、沛やホーの知らない男か」

「そうです。口が固く、裏切り者ではない」

「心当たりがなくはない」

大佐はいった。

「流通部門には、佐藤の他にもうひとり役員がいる。アメリカ人だ」

「アメリカ人」

「佐藤とそのアメリカ人は、商品の輸出先を分担している。佐藤がアジア。アメリカ人は欧米だ」

「役員はそれだけですか」

「いや。あとひとりいる。以前、社長の副官だった男で、少佐と呼ばれている」

「少佐の担当は？」

「お前が知る必要はない」

「では少佐のもとに最近入った人間はいますか。信用のできる――」

ＩＮＣのアンダーカバーがいるとすれば、欧米担当か、その少佐の手下だろう、と涼子は考えていた。知られたくない少佐の業務とは、おそらくブラックボールの製造もしくは、製造元との接触だ。

「何人必要なのだ」

「腕がたつのなら、二人か三人でけっこうです」

「山岸は腕がたった」

「腕のたつ人間は女だからといって見くびりません」

「私も女は信用しない」

「信用しないことと見くびることは別です」

「ホーは信用できるのか」

涼子は頷いた。

「では何人か人選して、ホーを通じて連絡させよう」

「そのことは佐藤常務と沛部長にも秘密にして下さい」

大佐は涼子を見つめた。

「二人も疑っているのか」

「私にとっては、ホーさん以外はすべて初対面です」

大佐は顎をそらせた。

「いいだろう」

「それとお願いがひとつあります」

「何だ」

「スパイを発見したら、私をＣＭＰの社員にして下さること」

「金では嫌か」

「スパイが見つかれば、欠員が生じる筈です。ＣＭＰの業務には興味があります」

「商品を知っているか」

「いえ」

涼子は首をふった。

「知るのはかえって危険だと考えていましたので」

「教えてやる。ブラックボールだ」

「聞いたことはあります。合成麻薬の一種ですね」

「そうだ。モルヒネの代替薬として開発された。効果はモルヒネより持続し、中毒性は低い。肉体的には、な」

「精神的には？」

「依存性が高い。異常に、だ。つまり常用者は、肉体的な禁断症状に苦しめられることはないが、心の中で常に飢えている。常用者になれば、ヘロインよりも長くつづけることになる」

「売る側には理想的ですね」

「日本国内では絶対に流通をさせない、というのが我が社の方針だ」

「少佐は国内担当ではないのですか」

「ちがう。国内でブラックボールを扱う者がいたら、それは盗《ぬす》っ人《と》だ。我が社の商品を盗んだ人間だ」

「その線からたどろうとしたことはないのですか」

「イラン人を何人か拷問にかけた。だが卸した人間の正体を奴らは知らなかった」

「麻薬組織はたいていそうです。売人はいつでもトカゲの尻尾」

大佐は頷いた。

「最後に質問だ」

「何でしょうか」

「私は疑っていないのか」

「今お話しした方法でスパイが見つけられなかった場合、一番の容疑者は大佐になります」

「誰に報告する？」

「誰にも」

「誰にも、とは？」

「ＣＭＰの中で戦闘力を最ももっているのは、大佐だそうです。その大佐が裏切り者であるなら、ＣＭＰはいずれ方針を変更するか、組織崩壊をおこします。どちらにしても大佐は私を必要と考えるかもしれません。結果的には、私は就職先を手に入れます」

「いいだろう」

大佐はにこりともせず、いった。

「さがっていい。調査に成功した場合は、入社を許可する」

## 12

ホーは落ちつかない気分だった。涼子の出現によって、何かがかわり始めている。

涼子といることは、ホーにとっては喜びだった。タフで恐れを知らない女だ。これが若い男であったら、無知で愚かな人間だと思ったかもしれない。だが涼子ならば、その無鉄砲な言動に冷やりとしたり、不安を感じても、許せてしまうのだった。

涼子がそこいらのチンピラとちがう点がひとつあるとすれば、それはいついかなるときも他人の援護を求めようとしないところだ。

だから今回、大佐じきじきの命令で二人の人間が涼子と自分と行動を共にすることになったときは、ひどく不満だった。それが涼子の望みだと聞いたときはなおさらおもしろくなかった。

確かに涼子と二人だけで、これ以上スパイ探しをつづけるのは難しいかもしれない。だからといって、どこの馬の骨ともわからない奴と仕事をするのはまっぴらだった。たとえそれが同じCMPの社員だとしても。

「そいつらはどこにいるんだ」

バックミラーを見やり、ホーは訊ねた。

「この高速のどこかよ。別々に分かれて動いている」

助手席にすわる涼子が答えた。二人の乗る「四つ葉運輸」のトラックは、関越《かんえつ》自動車道を北に向かって走っていた。時刻は午前二時。六時に新潟港に到着し、積荷をおろす手筈《てはず》になっている。

「会ったこともない奴らに命を預けるなんてぞっとしないな」

「誰がスパイかわからない以上、うかつな接触はできないと思ったの。彼らにはこちらの位置がわかっている筈よ」

涼子はナビゲーションシステムを見つめながら答えた。新潟インターまで、渋滞の情報はまったくない。ダミーのトラックは十キロ前方を、警備の車にはさまれて走っている。

涼子のアドバイスをいれて、ダミーのトラックも築地出発にきりかえてからは、一度もトラックジャックの被害がでていなかった。パンク発生器に対する注意が運転手に浸透した成果でもある。

だが今夜は、あえてちがう輸送方法をとっていた。ダミートラックは練馬《ねりま》インターチェンジで合流した。ホーたちの乗るトラックは、バッテリーエンジンタイプを使っている。ただし運転席は防弾装甲を施した特別仕様だった。

涼子の作戦はこうだ。トラックジャッカーがエンジンコンピュータに干渉する装置でこちらの動きを止めたら、逆らわずに襲撃させる。ただし、車を降りての応戦はしない。このトラックは対地ミサイルの直撃をくらっても、運転者の生命には危険が及ばない構造になっているらしいのだ。涼子が刑事時代のコネでどこからか調達してきた代物だった。もし全損すれば、社は途方もない金額を払うことになっているらしい。防弾ガラスや装甲ドアに何発か弾丸がめりこんだていどなら、たいした修理代はかからないという。

――全損したらいくら払うんだ

――億じゃきかないらしいわ

――おいおい、佐藤が怒り狂うぜ

――勝手に怒らせれば。どのみち全損したときには、あたしたちは生きてない

本当は運転手までを買ってでる必要はなかったのではないか、とホーは思った。だが涼子がトラックジャッカーの顔を見たいといい張ったのだ。犯人は以前パクった人間かもしれない、と。

関越道のどこかを走っているらしい、顔も知らない〝協力者〟とは、まったく連絡をとっていなかった。無線を傍受されるかもしれないから、と、襲撃を受けるまでの一切の連絡を涼子が許可しなかったのだ。

「どうしても完璧な囮になりたいんだな」

「ただの囮じゃないわ。うしろには商品を積んでいるのよ」

ナビシステムのほの青い光を顔に反射させ、涼子はいった。本当だった。荷物室には、輸出用医療薬として梱包されたブラックボールが二万錠積まれている。渋谷あたりの闇値で一億になろうという代物だ。トラックジャッカーが見すごす筈はない。

「第二《セカンド》ポイントにきたわ、そろそろよ」

涼子がいった。涼子は経験から、ルート上の襲撃予測地点を何カ所か割りだしていた。周囲に照明の少ない路線バスや工事関係車輛の駐車帯がそれだ。しかも襲撃後、ただちにトラックジャッカーが積荷を移しかえたり、高速道を降りるための、サービスエリアやインターチェンジが前方になければならない。

「夜はわかりにくい」

ホーはいってバックミラーを見た。約百メートル後方に一台、ライトがあり、距離を保っている。トラックは走行車線にいた。追い越し車線は、数分前に四ＷＤバンが走り抜けていったきりだ。

「工事関係車用の路側駐車帯が七百メートル前方よ。六百五十、六百、五百五十……」

ナビシステムを見つめながら涼子はカウントした。

カウントが二百メートルになったときだった。ホーはアクセルの反応が不意に消えたことに気づいた。エンジンの回転数が急速に落ち、踏みこんでも車が反応しない。

「きた！」

「やはりね」

涼子はつぶやくと、膝の上に乗せていたノートパソコンのキィを押した。信号が〝協力者〟に送られた。現在位置と襲撃が開始されたことを知らせる信号だ。

ただし協力者は救援に駆けつけるわけではない。前方後方のふた手に分かれ、トラックジャッカーの移動先まで尾行をおこなうのだ。

「路側帯に入るぞ。本当にシールドは大丈夫なんだろうな」

「中央アフリカの国連軍が実証ずみよ」

ホーはハンドルを左に切った。エンジンはホーをからかうように、息を吹きかえしたり死んだりをくり返した。トラックは走ったり止まったりと、ぎくしゃくした動きで路側帯に入り、ついには完全に停止した。

「電気系統が全部いかれた」

「ナビシステムも死んだわ。相当強力な電波干渉機を使ってるわね。これじゃ無線や電話を積んでても意味がないわ。すべて妨害ジャミングされてしまうもの」

涼子はいって、足もとから四・五ミリのミニマシンガンをとりだし、膝においた。ブーツにはCzがささっている。

あくまでも淡々とした表情だった。ホーはドアロックを確認した。ヘッドライトも今では消えている。

不意に前方で赤いテールランプが点《とも》った。およそ五十メートルの路側帯は、中央に水銀灯が設置されているせいで、その光の外側がかえって闇に沈んでいる。そこに先着車がいたのだ。

テールランプのかたわらの白い後退ランプを点し、大型のバンが水銀灯の下に姿を現わした。黒く塗られ、窓もフィルムで黒くおおわれている。

「うしろからもきたわ」

涼子がいった。右のサイドミラーにライトが映った。二台いる。一台は前方にいるのと同じタイプのバンだった。二台のバンは、前後からトラックをぴったりはさみこむように停止した。

バンのスライドドアが開いた。ジーンズやスーツ姿に、目出し帽をかぶった男たちがばらばらと降りた。そいつらが手にしている銃を見て、ホーは唸《うな》った。四十ミリ榴弾《りゅうだん》を発射するグレネードランチャーつきのアサルトライフルだった。

先頭のスーツ姿の目出し帽がいきなりサウンドサプレッサーつきのアサルトライフルをフルオートで連射した。エンジンボンネットに高速弾がつき刺さり、車体が揺れた。

「降りろ」

変声器の付属したヘッドセットをつけている。歪《いびつ》な声が小型スピーカーから流れでた。銃口はフロントグラスごしに、ホーと涼子を狙っている。

二人は動かなかった。次の瞬間、アサルトライフルのサプレッサーが赤く染まった。ホーは不思議な光景を目《ま》のあたりにしていた。自分に向けられた銃口が火を噴くのを見るのは初めてだった。

フロントグラスに銃弾が刺さった。厚さ二十ミリの三層構造になった防弾ガラスは、一枚目で五・七ミリ高速弾をくわえこみ、二枚目まで通さなかった。七発の真円型の弾痕がフロントグラスに並んだ。

「その豆鉄砲じゃきかないわよ」

涼子が冷ややかにつぶやいた。スーツの男は一瞬、仲間をふりかえり、グレネードランチャーをスライドさせた。今度はホーは体を伏せていた。

四十ミリ榴弾がフロントグラスとボンネットの境い目で爆発した。衝撃でトラックが後退し、うしろのバンに追突した。

だがフロントグラスは黒ずんだだけで、ひびひとつ入っていなかった。

「すごいな、おい」

ホーがつぶやいたのもつかのま、いっせいに火蓋が切られた。何十という薬莢《やっきょう》をきらきらとまき散らしながら銃弾がフロントグラスにふり注いだ。それは熟した小さな果物がふり注いでいるようだった。びしっびしっという鈍い音をたて、弾痕がガラスに増えていく。車体は揺れつづけた。

「馬鹿が、まだわかんないのか。弾は通さないんだよ」

ホーは聞こえないのを承知でいった。だが、

「理論上は、同一着弾、五発まで」

涼子がつぶやいたので、息を詰まらせた。

「なんだと?!」

「まったく同じ場所に、五・七ミリメタルジャケットが撃ちこまれつづけた場合、六発目は貫通する」

まるで船上の講義のように揺れながら、涼子はいった。

「馬鹿いうな。それじゃ俺たちは蜂の巣になる」

「朝まで奴らがここにいる気ならね」

ホーは舌打ちし、叫んだ。

「早く積荷をもっていきやがれ！　いけよ！　くそったれ」

それが聞こえたかのように銃撃が止《や》んだ。ありとあらゆる場所に銃弾が撃ちこまれ、視界がほとんど失われている。

スーツの男が手で指示を下した。トラックの後部に何人かが走った。

「うしろのロックはどうなっている」

「カーゴは別物よ。ランチャーをくらえばひとたまりもないわ」

その言葉が終わらないうちに後部で爆発音があがり、今度は前のバンにトラックは鼻先をのめりこませた。

「うしろが開いたわ」

荷物室をふりかえり、涼子がいった。足音が響き、積荷を運びだす気配がある。

ホーは背後をふりかえった。サイドミラーも被弾し方向がねじれているのだ。黒い影が荷物室からひきずりだした段ボールを、バンに積みかえていた。

「覚えていろよ。次に会うときは切り刻んでやるからな」

涼子を見やると、涼子は正面からスーツの男を見すえていた。

「奴がリーダーね。プロよ。無駄も容赦もない」

「次に会ったらわかるか」

「もちろん。顔は見ていないけど、歩き方や身ぶりは目に刻んだわ」

その男がさっと腕をかかげた。荷物の積みかえがすべて終了したらしい。男たちはバンに乗りこんだ。

スーツの男が最後だった。覚えていろというように人さし指を涼子に向け、前方のバンの助手席に乗りこんだ。

三台の車がトラックを離れ、水銀灯の向こうの闇に呑まれていった。ホーはほっと息を吐いた。これほど死を身近に感じたのはひさしぶりのことだった。

ふと気づくと、涼子の指が、ノートパソコンのキィを叩いていた。


十五分後、ホーと涼子は、路側帯にすべりこんできたセダンに回収された。ハンドルを握っているのは、大佐の部下で、キムという警備部の男だった。セダンに乗りこむと早速、涼子は無線器をとりだした。

「こちらブレットワン。カートリッジワン、ツゥ、通話統制解除します。現在位置を報告願います」

「カートリッジツゥ、現在位置、関越道上り線、八十三キロポスト。前方二台、ブラックバードワン、ツゥ、追尾中」

ホーの知らぬ男の声が流れでた。

「カートリッジワン、応答願います」

涼子がマイクに声を送りこんだ。

「――カートリッジワン、現在位置、関越道上り線八十一キロポスト、後方にブラックバードワン、ツゥがいる」

「了解。七十キロポストをカートリッジツゥが通過後、前後位置交代し、追尾を続行して下さい」

「了解」

「了解」

「うまくいったようだな」

ホーはいった。

「これからよ。次のインターでUターンして上り線に入って。それから『四つ葉運輸』に連絡して、あのトラックを回収させないと」

「俺がやる」

ホーはいって携帯電話をとりだした。

涼子がカートリッジワン、ツゥと呼んでいる二人の助っ人は、そつなく尾行をこなしているようだった。だが二台のブラックバードは首都高速道に入ると別々に分離した。

その報告を聞き、涼子は舌打ちした。

「尾行に気づかれたわ」

ホーと涼子を乗せたセダンは、練馬インターまであと十キロの地点に近づいていた。

「なぜわかる？」

「ブラックバードスリーの存在を、カートリッジワンとツゥは見落としている。トラックジヤッカーは三台の車に分乗してきた。実際に襲撃を実行したのは、二台のバンの乗員たちだったけど、三台目に監視要員が乗っていたのよ」

カートリッジワンとツゥは、それぞれふた手に分かれてブラックバードワン、ツゥを追っていた。ブラックバードワンは高島平《たかしまだいら》インターで一般道に降り、ブラックバードツゥは首都高速環状線に向かっている。

「安全を期した予定の行動じゃないのか」

ホーはいった。

「もしそうなら、どちらかにブラックバードスリーが追随する筈よ。カートリッジワン、ツゥともにブラックバードスリーに気づいていない。かなり前方を走っては、わざと追い抜かせる走法をとって、尾行車をチェックしていたんだわ」

「くそ」

ホーはつぶやいた。

「命をエサにひきずりだしたんだ。逃がしてたまるか」

涼子はマイクにいった。

「カートリッジワン、現在位置を」

「高島平ゴーストタウンだ。放棄された都営団地の中に入っていく。これはやばいぞ」

「カートリッジツゥ、戻って！　カートリッジワンを援護」

「了解」

涼子が指示を下すまでもなく、警備部からきた運転手はセダンのスピードをあげた。

「警備部を使わなかったのが裏目にでたか」

ホーは吐きだした。

「トラックジャッカーはかなりの火力をもってる。カートリッジワンを戻さないと」

涼子がいった。

「だが戻したら奴らを見失うぞ」

「カートリッジワンが消されても同じよ」

涼子はいって唇をかみ、マイクを手にした。

「カートリッジワン、退避しなさい。それは罠《わな》よ」

「応援を呼ぶか」

ずっと無言だったキムが口を開いた。警備部の人間で、運転手たちに恐れられている。ホーと涼子を素人だと馬鹿にしきった口調だった。ホーはキムが嫌いだった。

「ブレットワン、どうやらその暇はないようだ。交信を切る。歓迎会が始まりそうだ」

カートリッジワンは妙に明るい口調でいった。

「ちょっと、カートリッジワン、何をいってるの。相手はグレネードランチャーを装備しているのよ。無茶はやめなさい！」

涼子が珍しく焦《あせ》った声をだした。会ったこともない〝仲間〟を心配する涼子がホーには意外だった。

「無茶を君に説教される筋合いはないぞ。とにかくパーティに遅れないことだ」

カートリッジワンはいった。同時に交信が切られた。

「何て奴だ、知り合いか」

ホーは涼子に訊ねた。涼子は首をふった。

「わからないわ。とにかく急ぎましょう」

「応援はどうするんだ」

キムが訊ねた。

「無駄よ、ヘリでも使わない限り、まにあわない」

「ヘリはある」

キムがいった。

「だが飛ばすには大佐の許可がいる」

「じゃあ訊いてみて」

キムは頷き、車載無線器に手をのばした。ホーには理解できない母国語で交信を始めた。

やがてマイクを戻すといった。

「ヘリは将軍専用機だ。許可できないと大佐はいっておられる」

「トラックジャッカーが逃げるわ」

「これはお前たちの作戦だ」

「同じ社員が死んでもいいの」

「嫌ならここで車を降りろ」

ホーは涼子に目配せした。キムは本当にブレーキを踏んだ。セダンはブレーキ音をたて横すべりし、止まった。涼子がさっとCzを抜いた。

「何の真似だ」

のっぺりした顔のキムは表情をかえなかった。

「車を降りなさい。あとはあたしたちでやる」

「大佐に報告しておく」

キムはいって、運転席のドアを開いた。悠然《ゆうぜん》と降り立つ。

「報告でもファックでも、好きにしなさいよ」

涼子はいい放ち、運転席に乗り移った。思いきりアクセルを踏みこんだので、セダンのタイヤは悲鳴をあげた。

「やれやれ」

ホーはつぶやいた。

「俺の人生はあんたと知りあってから狂いっぱなしだ」

「今までがうまくいきすぎていたのよ。敵もプロなのだから、反撃を予測すべきだった」

涼子は唇をかんでいた。

ホーはそれを見やって訊ねた。

「しかしなぜカートリッジツゥを呼び戻したんだ。ブラックバードツゥまで見失っちまうのだぜ」

「理由はふたつある。まず、トラックジャッカーのグループが迎撃の態勢をとった以上、こちらの尾行は完全に向こうにばれている。だから意味がないし、危険だわ」

「二番目の理由は？」

「カートリッジツゥがトラックジャッカーのスパイかもしれないから。この計画はトラックジャッカーをおびきだすためにたてたものよ。なのに敵はそれを見こしていたようにカートリッジワンを罠にかけた。連中が偶然こちらの尾行に気づいたのか、前もって計画を知っていたのか。知っていたとすれば、カートリッジツゥがスパイである可能性も否定できない。スパイなら、仲間と撃ち合うために戻ってはこないわ」

ホーは首をふった。

「なるほど。誰も信用していないんだな」

「あなたは信用してる」

「あんたを雇ったからか」

「それだけじゃないわ」

答えて涼子はホーを見た。

「信用できる人間だから」

ホーは急にどぎまぎして視線をそらした。膝においたミニマシンガンの弾倉を点検する。

「とにかく急ごうぜ。カートリッジワンを助けて、キムの鼻を明してやるんだ」

## 13

高島平ゴーストタウンは、老朽化が進み改修工事を検討していた都が、財政破綻《はたん》で計画を放棄した低層ビル群だった。

改修がおこなわれないと明らかになった時点で、大半の居住者が、都からの移転補助金を目当てに移住した。建物は上下水道の悪化が激しく、残ったのは本来の居住資格をもたない、不法滞在外国人やホームレスだけだ。四年前、都は彼らを退去させるための強制執行を警視庁の応援を得ておこなった。

直後は、建物の入口は封鎖され、まったくの無人状態となった。都はそこを民間企業と組んで再開発し、新たな分譲マンションとして売りだす方針を決定した。だが古い建物の取り壊し作業は都の負担となったため、作業が予算にあわせておこなわれている。取り壊しは一年に一棟のペースで、残っている建物は再び不法占拠される結果となった。

一帯は、地区でも最も治安が劣悪で、電力供給がおこなわれていないため、夜は暗闇になる。所轄署は半年に一度、一斉捜索をおこない、そのたびに身許不明の死体や廃棄された盗難品を発見する。一斉捜索の日を除けば、パトロールカーさえ巡回をためらう場所だった。トラックジャッカーの待ち伏せの場所として、おあつらえ向きなのだ。

取り壊しを待つ旧建造物は、高いフェンスで囲まれているが、一部のフェンスはすでに不法占拠者によって取り外されていた。内部は暗黒に異臭が満ちた迷宮と化している。

涼子はフェンスのすきまから、ゴーストタウンの内部に車を乗りいれた。そこここに不法投棄された産業廃棄物や、ナンバープレートはおろか、タイヤやガラスなどすべてがはぎとられた車が、小山となって積まれている。暗闇を切り裂くヘッドライトの中を野犬や仔猫と見まがうばかりに太った鼠が走り抜けた。

「ひでえ荒れようだ。おととしの昼間きたことがあるが、これほどじゃなかった」

ホーがいった。

「何をしにきたの」

涼子は訊ねた。このセダンが防弾装甲だとしても、あのトラックほど頑丈ではないだろう。グレネードランチャーをくらえばひとたまりもない。あまりに速度を落とすのは危険だった。だがかつては団地内の通行路として使われていた道路のあちこちにはゴミの山がある。ひっきりなしにハンドルを切っていなければその山につっこんでしまいそうだ。

「ゴミを捨てにきたのさ」

そのゴミが何であるかは訊かないことにした。半年に一度の捜索で発見される、腐乱あるいは白骨化した死体は、常に十体を越える。

通行路の左右には、ガラスを失い、四角い穴のような窓を並べる建物がつづいていた。暖と明りをとるための焚《た》き火《び》を不法占拠者がするため、火災はひっきりなしに起きていた。ときおりちらちらとオレンジ色の明りが瞬いている窓があり、今もそうした焚き火が内部でおこなわれていると知れた。

「知ってるか。都は自衛隊を使って、ここを吹っ飛ばす計画をたてたことがあるらしい」

「悪くないアイデアだわ」

「だが自衛隊がびびった。ここがなくなると困るモグリの産廃業者が圧力をかけたんだ」

涼子はブレーキを踏んだ。前方に三台の車が浮かびあがったからだった。手前に黒のクーペが銀色のセダンに後方を塞《ふさ》がれた形で止まり、その十メートルほど先にワゴンがある。

「ブラックバードスリーとカートリッジワン、奥のワゴンがブラックバードワンだわ」

三台ともドアは閉まっていた。セダンはクーペの後部に追突している。

「死体は転がっちゃいないな」

ホーがつぶやいた。

「この車に武器は積んであるかしら」

ヘッドライトを消し、涼子はいった。

「トランクを見てみよう」

ホーはドアノブに手をかけた。

「待って。もしどこかから見られてたら、格好の標的よ。ここに誘いこむくらいだから、敵は暗視装置を用意してる」

涼子はいって、シフトをリバースにした。アクセルを踏みこみ、通行路の両わきに作られた植え込みをバックで乗りこえた。セダンは放棄された都営住宅の一階入口に後部からつっこんだ。破れたベニヤ板のバリケードを押し倒し、階段の踊り場に停止する。

「ここなら少なくとも左右から撃たれない」

涼子はいって、運転席の扉を開いた。その扉を盾に、身をかがめて車の後部に回った。激しい悪臭が鼻をついた。上下水が機能していないため、汚物が溢《あふ》れているのだ。その上、不法投棄されたゴミの山がある。

口を使って息をしながら、涼子はセダンのトランクの蓋を開いた。

ゴルフバッグがあった。開けると、トラックジャッカーが使ったのと同じアサルトライフルが一挺入っている。キムは自分の武器だけを積んできたようだ。防弾チョッキもある。弾倉には五・七ミリケースレス高速弾が四十発詰まっていた。ゴルフバッグのサイドポケットを探ると、予備弾倉が二箇あった。弾倉を着こんだ防弾チョッキに納め、涼子はアサルトライフルを手にした。アサルトライフルには、赤外線暗視装置のスコープがついている。キムがオプションで加えたのだろう。

涼子は車の前部に戻った。小声でホーに告げる。

「携帯電話をつないで待機していて」

ホーの目がみひらかれた。

「どこへいくんだ」

「カートリッジワンを捜すわ」

「あんたひとりでか。無茶だ」

「彼はおそらく、この建物のどこかにいる。始末されていれば、ブラックバードが残っている筈ないもの」

「俺たちを待っていたのかもしれん」

涼子は息を吐いた。

「だったら自分たちの車は隠しておく筈」

「待機して俺はどうするんだ」

「いつでも車をだせるように運転席にいて。それからカートリッジツゥと連絡をとって」

「了解。カートリッジツゥがきたら？」

「あのワゴンに積んであるブラックボールを回収するのよ」

ホーは口を開けた。

「忘れてた」

「奴らにくれてやることはないわ。ここにおいていくことも」

ホーは頷いていった。

「姐さん、気をつけてな」

「帰ったら、またベトナム料理を奢ってもらうわ」

涼子はいって、携帯電話のボタンを押した。ホーは、自分の携帯電話が着信すると同時に通話ボタンを押した。二人ともコードレスイヤホンを耳にさしこんだ。マイクは電話の本体についており、電話をポケットにおさめたまま通話が可能だ。

「カートリッジワンの携帯番号を訊いておけばよかったわ」

「こちらから鳴らすわけにいかんだろう。敵に位置を教えてやるようなものだ」

「それもそうね。じゃ」

涼子はいって車の扉を閉めた。身をかがめたままライフルのスコープであたりをうかがった。黒い穴のようにしか見えなかった建物の窓も、はっきり内部が見える。少なくともこちらから見える範囲に狙撃手の姿はない。

涼子はライフルをおろし、走った。まずブラックバードスリーのセダンの陰に走りこんだ。大きく息を吐く。

全身が汗で濡れていた。対テロリスト作戦のための都市戦闘講習を受けたのは、四課に移る前だった。

第一、単独戦闘は、警察官のマニュアルにない。これが潜入捜査ではなく、ホーが相棒の刑事なら、涼子は車に閉じこもって応援を要請するだろう。車の外にでるのは、装甲車も含めた援軍がきてからだ。

再びスコープであたりをうかがい、そっとセダン車内をのぞきこんだ。エアバッグがふくらんでいる。

車に乗っていたときには気づかなかった弾痕がフロントグラスとサイドウインドウにあった。エアバッグにはさまれる形で、前の座席にふたつの死体が転がっている。車を降りる前に撃たれたようだ。二人ともスーツを着け、助手席の男は拳銃を手にしていた。

カートリッジワンの仕業《しわざ》だろう。いい腕をしている。車を降り、建物の方へ逃れようとしたところへ、このセダンがつっこんできた。カートリッジワンはまず運転手を撃ち、それから助手席の男を撃った。セダンはカートリッジワンのクーペに追突して止まったというわけだ。

涼子はゆっくりと首をめぐらせた。カートリッジワンが逃げこんだのは、左の建物だ。クーペは右ハンドルだが、先に運転手を撃ち、次に助手席の男を撃つには、左方向へと走らなければならない。運転席からそちらに向かうには、降りたクーペを回りこむ形になるので不自然だ。

涼子の想像通り、クーペの右側面には無数の弾痕があった。前方に止まったワゴンに対して、クーペは右を向くようにして止まっている。そのため、右側から銃弾を浴び、左の助手席から車を飛びだしたのだ。

アサルトライフルを抱え、ワゴンを狙った。車内は無人だった。乗っていたトラックジャッカーは全員、カートリッジワンを追ったのだ。

そのとき銃声が頭上で響いた。涼子はさっとアサルトライフルをめぐらせた。

再び銃声とともにマズルフラッシュが左側の建物の窓で閃《ひらめ》いた。四階だ。

「クラクションを鳴らして！」

涼子は車の屋根でアサルトライフルを固定し、いった。ホーがそれに応え、クラクションを鳴らした。

四階の窓から男の顔がのぞいた。目出し帽に暗視装置のゴーグルをつけている。背後をふりかえり、何ごとかを叫んだ。スコープの中央に男をおさめ、再び向き直ったとき、涼子はアサルトライフルのトリガーを引いた。

軽い衝撃とともに、男の姿が弾《はじ》かれるように消えた。

「カートリッジツゥからの連絡は？」

あれば聞こえている筈だと思いながら、涼子は訊ねた。

「ない」

ホーの声が答えた。

「生きてたか。冷やっとしたぜ」

「今ひとり片づけたところ。ブラックバードスリーは片づいてるわ」

「すると、残ってるのはたいしていないな」

涼子は目をみひらいた。見落としていた三階の窓から、アサルトライフルがこちらに向けつきだされたのだ。構えているのは、あのスーツに目出し帽の男だ。だがそれに狙いを向ける暇もなく、涼子はセダンの陰をとびだした。グレネードランチャーが発射され、四十ミリ榴弾が、クーペに命中し炸裂《さくれつ》した。

火柱が噴きあがり、二台の車が爆発した。激しい爆風に、涼子の体はあおられた。地面の上をごろごろと転がり、積みあげられた産業廃棄物の山にぶちあたって止まる。

息が詰まり、動けなくなった。燃えあがった炎であたりが煌々《こうこう》と照らしだされ、自分の姿も丸見えだとわかったが、涼子は立てなかった。イヤホンの中でホーが叫んでいるが、言葉が聞きとれない。

衝撃が体全体に及び、どこが傷ついているのかすらわからなかった。

ミニマシンガンの掘削《くっさく》ドリルのような銃声が轟《とどろ》いた。目を開けると、スーツの男がいた窓の付近が煙をあげ破片を散らしている。ホーが狙撃される危険もかえりみず、車を降り、掃射しているのだ。

涼子は呻きながら手を地面についた。アサルトライフルをつかみ、産廃の山の反対側に転げこむ。吐きけをもよおす悪臭の陰に隠れた。

建物からの銃撃が始まった。土と建設廃材と、その他何だかわからないゴミの山が銃弾で削りとられていく。涼子はひたすら身を縮めた。

ようやく呼吸ができるようになった。さすがに二発目の榴弾は飛んでこなかった。産廃の山が相手では、簡単に吹きとばせないと考えたのだろう。

「大丈夫か?!　姐さん」

ホーの叫びが耳の中で響いた。

「何とか、ね」

涼子は答え、産廃の山に背をもたせかけて咳《せき》こんだ。正面にも放棄された建物がある。そこから挟み打ちをくらったらひとたまりもないだろう。

涼子はアサルトライフルを肩にあて、赤く炎の光を反射している建物に向けた。舌打ちをして、スコープから目を離した。暗視装置は壊れていた。

だが燃えあがった二台の車のおかげで、視界があるていど確保されていた。特にトラックジャッカーがいた建物の出入口は丸見えだ。

同じ建物にカートリッジワンがいる可能性も高い。

涼子は苦労して体を起こした。明らかに傷を負ったり骨折をしていると感じる場所はなかった。あばらにひびくらいは入り、髪は焦げてカールしているだろうが、それですんだなら幸運というべきだ。このあと頭に弾丸をくらっては意味がないが。

産廃の山の裏側を涼子は移動した。山の大きさは、底辺が直径十メートルもあろうかという巨大なものだ。

反対側からはブラックバードワンのワゴンが近くなる。とりあえずそれを遮へい物にするつもりだった。奪ったブラックボールを積む、自分たちの足となるバンには、さすがにグレネードは撃ちこんでこられないだろう。

中腰になり、屈伸をくり返して、膝や足首に故障がないのを確認してから、涼子はホーにいった。

「援護して」

「了解」

ホーが再びセダンのかげからミニマシンガンを掃射した。その間に涼子は産廃の山からとびだしてバンのかげに転がりこんだ。

ホーの銃撃が止んだ。

涼子はバンの右側面に沿って移動した。運転席のドアにロックはかかっていない。左手にアサルトライフルをもちかえ、右手にCzを握ってドアをさっとひき開けた。

車内は無人だった。後部に奪ったブラックボールの段ボール箱が積まれている。イグニシヨンキィは刺さったままだ。武器はない。

涼子は運転席に乗りこんだ。イグニションキィを回すと、バンのエンジンは息を吹き返した。

涼子の行動は、建物の中にいるトラックジャッカーたちにもわかった筈だ。カートリッジワンにも。

「何をする気だ?!」

「カートリッジワンを助ける」

涼子はいって、バンのアクセルを踏みこんだ。旋回し、バンの向きをかえた直後、銃弾が襲ってきた。通常装甲らしく、一発目の銃弾はフロントグラスが食い止めた。高速道路であったような、シャワーのような銃撃には耐えられるかどうかは疑問だ。

「もう一回援護」

「くそ。もう弾丸がない」

いいながらも、ホーは撃った。涼子は建物に向け、バンを直進させた。

金属部分の装甲部は、ランチャーの直撃以外には耐えられそうだったが、フロントグラスは三発目の被弾で内側にたわみ始めた。ホーのミニマシンガンは、すぐに弾丸が尽き、援護の銃声は拳銃の間のびしたものにかわった。

たわんだフロントグラスのすきまから涼子はアサルトライフルの銃身をつきだした。燃えている二台の車を迂回《うかい》し、植え込みに乗り上げて前進する。

目出し帽の男が待ちかまえていた。階段の踊り場にしゃがみ、アサルトライフルをこちらに向けている。

涼子はトリガーを引いた。ホーからは死角の位置だ。だが片手で固定したアサルトライフルはあさっての方角に銃弾を吐きだしただけだ。

目出し帽のアサルトライフルがフルオートで火を噴いた。涼子の顔のすぐ前のフロントグラスが被弾し、内側にふくらんだ。涼子は顔をそらし、トリガーを引きつづけた。だがガラスのすきまは小さく、男の方角に銃口を向けることができない。

男が立ちあがった。肩に当てたアサルトライフルがまっすぐに涼子を狙った。

涼子はたまらず身を投げだした。フロントグラス全体が被弾のショックに耐えられず、ついにアメのように内側にたわみだした。そこから奔流のように弾丸が注ぎこまれた。

涼子は伏せたままアクセルをさらに踏みこんだ。バンははねあがりながら植え込みを越え、建物の入口につき刺さった。車体がコンクリート壁をこする衝撃とともに、銃撃が止んだ。

涼子はブレーキを踏んだ。ギアをバックに入れる。Czを手に身を起こした。

目出し帽が目の前にいた。バンにはねとばされない位置まで階段を後退していたのだ。踊り場部分に立ち、こちらにアサルトライフルを向けている。涼子の顔と同じ高さに銃口があった。

涼子は息を呑んだ。殺《や》られる、と思った瞬間、目出し帽の背後の扉が開き、男がとびだした。銃声とともに目出し帽の頭が爆《は》ぜた。階段を転がり落ちた目出し帽を、黒いスーツの男が見おろした。

涼子は目をみひらいた。男は龍だった。

「お迎えご苦労さん、ブレットワン」

龍はいって、そのまま踊り場を跳んだ。失ったフロントグラスのすきまから車内にダイブした。助手席に転げこむ。

涼子は答える間もなく、アクセルを踏んだ。金属がこすれる音をたて、バンは建物の出入口から頭をひき抜いた。ハンドルを切り、建物に沿って、涼子はバンを走らせた。再び頭上から銃弾が降ってくる。今度はランチャーを使うのもためらわないだろう。

涼子はアサルトライフルを龍に放った。

「これでうしろから援護して。グレネードランチャーを撃ってくるわ」

龍はアサルトライフルを受けとると、無言で車の後部に移った。

「ホー、聞こえる？　脱出するわ。先にでて」

「了解！」

フルオートにしたアサルトライフルの銃声がバンの後部で響いた。ルームミラーを見ると、龍が開いた荷物室の扉から撃ちまくっている。

ホーのセダンのあとを追うように、涼子はフェンスのすきまを走り抜けた。暗闇の中にでると、ヘッドライトを点した。

ほっと息が洩れた。荷物室の扉を閉じ、助手席に戻ってきた龍にいった。

「借りは返したわ。それに、車はあきらめることね」

## 14

ゴーストタウンを離れしばらく走ったところで、ホーは涼子からの指示で車を止めた。このバンで都内を走ることはできない。警察の注意を惹《ひ》きすぎる。代替車を「四つ葉運輸」に用意させ、ブラックボールを積みかえたいと涼子がいったからだった。

セダンを降り、すっかりフロントグラスを失ったバンをのぞきこんだホーは首をふった。

「まったく肝が縮んだぜ。あんた警察より軍隊にいたんじゃないか」

「あたしも今度は死ぬかと思ったわ」

ホーは助手席にすわる男を見つめた。

「あんた、確か——」

「龍だ。少佐の下にいる」

龍がいった。

「姐さんとは初対面じゃなかったのか」

電話でやりとりは聞こえていた。

「前に一度助けてもらったことがあるの。池袋でチェチェン人から」

「ふーん」

ホーはいって、龍から目をそらせた。龍に対しての印象を気づかれたくなかった。

「てっきり大佐の部下だと思ってた」

「大佐の部下は機転がきかないから使えないといっただろ」

龍は涼子に白い歯を見せた。

「そうね。カートリッジツゥとはどうなった?」

涼子はホーに訊ねた。

「連絡はつかずじまいだ。逃げたか、消されたか」

ホーは息を吐いた。龍がいった。

「カートリッジツゥは、ブラックバードツゥを追っている。俺がそうしろといったんだ」

「あなたが?」

龍は肩をすくめた。

「無線のやりとりは聞こえてた。だがカートリッジツゥひとりが戻ってきたところで始まらないだろう。それくらいなら、尾行をつづけさせた方がいい」

「計画の責任者はあたしよ。そんな勝手は許されない」

涼子は険しい表情になった。

龍は煙草をとりだした。平然とした表情だった。

「それはすまなかった。カートリッジツゥは俺の友人でね」

涼子とホーは顔を見合わせた。

「とにかく、かわりのトラックを呼びましょ。このバンはここに捨てていかなきゃ」

「手がかりをおいてか」

龍はいった。

「手がかり？」

涼子の言葉に、龍は背後の、黒々としたゴーストタウンを示した。

「何人殺《や》った？」

「ひとり」

「俺が四人。うち二人は、あとから俺を追ってきた車の人間だ。このバンにはもっと乗っていた筈だ」

「スーツの男は？　あなたが殺った？」

「いや」

龍は首をふった。

「奴がリーダーだ。とすると、あのゴーストタウンには、まだ二人か三人、残っている奴らがいる」

「それで？」

やりとりの意味がつかめず、ホーはいった。

「また戻っていって、ドンパチやろうってのか。おかしいのじゃないか、あんたら」

「帰る足がない、彼らには」

涼子がいったので、ホーは目をみひらいた。

「そうだ。奴らも仲間を呼ぶ。歩いちゃ帰れないからな」

龍が煙草を灰皿に押しつけた。

「あんたら、まだ作戦をつづける気か」

あきれてホーは呻いた。

「車を一台用意して」

「それには俺が乗る。君はそのセダンを使え」

「信じられん」

龍は涼子にいった。

ホーは首をふった。

「まだ戦争し足りないってのか」

「二台で追えば、奴らにもばれないわ」

「それでいこう」

ホーは頭をかきむしり、電話に手をのばした。

幸いに「四つ葉運輸」の支社が板橋《いたばし》にあって、十分足らずでトラックと乗用車が届くことになった。新たなトラックが到着するのを待つ間、龍は何度も電話をかけていた。涼子も気づいていたらしく、龍に訊ねた。

「どうしたの？」

「カートリッジツゥと連絡がつかない」

「たぶんあなたと同じで、罠にはめられたのだと思うわ」

涼子がいうと、龍は鋭い表情になった。

「消されたというのか」

「もしくは逃げたか」

「逃げた？」

「その人がトラックジャッカーにつながっている可能性も否定できない」

龍は携帯電話をしまった。

「誰も信用するな、か」

「考えてもみて。トラックジャッカーは遅くとも、襲撃のあと尾行がついた時点で、これが罠だと気づいた筈。にもかかわらず、逃げるどころかあべこべに罠をしかけて、あなたや私を殺そうとした」

「奴らも切羽《せっぱ》詰まっているのさ。あんたがきて以来、トラックジャックは成功していない。物が足りなくなっているんだ」

聞いていたホーはいった。

「奴らの中にはイラン人がいた。多分、密売組織の人間だ。ペルシャ語が聞こえてきたんでね」

龍はいった。

「これで決まりだ。トラックジャッカーはイラン人の密売グループと組んでいる」

ホーはいった。

「だが誰が情報を流してるんだ？　運転手じゃない。今夜のことを知っていたのは、俺たち以外は、大佐と佐藤、沛部長くらいだ」

「少佐は？」

涼子が龍に訊ねた。以前、何度か見かけたが、考えを読みとらせない男だ、とホーは思った。妙に明るいところが、ホーの肌にあわない。

「一応、伝えてある。俺の行動は少佐に知らせる義務があるんでな」

「カートリッジツゥは何者なの？」

「ロシア人だ。俺の幼な馴染《なじみ》のひとりでね」

「幼な馴染ね」

ホーは吐きだした。

「直接、社とは関係のない人間だ。千葉の方にふだんは住んでいる。運転の腕がいいので、俺が大佐に紹介した」

「秘密は守れるのだろうな」

自分も涼子をひっぱりこんだ手前、あまり大きなことはいえないが、ホーは不安になった。涼子とかかわって以来、知らなくていい社の事情を知りすぎる羽目になっている。

「ああ。ベイエリアで商売をやっている。ウォータータワーへの船渡しなんだ」

「ウォータータワーってちょっと前にできたカジノ島か」

龍は頷いた。

「都の治水政策の失敗を中国人が買いとったあれね」

涼子がいった。

「電力と淡水を東京湾からとりだせるって触れこみでスタートした――」

「金食い虫になるとわかって途中で放りだした。それに華僑《かきょう》が目をつけたんだ。カジノリゾートになる、とな」

龍が説明した。

「都の公安委員会がなぜＯＫしたのか、今でも不思議よ」

「そんな話はどうでもいい」

ホーは割りこんでいった。話しながら、妙に意味ありげな目つきを龍が涼子に向けるのが気にいらなかった。

「その男がスパイでもなく、消されてもいないことを祈るんだな」

「ザハリーが死ぬと、俺の親友が怒るだろう」

「ザハリーというのがカートリッジツゥの名なの？」

涼子の問いに龍は頷いた。

「親友てのは誰だ？」

ホーは訊ねた。

「船頭さ、船渡しの」

「ロシア人なの？　その人も」

龍が答えようとしたとき、ホーの携帯電話が鳴った。「四つ葉運輸」の板橋支社を出発したトラックの運転手で、近くまできたので場所を教えてくれ、という内容だった。

# 15

ホーが新たなトラックにブラックボールを積みかえて走り去ると、涼子と龍は、二台の車で高島平ゴーストタウンへの道を戻った。
——気をつけてくれよ、姐さん。あの龍を信じないわけじゃないが、俺がそばにいないときにあんたに何かあったら、俺は後悔しそうだ
別れぎわ、ホーはいった。ホーは、涼子と龍が知りあいだったことに対する不快感をけんめいに隠そうとしている。
「大丈夫よ。腕はいいわ。あなたほどじゃないけど」
涼子はホーを喜ばせるためにいった。
——腕がいいっていうより、あれは命知らずだ。あんたらは似てる。だからこそ心配なんだ
「そうね。あたしみたいな人間には、あなたみたいに慎重な人がペアリングしてちょうどいい」

涼子がいうと、ホーは本当に嬉しそうな顔になった。

——よしてくれ。ベトナム料理の件、忘れるなよ

涼子はキムが運転してきたセダンに乗り、龍は「四つ葉運輸」が用意したステーションワゴンに乗った。二台は、高島平ゴーストタウンの周囲にはりめぐらされたフェンスの陰に隠れるようにして、トラックジャッカーの生き残りの迎えがくるのを待った。

二台が別々のフェンスのすきまを見張り始めて二十分後、大型のワゴンがゴーストタウンの中に走りこんでいった。涼子の見張る側だった。

涼子の連絡を受け、龍は車を移動した。十分後、ゴーストタウンをでてきたワゴンの前方に龍が、後方に涼子がついて、前後にはさむ尾行を開始した。

三台は首都高速に乗った。ワゴンのナンバーを涼子は記録した。

ワゴンは環状線に合流すると、第一東名高速方面へと流出した。そして第一川崎インターチェンジで地上へと降りた。

第一川崎インターチェンジ周辺は、日本で成功した中国人やイラン人が最初に一戸建ての家をかまえることで知られた地区だった。かつて日本人の新興高級住宅地であった街が、今では彼らにとっての高級住宅地となっているのだ。

ワゴンは第一東名高速と直角に交わる県道をしばらく走った後、シャッターを降ろした自

動車修理工場の前で停止した。工場には付属して寮のような建物もある。工場の規模は決して小さくはなく、日本語、英語、中国語、ペルシャ語の車検サービスの看板が掲げられていた。工場の名は「トウメイ自動車サービス」といった。

涼子は龍と連絡をとり、都内へと戻ることにした。

「今日はここまでにしましょ。電池が切れそうだわ」

もう夜が白み始めていた。

「一杯奢るといっていたな」

龍は反対もせず、いった。

「ええ。でもくたくたよ。あたしの家でよかったら奢る。着替えてでていく元気はない」

「いいだろう。君の家はどこだ」

「五反田よ」

答えてから涼子は、前にトラックを運転したときも、ホーが五反田のアパートまで送ってきたことを思いだした。あの日、ホーはアパートにあげろともいわず、涼子を誘惑するような言葉も吐かず、帰っていった。

この龍はどうだろう。龍はただの中国人やくざではない。殺し屋のようにも思えない。あるいは――。

涼子は浮かんだ疑問を打ち消した。龍が、ＩＮＣの送りこんだアンダーカバーである可能性はあるだろうか。

まだわからない。仮りにそうだとしても、今はまだ確認すべきときではない。

「五反田だな。道順を教えてくれ」

涼子は教えた。いずれにせよ、接触のチャンスをこちらから捨てることはない。

五反田のアパートに帰りついたのは、午前六時前だった。もう少し遅かったら、上りのラッシュに巻きこまれていたろう。涼子はセダンを路上駐車し、アパートの入口につづく路地を歩いた。アサルトライフルはトランクに戻してある。

龍はまだ到着していないようだ。裏通りなので道に迷っているのかもしれない。わからなければ電話をしてくるだろう。

全身が痛み、疲れはて、悪臭を放っている。きっとひどい姿をしているにちがいなかった。龍に対する見栄《みえ》とかそういう問題ではなく、シャワーを浴びたかった。

部屋の扉をチェックした。留守中に誰かが入ればそれとわかるよう、髪を貼りつけてある。原始的だが役に立つ方法だ。

鍵穴に鍵をさしこむと、隣りの部屋の扉が開いた。引退した四課刑事で、警備員をしている老人の部屋だ。たいてい夜間の仕事にでかけている。

「あら、早いのね――」

いってふりかえった目の前に、ブローニングの九ミリの銃口があった。山岸だった。

「会いたかったぜ」

山岸はいって、口もとをほころばせた。警備員の制服を着け、少し足をひきずっている。

「手術はうまくいったって聞いたけど?」

「体の方はな。心の方がまだすんじゃいない」

山岸は銃口を振った。

「中に入れ」

涼子は息を吐いた。

「お宅の仕事でひどく疲れてるのよ。楽しむのは今度にしてくれない?」

「頭にぶちこんでから、つっこんでもいいんだぜ」

涼子は肩をすくめた。欲望を満たしたら山岸はおとなしく帰るだろうか。帰るだろう。ただし性欲以外の欲望もありそうだった。殺戮欲《さつりくよく》だ。

部屋に入った。追いこむようにつづいて入ってきた山岸に隙はなかった。うしろ手で扉を閉じる。すばやく室内を見渡していった。

「女のたしなみを知らないって部屋だ。教えてやらなきゃな。銃を左手の指でつまんで床におくんだ」

涼子はいわれた通りにした。

「ホーさんが知ったら許さないわよ」

「お前に目がくらんでる。色仕掛けも達者なようだな」

涼子の携帯が鳴りだした。

「でる必要はない。たとえホーでも」

涼子は黙っていた。自動応答サービスに切りかわった電話は沈黙した。

「電話も床において、洋服を脱ぐんだ」

「シャワーを浴びてからにしない？」

「必要ないね。女の匂いが好きでね。脱げ」

涼子は防弾チョッキを脱ぎ、その下の「四つ葉運輸」のツナギに手をかけた。ファスナーをゆっくりとおろす。下はTシャツにショーツだった。

山岸は笑った。

「焦《じ》らすなよ。さっさと脱げ」

とびかかれる位置ではなかった。山岸もプロだ。手か足が届く前に二発はぶちこまれるだろう。レイプの瞬間まで待つ他ない。

Tシャツを脱ぎ、ショーツをおろした。

「ホーはもう、いただいたのか？　その体をよ」

全裸になると山岸はいった。

「彼、あなたよりはシャイよ」

「口の減らねえ女だ」

山岸はいって、強化プラスティックの手錠を投げた。

「右手首と左の足首だ。前からはめるんじゃない。うしろからはめるんだ」

涼子はまず左の足首に手錠をはめた。それからうしろに回した右手首にはめる。立っているのが難しく、しゃがむ格好になった。

「四つん這いになれ」

涼子は言葉にしたがった。とたんにしたたかに背中を蹴られ、リビングの床に転がった。息が詰まる。痛めたあばらの上に、山岸の土足がのった。

「いい眺めだぜ」

山岸は涼子を見おろしながら、スラックスのベルトに手をかけた。

「シリコン形成でな。前よりひと回りでかくしてもらったんだ。お前の体で初試ししようと、溜めてたんだ」

涼子は目を閉じた。やられるよりしかたがないだろう。それとも逆らって殺される道を選ぶか。

山岸の体重は重く、痛めたあばらに足をかけられているせいで身動きがとれなかった。下半身をむきだしにした山岸は涼子の髪をつかんだ。

「どうだ。大きいだろう」

「あたしに感謝しなさいよ」

体重が消え、かわりに頭を床に叩きつけられた。二度、三度とそれがつづき、意識が遠のく。

体を再び四つん這いにさせられた。うしろから冷たい塊りが涼子の体にあてがわれた。涼子は貫かれるのを覚悟した。惨めさも怒りもなかった。ぼんやりと、いつ山岸を殺すチャンスが訪れるかだけを考えていた。

熱いものが涼子の背中にふりかかった。そしてあてがわれていたものが消えた。熱いものは血だった。涼子は体を転がし、ふり返った。

切り裂かれた喉に手をあて、ぶざまな格好の山岸が体を泳がせていた。背後に龍の姿があった。

「………」

口を開け、言葉を押しだそうとした山岸の喉が鳴った。喉の裂け目で血が泡立った。

山岸はゆっくりと体を倒し、痙攣《けいれん》してから絶命した。

涼子は横たわったまま、龍を無言で見あげた。龍は無表情だった。手にしていたナイフを山岸の上着でぬぐい、刃を畳んだ。

「鍵がどこかにある筈よ」

やがて涼子はいった。声がかすれていた。

龍は山岸の上着から鍵を見つけだすと、涼子に放った。涼子は左手で手錠を外した。

「一対一《タイスコア》になったのに、また借りができたわ」

手が震えていた。

「知り合いか。それともただの痴漢か？」

龍は山岸を見おろした。

「ホーの手下だった男よ」

龍は瞬きし、死体の顔を見直した。

「驚いた。山岸か」

そして涼子を見た。

「荷物をまとめて、ここをでた方がいい」

涼子は全裸で龍を見返した。言葉が自然に口をついた。

「その前にあたしを抱いてくれない？　震えが止まらないの」

念入りな愛撫はなかった。涼子がベッドに移ると、龍は衣服を脱ぎ捨ておおいかぶさってきた。強く抱きしめられただけで涼子は息が荒くなるのを感じた。充分に潤っている。龍が入ってきたとき、声を抑えられなかった。首を傾けると山岸の死体が目に入った。首を回し、天井を見あげた。龍の動きが激しくなり、目を開けていられなくなった。

## 16

龍が体を離すとき、その目をのぞきこんだ。錯覚でなければ、痛みのようなものがあったように涼子には思えた。

「――ありがとう」

涼子はいって、すばやく体を横にした。龍は無言で衣服を着けた。

「あてはあるのか、いくところに」

「ホテルでもどこでもいいわ」

龍の問いに涼子は答えた。わずかな沈黙のあと、龍はいった。

「荷物をまとめろ」

涼子は立ちあがり、手早く着がえた。最低限の着替えをバッグに詰めこむ。

龍が携帯電話をとりだした。どこかにかけ、いった。

「龍だ。粗大ゴミの処分を頼みたい。いや、屋内だ。掃除人もいる――」

涼子は荷造りの手を止めた。龍はどこに電話をしているのか。もし龍がいなければ、自分も同じような電話をしていただろう。秘密裡に死体を処分する依頼を岩永にあてて。

「ここの住所を」

龍はいった。涼子は答えた。

「鍵はかけておくが、問題はないだろう。安アパートだ」

龍は電話を切った。

「どこに電話をしたの?」

訊かずにはいられなかった。

「友だちだ」

短く龍は答え、つけ加えた。

「会社とは関係ない。面倒はご免だ」

より詳しく知りたい気持を涼子はおさえた。バッグを手にした涼子を連れ、龍はアパートをでた。

「今夜には片づいている筈だ。車のキィをくれ」

龍はセダンの前までくるといった。涼子は無言で渡し、助手席に回った。

「どこまで乗せていってくれるの」

「今夜まで休めるところだ」

龍はいって、セダンのエンジンをかけた。


品川《しながわ》にあるシティホテルに龍はチェックインした。

「いつもの部屋を」

フロントにそう告げるだけでキィが現われた。サインも求められない。いつもの部屋というのは、三十八階にあるセミスイートルームだった。

部屋に入ると龍は、すべての窓のカーテンを閉じた。部屋が暗くなると、涼子はようやく気持がほぐれるのを感じた。

「先にシャワーを使え」

龍はいった。涼子は頷き、バスルームに入った。大理石貼りのシャワールームで、バスタブに湯をため、体を沈めた。ゴミと硝煙と男の匂いが溶けていく。

改めて二人きりになったことに対する緊張感はなかった。不思議とは思わなかった。龍は何度も自分の命を救っている。池袋で一度、アパートで一度、高島平ゴーストタウンでも救った。だから実際は三対一で自分の借りだ。

死がどんなものか、深くは考えないことにしている。特に任務の最中には。

非番のとき、本当の自宅で、寝返りを打ったか何かした弾みにふと目覚めることがある。そんなとき、死を考える。背中がうそ寒くなるような不安、これまで見てきたいくつもの死体のひとつに自分が混じっているのを想像する。

無意味だとわかっている。どれほど惨《みじ》めな、あるいはきれいな、死にざまを想像しようと、自分では見られない。

毛布を巻きつけ、目を閉じる。それでも眠れなければ、冷凍室のウォッカか、バスルームにおいた睡眠薬の力を借りる。

ひとつだけ確かなことは、死は恐れていても、この暮らしの終わりを望んではいない、という点だ。

クライシス・ジャンキー。一方的につきつけられる死をのりこえた直後、言葉にはいい表わせない幸福感に包まれる。決して口にはしない、カウンセラーに対しても。いえばまちがいなく、「任務不適格」の烙印《らくいん》を押されるだろう。

任期を終えるまでは、アンダーカバーをつづけていく。

体を温め、洗い流した涼子はバスルームをでた。龍の姿がなかった。メモすらない。

龍はわかっている。涼子の欲望が、あくまでもその場のものにすぎなかったと。クライシス・ジャンキーの発作のようなものだったと。だからこそ、匂いを洗い流した涼子と二人きりの時間を共有するのを拒んだのだ。

そしてもうひとつわかっていることがある。龍がそういう人間だからこそ、自分も欲望をぶつけられたのだ。これがホーだったら、もっとちがう形になったろう。

バスローブのままベッドに体をすべりこませ、涼子は思った。ホーならば、愛撫をしたがったにちがいない。だがあのときの行為は、それを必要としなかった。いや、されようとしたら涼子は拒んでいたろう。

求めていたのは快感ではない。鎮静なのだ。龍はそれを知っていた。道具として体を求められたことに気づき、道具として提供した。だから涼子の感謝の言葉も無言で受け入れた。

ホーには多分、それは理解できない。

だが女を幸せにできる男がどちらか考えれば、答は決まっている。龍ではない。

龍は過剰に女を愛することは決してない。ホーはそれをする。

男を本気で愛したら、女は過剰な愛を求める。

涼子は目を閉じた。今は眠る。つづきは、何かが始まってからだ。

携帯電話が鳴る直前、涼子は目覚めていた。ホーからだった。

「無事だったか」

「ええ。迎えにきた車は川崎の修理工場に入ったわ。改めて調べてみるつもり」

涼子は答えた。

「――今、どこだ」

つかのまためらい、ホーは訊ねた。

「ホテルよ。車の置き場所がないのでチェックインしたの。ひとりでたった今まで眠っていたわ」

ひとりで、という言葉を涼子はあえて使った。かすかに胸の痛みを感じた。

「そうか。そいつは悪かった」

ほっとしたようにホーはいった。

「いいのよ。そっちはどうだった？」

「品物を別便で送った。さすがに今回は大丈夫だろう」

「二、三日うちにはスパイをつきとめられる」

「期待してるぜ。それと――」

ホーはためらいながらいった。

「ベトナム料理、いつにする」

「この件が片づいてからね」

「了解」

ホーは機嫌よくいって、電話を切った。涼子はベッドサイドの時計を見た。午後四時を回っている。ベッドからはね起き、付属のバスルームに入った。

左のわき腹の上部が青黒くアザになっていた。小さな切り傷や打撲は無数にある。前髪と眉が焦げていた。眉は化粧でごまかせるが、髪は美容院にいく他ない。

用を足し、顔と口を洗って涼子はバスルームをでた。喉が渇き、空腹だった。ベッドルームとリビングルームの境いのドアを開けた。龍がいた。

ソファに腰をおろし、コーヒーを飲んでいる。衣服がかわっていた。

「いつきたの？」

「少し前だ。カートリッジツゥだが、やはり消されていた」

答え、龍はポットからコーヒーを新たなカップに注いだ。

涼子はつかのま沈黙し、訊ねた。

「眠らなかったの」

「いや。寝たさ。もともとあまり寝なくても平気なたちなんだ」

涼子は龍の向かいに腰をおろした。龍はカップを押しやった。

「元刑事なのだそうだな」

カートリッジツゥの話にはそれ以上触れず龍はいった。

「ええ」

カップを口に運び、涼子は答えた。龍を見つめた。

「あなたもそうなの？」

「いや。俺は不良少年のなれの果てだ」

龍はあっさり首をふった。

「腕がいいわね。それにしちゃ」

「育った島には、兵隊がたくさんいた。ガキの頃、そいつらからいろいろ教わった。親父は嫌がったがな」

「そう」

「そっちは警察でか」

「きたないやり方はね。本庁にあがる前に、ガラの悪いところにいたの」

龍は涼子を見つめた。

「芝居がうまそうだ」

「芝居？」

冷やりとしたことを気《け》どられないように、ゆっくり涼子は訊き返した。

「君はいつでも芝居をしている。むきだしの自分は、ひとりのときにしかない」

涼子は笑った。

「誰でもそうでしょ」

「前にもいったが、君は自分の容貌を嫌っている。その容貌のせいで、正当に評価されないと感じている」

「考えたこともない」

「嘘だ」

涼子は息を吸いこんだ。

「認めさせると高くつくわよ」

「あとふたつ貸しがある」

涼子は本気で微笑んだ。

「覚えてたのね」

龍は考えを悟らせない表情で頷いた。

「だとしたら？」

「別に。警察よりこういう仕事の方が合ってるだろうな」

涼子は煙草に火をつけた。

「つっこみたがる奴に、遠慮する必要がない」

「山岸のような？」

龍は頷いた。

「それに犯罪組織にいる人間は警官ほどは女に不自由していない」

「あなたのように？」

龍は再び頷いた。

「仕事の話をしましょ。トラックジャッカーのグループは、CMPの力に気づいていない。これほど大がかりな組織だと知らない可能性が高いわね」

涼子は話題をかえ、いった。龍は気分を害したようすもなく、ソファに背をもたせ、膝の上で手を組んだ。

「内通者がいるのに、か」

「ええ。反撃を試みることじたいがそれを表わしている。もしCMPが日本国内でブラックボールの密売組織としての地位を確立しているなら、彼らは昨夜のような反撃はしてこなかったでしょうね。たとえあなたやわたしたちを殺せても、報復を受けると考えるわ」

「それはCMPが国内販売をやっていない点についていっているのか」

「それだけじゃない。国内の犯罪組織との接点もひどく少ないわ。それは沛や佐藤のような人間もいるけれど、わたしがこれまでに感じたところでは、横のつながりがひどく乏しい。これはいったいなぜかしら」

「なめられ、襲撃をうけるという弊害があるにもかかわらず、か？」

涼子は頷いた。これはテストだった。潜入捜査官は、単細胞な暴力犯を演じているのでない限り、常に知的な犯罪者を装う。それはおおむね変り者という評価で周囲から迎えられる。だが実際は変り者でも何でもなく、犯罪と犯罪組織の実相を、二つの視点から判断する目をもっているからだ。摘発する側とされる側として。

しかしこのことが、潜入捜査の対象とされがちな組織では捜査員の化けの皮《カバー》をはがす原因ともなりかねない。「お巡りのような、ものの考え方ができる」イコール「お巡りなのじゃないか」というわけだ。

とはいえ、頭の悪いやくざ者を演じているだけだと、捜査に必要な情報に接するのは難しい。企業化の進んだ組織では特に、情報の管理がいき届いているからだ。

だからこそ、涼子は元刑事というカバーを選んだのだ。「お巡りらしいものの考え方」をするのが不自然ではないし、企業化された組織であれば、スラムのギャンググループのような警官アレルギーもない。

元刑事というカバーは、潜入捜査官にとり演ずるのはたやすいが、一方で組織側の調査もたやすいという矛盾もはらんでいる。どこの署で何をしていた、という問いの答は、すぐにチェックが可能だからだ。警察官の人事情報の大半がアンダーネットに流出している現在は、特に注意を要する。

櫟涼子という架空の警察官の勤務記録を準備するのに、特殊班は三カ月をかけた。

龍が二元的な視野でＣＭＰが抱える問題にアプローチできるか、涼子は確かめるつもりだった。

もちろんそれが可能だからといって、即、龍がアンダーカバーであるとは限らない。頭の切れる犯罪者ということもありうる。ただし組織に対する帰属意識も探ることで、その誤《ご》謬《びゅう》を避けられる筈だと涼子は考えていた。

アンダーカバーが組織内で孤立する危険を招く最も大きな要因は、帰属意識の希薄さだ。たとえば涼子の場合、ホーに対しては、愛着あるいは尊敬に近い感情を偽りなく表現できる。しかし、沛部長や佐藤、さらにその上に位置する人間に表わすことができない。なぜならいかに演技をしようと、組織そのものの存在に対しては、あってはならないものと考えているからだ。この考えは演技では簡単に押し殺せない。なぜなら二重の意味で潜入捜査官の自己確立にかかわっているからだ。

犯罪組織に対する敵意なくして、警察官という職業は成立せず、さらに敵意という動機があるからこそ、潜入先で人を欺き陥れる行動が可能となる。

したがって龍のＣＭＰに対するスタンスをはかることは、ただ頭の切れる犯罪者なのか、潜入捜査官なのかという、テストとなる筈だった。

「秘密主義だからだろうな」

龍は答えた。涼子が口にする疑問は、ホーならば決して答えたがらない種類のものだ。ホーは頭が切れる一方で、恐怖という帰属意識をCMPに対して抱いている。帰属意識が強ければ強いほど、恐怖も強くなる。それは肉体的な危機に対する恐怖のみではない。帰属する場所を失うという、精神的な危機に対する恐怖もある。

「なぜそこまで秘密主義にこだわる必要があるの」

「社長の主義だろう」

「社長と会ったことはあるの？」

「ないね」

あっさりと龍は首をふった。

「社長と会えるのは重役だけだ」

「つまり、大佐に少佐に、佐藤、それと――」

「フランコだ。アメリカ人で輸出担当の役員をしている」

「社長の存在は謎ということ？　名前すら？」

龍は頷いた。

「将軍という通称をのぞけば」

「会えるかしら。トラックジャッカーをきれいにして、スパイをつきとめたら。幹部に欠員ができるでしょう」

「会うことにどんな意味がある」

「現行の組織のあり方の弊害を指摘できるわ」

龍は笑いだした。

「組織が秘密主義を守っている理由はもうひとつある」

「何？」

「ブラックボールをなぜ日本国内で流通させないのか、ということを見落としていないか」

涼子は目をみひらいた。

「まさか?!」

「俺は少佐の下にいる。少佐の仕事は仕入れだ。つまり、商社としてのＣＭＰは、メーカーと契約を交している。メーカーの所在地も当然知っていなきゃならん。ＣＭＰが日本国内で、ブラックボール密売容疑で摘発された場合、警察が最も知りたがる情報は何だ」

「密造地」

龍は頷いた。

「その通り。だからこそＣＭＰは、自分たちに火を及ぼしかねない、トラックジャッカーを真剣に排除したいと考えているのさ」

ＩＮＣはあなたね、という言葉が喉もとまででかかっていた。

龍が涼子に顔を近づけた。

「奴らを皆殺しにする。君と俺できれいさっぱり片づけよう。スパイも吐かせる。スパイが役員なら、俺が役員になる日が近い」

どちらなのだ。龍は出世を望んでいるかのようだ。

「あなたが出世を望む人には見えない」

「金には不自由していないが、俺は知りたがりなんだ。君と同じように」

涼子は目を閉じた。唇が塞がれた。龍の、コーヒーと煙草の香りがする舌を涼子は味わった。

右手がバスローブの内側にのびてきた。朝とはまるでちがう、焦らすような動きだった。涼子の頭は思考を拒否した。今は考えてはいけないときなのだ。

さざなみのような震えが体を駆け抜けた。

龍の手が止まった。

「嫌か」

「ちがう」

涼子は目を閉じたままいった。龍がソファの隣りに移ってきた。その手の動きに身を任せ、涼子は声をあげた。

# 17

「——あなたが昔、不良だったってこと充分わかったわ」

朝とはまるでちがう方法で龍は涼子の体に接した。女の体を扱い慣れている。

「これで貸し借りはなしだ。俺は俺のやり方で君を抱けた」

「どちらも嫌いじゃないわ」

涼子は龍に微笑んだ。

「俺は……相手によるな」

「腐るほど女がいるわね」

「少し素直になったな」

「何が？」

「その言葉にはヤキモチが含まれている」

「嫌な男」

龍は微笑んだ。龍の掌が涼子の手を包んだ。

「君がただのつっぱりじゃなくてほっとした」

涼子ははっとして龍を見た。

「ただのつっぱりに見えた？」

「池袋で会ったときは」

「つっぱりが好きだと思ったわ」

「つっぱって、つっぱって、その内側がかいま見えるときが好きなんだ。どこまでいっても
ただの鉄の塊りならご免だ。どんな美女でもな」

「嫌みでも何でもなくて、あたしよりきれいな女はごまんと見ているでしょ」

「きれいで尚かつ、銃を扱える女はそうはいない」

涼子は起きあがった。

「どうした？」

「帰らなきゃ。部屋の掃除がすむ頃よ」

龍は涼子の瞳をのぞきこんだ。

「怒ったのか」

「そんな単細胞に見える？　仕事を思いだしただけよ」

「川崎の連中か」

涼子は頷いた。

「奴らのことをもう少し調べなきゃ。気がかりな点があるの」

「何だ？」

「ＣＭＰに内通者がいるのなら、なぜ奴らは恐がらなかったの。ＣＭＰの実力を知っていておかしくない」

「利用されたとしたら？」

「内通者に？」

龍は頷いた。

「あたしもそう思ってる。でももしそうなら連中が今度は消される番。あたしたちに尻尾をつかまれるリスクをスパイが放っておく筈ないもの」

龍の目が真剣になった。

「それもそうだ」

「とりあえず川崎の連中を探ってみようと思うの」

そのとき涼子の携帯電話が鳴りだした。

「――はい」

「姐さん、まだホテルか」

ホーが訊ねた。

「ええ。今、チェックアウトしようとしていたところ」

涼子は龍を見やった。ホーの声が妙だった。

「さっきあんた、川崎の自動車修理工場といってたな」

「いったわ。どうして」

「たった今、佐藤常務から連絡があった。大佐の部下が、沛部長の死体を見つけたってんだ。川崎の『トウメイ自動車サービス』って修理工場で」

「大佐の部下が？　なぜ」

「わからん。俺も向かうところだ。拾っていこうか」

「大丈夫。車があるから。キムに返すチャンスだし」

「その工場のこと、姐さん以外に誰か知っていたか」

「龍は知ってる」

「まさかな……。とにかく川崎にきてくれ」

いって、ホーは電話を切った。

「どうした？」

「沛部長の死体が『トウメイ自動車サービス』で見つかったって」

龍は眉をひそめた。

「どういうことだ」

「わからない。いってみましょ」

18

涼子の乗ったセダンと龍のポルシェが同時に修理工場の敷地に入ってきた。まるでつるんで走ってきたかのように。

ホーは手にしていた煙草をメルセデスの灰皿に押しつけた。あの二人は似た者同士だ。惹かれあったとしてもおかしくはない。だからといって、自分に何ができるのだ。龍を殺すなど論外だ。女のために社の同僚を殺したとなれば、出世もくそもなくなる。

心の鎧《よろい》を閉じるのだ。涼子に甘くしてきた自分をひき締めろ。

だが車から降り立った涼子の姿を見たとたん、ホーは早くもその決心が揺らぎ始めるのを感じた。きれいすぎる。ひれ伏してしまいたくなるほど、涼子は輝いて見えた。

「状況は？」

メルセデスに歩みよってきた涼子は訊ねた。きれいな眉がいつもと少し形がちがう。なぜだろうと考え、化粧のしかたがかわったからだと気づいた。

「血の海だ。六人の死体がある。うち五つは、大佐の部下が作ったものだ」

「どういうこと？」

涼子は眉をひそめた。ホーはポルシェに目を向けた。

「なぜ奴は降りてこない？」

「勝手に行動していいかどうか、あなたの許可を待ってるの。彼に知らせたのはあたしよ」

「いっしょにいたのか」

ホーの問いに涼子は頷いた。

「今後の調査について話しあってた」

信じるとしよう。少なくとも電話をしたときは、あの最中ではなかった。

「俺の許可なんか必要ない。中には今、キムともうひとり、知らない男がいる」

「知らない男？」

「対米輸出責任者の下で働いている男らしい。キムが連れてきたんだ」

「警察は？」

「まだ動いてない。ここは今日は定休日だったらしい」

涼子がポルシェの方をふり返り、合図を送った。龍がのっそりと車を降り立った。

「こっちだ」

ホーはいって、ガレージに隣接したアパートのような建物に歩みよった。ガレージのシャッターは閉じてある。シャッターを開けて出入りするのは論外だった。死体が並んでいるのだ。大佐の手下は、全員をガレージに集め、処刑した。

建物の出入口をくぐり、三人はガレージとつながった扉から、修理工場の中に入った。油の染《し》みたコンクリートの床に、うしろ手に縛られサルグツワをかまされた死体が五つ、どれも後頭部を撃ち抜かれて転がっていた。並んだ五体から少し離れた位置に沛が横たわっている。

ホーは沛から目をそらした。沛はふだん着だった。くたびれたスラックスにスポーツシャツとカーディガンといういでたちだ。警察がこの現場を見たら、巻きこまれた通行人だと考えるだろう。

キムが少し離れた位置で、仰向《あおむ》けにした死体の写真を撮る男の作業を見守っていた。男は首から二台のカメラをさげ、並んだ死体の顔と掌紋の写真を交互に撮っている。掌紋写真の撮影には特殊なデジタルカメラを使う。

キムが冷ややかな目をホーたちに向けた。

「何をしにきた」

「何があったかを知りにきたのよ」

涼子がいった。沛の死体を調べている。

「俺が呼んだんだ」

ホーはいった。もともと合わなかったが、昨夜のあとでは、今後キムとうまくやっていくのは不可能に近くなった。ホーは開き直ることにした。

「トラックジャッカーの捜査は、大佐にも佐藤常務にも許可を得てあった。この修理工場は昨夜涼子たちがつきとめた、トラックジャッカーのアジトだ」

「だったら片づけてやったのを感謝しろ」

キムがいった。

「どういうこと？　なぜ沛さんまでいるの」

キムは煩《わずら》わしげに涼子を見やった。その目つきでホーはますますキムを嫌いになった。

「今日の昼、沛から大佐に電話があった。トラックジャッカーをつきとめた、とな。大佐は俺に部下を連れていけと命じた。暗くなるのを待って侵入した。沛の死体がここにあり、俺は部下にいって、隣りの寮にいた人間を全員ここに集めさせた。多少抵抗があったが排除し、全員を処刑した。それだけだ」

並んだ死体の中には二名のイラン人が含まれている。ひとりは片腕を吊っていた。

「訊問《じんもん》はしなかったのか」

龍が初めて口を開いた。

「必要はないですね。状況から判断して、沛がトラックジャッカーの内通者だったことは明らかです。沛は昨夜の件について、この連中と話しあうためにここを訪れた。だが口論となり、身の危険を感じて大佐に連絡をとった。直後にそれを知られ、撃ち殺されたのです」

撮影していた男が穏やかな口調で答えた。

「あんたは?」

龍は男に向き直った。

「フランコ常務の命令で、今朝早く日本に着いた者です。村雨《むらさめ》といいます。CMPのニューヨーク支社におります。日本語ができるので、今度の件に関する調査、報告をフランコ常務に命じられました。大佐にはフランコ常務から話がいっています」

だから佐藤は自分を動かしたのだ。フランコと佐藤は、輸出担当役員としてライバル関係にある。フランコは大佐と接近し、部下をトラックジャック問題にまでかかわらせてきた。佐藤はこれを機会にフランコが日本で力を拡大するのを警戒し、ホーをこの現場に赴かせた。ホーは初めて、社の役員同士の対立に自分が巻きこまれてしまったと気づいた。直属の部下である沛がスパイだったということになれば、佐藤の立場の悪化は避けられない。大佐、佐藤、フランコ、少佐という四人の役員の力関係が、これまでに比べ、ひどく不安定なものになっていくだろう。

「フランコ常務は、日本国内の商品流出問題に関して、ひどく神経を尖《とが》らせていらっしゃいます。本来なら常務の管轄エリアではありませんが、情報だけは入手したいということで、私を送りこんだのです。悪《あ》しからず御了承ください」

村雨はいって、まるで機械人形のように一礼した。髪を七、三に分け、黒縁の眼鏡に濃いグレーのスーツを着けている。そのいでたちといい、偏執《へんしゅう》的に写真を撮る姿といい、妙に固苦しい日本語といい、ひと昔前のハリウッド映画にでてくる〝日本人〟のようだとホーは思った。もしかするとアメリカ採用の日本人サラリーマンかもしれない。ＣＭＰの仕事《ビジネス》を、まるでまっとうな商社か何かだと考えているようだ。

「あんたも沛がスパイだったと思うか」

龍がホーを見た。ホーは首をふった。

「俺は信じられん。沛部長は信義にあつい男だった。社の機密を売るような人じゃない」

「誰でも老いぼれればヤキが回る」

キムがいった。村雨が頷いた。

「引退したあとのことを考えれば、金が必要となります。沛部長にはそれが必要だった」

「とにかくこれで終わりだ。スパイは死に、トラックジャッカーは処刑された。ＣＭＰと『四つ葉運輸』の業務に、今後、支障の材料はなくなる」

キムは会話を終わらせるようにいった。

「納得がいかないわね。見方をかえれば、誰かが沛部長にスパイ役を押しつけて、関係者の口を塞いだようにも思えるわ」

涼子がいった。ホーはキムを見た。キムは無表情だった。

「考えるのはお前らの勝手だ。警備部としては必要な仕事をしたにすぎない」

「殺せばすべて片づくと思ってるの」

「当然だ。お前は何をしたかったのだ？　逮捕して起訴か？　ＣＭＰが扱っているのはただの薬品ではない。業務を妨害し、社の財産を盗む人間に対し、社が下す処分はひとつしかない」

キムの言葉の方が正しい。ホーはそう考えざるをえなかった。殺す他に、処分の方法はなかった。実はホーも同じことを考えていたのだ。トラックジャッカーの一味をつきとめたら、警備部に出動を要請する。殺しはお手のものの連中だ。

「あたしがいっているのは情報の問題よ。こいつらの訊問に立ちあう権利があたしたちにはあった。命がけでここをつきとめたのよ」

「まちがえるなよ。ここの情報を、警備部はお前から入手したわけではないんだ。大佐にかかってきた沛の電話から得たんだ」

「もういい」

ホーはいって、涼子を促した。

「いこう」

「あなたがいいのならいいわ。あなたもきのう命をかけた」

涼子はいった。踵《きびす》を返す。

「下らん。命をかけるなど、軍人にとっては日常のことだ。ことさらに声を大きくするのは臆病者だ」

その瞬間、ホーは涼子がキムを撃つのではないかと思った。涼子はキムに向き直った。

「あなたがどれほどの軍人さんか知らないけれど、ご自慢の兵隊抜きであたしと勝負できる?」

「教育的指導を望むのか?」

「いいわね」

一歩も退《ひ》かず、涼子はいった。

「いつでも受けて立つ。大佐の許可さえあれば」

「話しとく」

いい捨て、涼子はガレージをでていった。龍がそれを追い、ホーがつづこうとしたとき、キムがいった。

「お前の連れてきたあの女は、組織の秩序を乱している。スタンドプレイを好み、戦略的な見地で物を判断できない。いかにも女だ。お前がその責任を負う覚悟ができているのだろうな」

ホーは息を吸いこんだ。

「そのいかにも女が、これまで警備部ができなかったトラックジャック防止に大きな功績をあげたことをどうあんたは判断する?」

キムは答えなかった。ホーは静かに、ガレージをでていった。

外にでると、涼子がホーのメルセデスのかたわらに立っていた。

「乗せていって。この車はここでキムに返していくわ」

「それはいいが――」

ホーはポルシェに乗りこんだ龍を見やった。

「彼は消えるそうよ。いろいろ考えることがあるみたい」

龍は軽く手をふると走り去った。ホーはメルセデスの助手席に涼子を乗せた。

「どこまで送ればいい?」

ホーは訊ねた。涼子はホーを見た。

「いくつか話しておかなければならないことがある」

ホーは時計を見た。午後八時になろうとしている。

「飯でも食うか」

「ええ。そのあたりのファミリーレストランでかまわないわ」

ホーはメルセデスをスタートさせた。第一川崎インターチェンジの周辺には、昔からファミリーレストランが建ち並んでいる。そのうちの多くは住民の人種変動に対応して、手軽な中華料理や韓国料理、イスラム料理店へと変貌していた。

ホーは韓国料理店へと車を乗り入れた。声高《こわだか》に喋る韓国人に混じれば、会話を聞かれる心配もないだろう。

## 19

「龍と寝たわ」

涼子が切りだしたとき、ホーはまるで顔面の筋肉が硬直したように無表情になった。

「さっきの修理工場をつきとめ、五反田のアパートに帰ったら、山岸が待ち伏せていたの。レイプされそうになった。龍が山岸を殺し、そのあとであたしは龍と寝た」

ホーは深々と息を吸いこんだ。浅黒い顔は呪縛《じゆばく》が解けたように、怒りと困惑、哀しみの表情を次々と浮かべた。

「なぜ俺に話す」

「まず山岸のことがあったから。山岸の動向について知ってた？」

「いや。奴は俺を避けてた。俺があんたに色仕掛けでおとされたと思いこんでいたようだ」

「そういってたわ」

「龍に惚れたのか」

涼子はホーを見た。

「惚れたというのとはちがう。別にいっしょに暮らす気もないし、また寝るとも限らない。ただ、あなたには話しておきたかった」

「聞きたくなかったね」

涼子は目をそらした。

「それもわかってた。やきもきさせたくなかったの。あなたと龍はちがうタイプの人間よ。あなたと寝ていたら、あたしは龍に何もいわない」

「いってる意味がわからんな」

「別に今さらあなたの気を惹くつもりはないけど、心を許せるのは龍よりあなたよ」

「もういい」

ホーは低い声でいった。涼子は頷いた。すべてが明るみにでれば、ホーは誰よりも激しく自分を憎むだろう。

「他の話をしてくれ」

「沛がスパイだったと思う？」

「何ともいえない。信じられないといえば信じられないが、確かに沛部長は引退をしたがっていた。中国人らしい考え方で、自分はもう現役でいるべきじゃないと感じていたようだ」

涼子は村雨という日本人の言葉を思いだした。ひどく頭が切れるか、頭が切れる男を演じているように見える。

「もし沛がスパイじゃないとしたら、なぜあの工場で死んでいたんだ」

「撃たれたのはあのガレージじゃないわ。周辺に血痕がない。死体をあそこに運んだのよ」

「なぜそんなことをしなけりゃならん」

運ばれてきたチヂミを皿にとり分け、ホーはいった。

「あたしたちが川崎の修理工場をつきとめたことは、誰かに話した？」

「佐藤常務と沛部長には伝えた。あんたと電話で話した直後に」

「たぶん龍も少佐に話したと思う。直属の上司なのだから」

いったとき、涼子の携帯電話が鳴った。龍だった。

「ひとつ訊き忘れてたことがある。川崎の話を誰かにしたか」

「ホーに話したわ。今、目の前にいる。彼は佐藤と沛に話したそうよ。あなたは？」

ホーを見やりながら涼子はいった。

「少佐だ。少佐に話した。つまり、ふりだしということだな」

龍はいった。

「そうね」

「ホーによろしくいってくれ。俺はホーとうまくやってきたい」

「わかった」

電話を切り、涼子はいった。

「あなたによろしくって」

ホーは答えなかった。

「少佐に話していたわ。つまり誰がスパイであっても身代わりを立てる必要に迫られたということよ。沛を呼びだし、大佐に通報させたあと、消した。佐藤も少佐も、沛より地位が上なのだから、できた筈」

「あるいは大佐がすべてを仕組んだか、だ」

「大佐が？」

チヂミにキムチをのせ口に運びながらホーはいった。

「沛がスパイということになれば、重役会における佐藤の立場は不利になる。フランコが大佐と手を組み、佐藤を追い落としにかかったのかもしれん」

「あなたが一番かかわりたくない世界の話ね」

ホーは頷いた。

「沛が死んで、後釜はあなた？」

「そうなるだろうな」

認めて、ホーはじっと涼子を見つめた。

「俺を疑ってるのか」

「あなたがスパイだったら、とっくにあたしは死んでるわ」

「どうかな。俺が山岸をさし向けたのかもしれんぜ」

「あたしひとりを殺すだけではすまない。それなら龍も殺さなけりゃ」

「龍か」

ホーはつぶやいた。

「あたしと寝たことで、彼とまずくなってほしくはない」

「そんな子供じゃない。第一俺は、それほど奴のことを知らないんだ。仕入部門の人間は、えらく秘密主義でね」

「彼はあたしとは別にトラックジャッカーを調べていたの。それで池袋で会ったのよ」

「少佐の指示か」

「わからない。もしそうなら、少佐は容疑者から外れるわね。少佐ってどんな人物?」

「大佐といっしょで、古くから社長の部下だった人間だ。社長の秘書官のような仕事をしていた。もしかすると大佐より信頼されているかもしれん」

「なぜそう思うの?」

「大佐は戦争屋だ。大佐とその部下は、社長を守るのが仕事だ。それ以上のことは、社内で求められていない。だが少佐はもっと大きな仕事についている。商品の仕入れだ」

涼子は少し考え、いった。

「重役会が開かれるかしら」

ホーは頷いた。

「まず、まちがいなくな」

「これですべてが終わると思う？」

ホーは首をふった。

「わからん。もし沛以外にスパイがいて、そいつが利口者なら、しばらくは尻尾をださないだろう」

「あたしは調査をつづけるべきかしら」

「手がかりは消えちまったんだ。もう襲撃を待つわけにいかない」

「手がかりはまだあるの」

ホーは首を傾《かし》げた。

「何だ」

「いってもいいけれど、他の人たちには秘密にしておいてくれる？」

「それは龍もまだ知らないことか」

涼子は頷いた。

「わかった。俺も腹をくくる。何なんだ」

「襲撃に使われたのと同じタイプのパンク発生器を作っている人間をつきとめたの。トラックジャッカーについて必ず情報をもってる」

「どうやってつきとめたんだ」

「警察時代のコネを使ったの」

ホーはわずかに息を吸いこんだ。

「まだつきあいがあるのか」

「金をつかませれば動く人間を知っているだけよ」

ホーは考えこんだ。

「そのパンク発生器を作った奴からスパイが辿れると思うか」

「可能性はないといえない。でもその結果、スパイが沛部長じゃないとわかったら……」

ホーは息を吸いこんだ。

「今度こそ、俺とあんたは消される」

「社長に会う必要があるわ。会ってあたしたちの調査を支持してもらうこと」

「いったろう。社長には重役しか会えない」

「それを何とかするのよ。社長の支持さえあれば、調査結果を直接社長に知らせることで、本物のスパイからあたしたちが狙われるのを阻止できる。問題は、そこまでやる価値があるかどうかよ」

「――沛部長には世話になった。俺が今あるのは部長のおかげだ」

「じゃあ、やるのね」

ホーは小さく頷いた。

「だがどうやって社長に直接会うかだ」

「絶対にスパイじゃないと信頼できる役員はいる?」

「少佐だろうな。大佐はスパイじゃないだろうが、フランコとつながっている」

「それにキムも信用できない。キムはきのうの計画を知ってた。キムは大佐の信頼を得ているのでしょう」

涼子の言葉にホーは頷いた。

「奴は俺やあんたを嫌ってる。スパイであるかどうかはともかく、危険だ」

「佐藤常務も可能性が低い。彼がスパイなら、沛部長を身代わりには仕立てなかった筈よ。自分の立場が危くなる」

「少佐はなぜスパイじゃないと思うんだ」

「少佐は仕入部門の責任者よ。仕入部門がなぜ秘密主義なのかがわかったから」

「なぜだ」

「商品は日本国内で作られている」

ホーは一瞬、無表情になった。

「嘘だろ」

「本当よ。龍が教えてくれたの。だからこそ日本国内では絶対に流通させなかった。製造地がどこかは、警察が最も知りたがる情報よ。製造工場を叩けば、流通ルートは潰滅《かいめつ》する。だからトラックジャッカーによる、国内への横流しをこれほど嫌がった。日本の警察はまさか日本国内で商品が製造されているとは考えていない。流通量が少なかったから」

「少佐がスパイじゃないという根拠はそれか」

「少佐は仕入れにかかわっている。もし横流しをする気があるのなら、トラックジャックなんて手間をかけなくても、商品を調達できるわ。工場からいくらでももってこられるもの」

「待てよ。じゃあ工場もCMPがやっているってことか」

「可能性は高いわね。もし工場とCMPが別々の組織なら、工場は国内ルートにも商品を卸している筈。CMPが独占的に商品を仕入れているという現状は、工場もCMPが運営している可能性を示唆《しさ》しているわ」

ホーは目を丸くした。

「そんなことは考えてもいなかった」

「当然よ。CMPのほとんどの人間は、商品は海外で製造され、日本は経由しているだけだと考えていたのだから。実際に、製造地から消費地に直接送らないことで、製造地の特定を避ける麻薬組織は多いわ。流通ルートは複雑であればあるほど値が上がるし、警察が辿るのも難しくなる」

「なんてことだ。そんなことを知ってる奴なんか、俺の周りにはいないぜ」

涼子は頷いた。

「だからこそ、ＣＭＰは重役会に権力を集中させているのだと思うわ」

ホーは深々と息を吸い、

「少佐か……」

と吐きだした。

「おそらく今度の問題を一番憂慮しているのは少佐よ。そう考えれば、少佐を通して社長に話をもっていく方が早い」

「だったら俺より龍に相談した方がいい」

「龍の立場がまだよくわからないの」

涼子はいった。本音《ほんね》だった。

「彼が少佐の下でどれだけの権限をもっているのか。あなたは龍以外の仕入部門の人間を知ってる？」

「ああ。もちろん何人かは知っている。俺たち流通部門の人間とは、築地で顔を合わすからな。氾にセルゲイ、部長は少佐の甥《おい》で呉という男だ。龍が実際どんな仕事をしているのか、俺はよく知らん」

「彼がＣＭＰに入ったのは最近？」

「ＣＭＰじたいがそんなに古い会社じゃない。主だった社員というのは、たいてい役員がスカウトしてきたんだ。佐藤が沛をスカウトし、沛が俺をスカウトしたように。龍は少佐か、呉にスカウトされたのだと思うが、以前に何をしていたかはわからない」

「呉はどんな人物？」

「デクの坊だ。はっきりいって、できが悪い。少佐の甥でなけりゃ、とうてい部長なんかになれなかったろう。女好きで見栄張りの若造だ。名前だけの部長で、仕事の大半は、下にいる氾やセルゲイがやっている。セルゲイはロシア人だ。もともとウラジオストックにいて、少佐とつきあいがあったらしい。氾は少佐の下にいた」

「少佐に会える？」

「呉に頼めば」

わずかにためらい、ホーはいった。

「手配して」

少佐に会うことで、龍に関する情報と製造工場についての手がかりを得られる。どちらも涼子にとっては必要だった。さらに社長にまでいきつけば、崔将軍の組織の全貌をつきとめられることになる。

うまくいけば、だ。

うまくいかなかったら、潜入捜査官という正体とは関係なく、死が訪れることになる。

## 20

「君の隣室から、元四課警部補の遺体が発見された。特殊班が隠密裡《おんみつり》に運びだしたが、何があった」

「ホーの部下の山岸という男が殺害しました。目的は、私のレイプと殺害です。山岸はＣＭＰの別の社員によって殺害され、死体は処理されました」

「そこの部屋でか」

「そうです」

「山岸の行動は、ホーの命令に従ったものか」

「ちがいます。個人的な怨恨《えんこん》です。この室内には、山岸と、山岸を殺害した龍というＣＭＰ社員の指紋が残っている筈です。採取して照合を要請します」

「その龍という人物の逮捕のためか」

「いえ……。彼がＩＮＣのアンダーカバーである可能性を考えています」

「龍は君にそう名乗ったのか」

「いえ。思考法と行動パターンが可能性を示唆しているだけです。彼の情報によれば、ブラックボールの製造工場は、日本国内に存在します」

「まさか⁈　ではなぜ今まで国内供給がなかった」

「崔将軍の指示によるものと思われます。崔将軍は、ＣＭＰと製造工場を別個に運営し、社員の大半に対しても、ブラックボールが輸入品であると信じこませてきました。それにより、工場に及ぶ捜査を回避しようと意図したのです」

「重大な情報だ」

「トラックジャッカーの内通者に関する調査を口実に、崔将軍に接触します。成功すれば、工場の所在地に関する情報も得られる筈です」

「昨日、神奈川県警が一一〇番通報に基き、『トウメイ自動車サービス』社内で五名の遺体を発見した。君のいう、沛部長なる人物の遺体は含まれていない。五名は全員、同社の社員だった。尚、『トウメイ自動車サービス』が、プロのトラックジャックグループの偽装企業であったことは、神奈川県警の捜査で判明している。他に四名の社員が同社にはいるが、所在が不明だ」

「おそらく高島平ゴーストタウンでしょう。うち一名は、わたしが射殺しました」

「……忠告をしたい」

「何でしょう」

「現在の君の立場は、非常に危険かつ微妙になっている。これ以上の潜入捜査の続行は、君自身の生命に対する危険及び刑事訴追の対象となりかねない可能性を考慮すると、賛成できかねるものがある。もちろん、潜入捜査官の任務離脱時期に関しては、本人の判断が最優先されるものだが……」

「先ほど述べた理由により、離脱はまだ時期尚早と考えます。それよりも、龍某《なにがし》の身許《みもと》照会をお願いいたします」

「了解した」

「以上です。通話を終了します」

「了解」

「腕ききの女だってな。それもえらい別嬪《べっぴん》の。あの、氷のホーさんがすっかりめろめろだって噂だぜ」

## 21

水晶でできているとかいうシガーホルダーを歯の間でガチガチ鳴らしながら、呉はいった。

どこの組織にも、腐った奴はいる。信頼ができるとかできないの問題ではなく、人間が腐っているのだ。呉は腰抜けの女たらしだ。図体《ずうたい》ばかりでかく、喧嘩早さを売り物にしているが、実際にサシで誰かを締めたという話は聞いたことがない。髪を長くのばして、うなじで束ね、いつもブランド物で全身を固めている。車はフェラーリときた。CMPの給料は悪くないが、それ以上のものを叔父から得ているのだろう。

古くさい眼鏡をかけ、税理士のようにお堅い雰囲気の少佐が、なぜこの甥にこれほど甘いのか、想像もできない。呉は父親の代からの日本生まれの日本育ちで、噂では、社長や大佐、少佐などが日本にくるとき、色々面倒をみたという話だった。その父親は、CMPが設立されて間もなく死んだが、息子を社長や少佐が拾ったというわけだ。この呉のことを大佐やキムは嫌っている。キムとは合わないが、確かに呉よりはましだ。ただ呉はキムとちがって危険ではない。

呉がスパイである可能性は低い、とホーは思っていた。確かに呉も部長という立場上、トラックジャッカーに流せる情報が手に入るが、呉には、会社や叔父を裏切る度胸はない。

いずれにしろ、呉にこれ以上の出世はない。呉は秘《ひそ》かに、少佐の後釜を狙っているらしいが、こんな腑抜けが役員になったらCMPはお終《しま》いだ。

「誰がそんな噂を流したんです？」

「さあねぇ」

呉は気をもたせるように手を広げてみせた。こけおどしの、ドクロのリングがはまっている。目にはルビーを埋め、プラチナで作らせたと見せびらかしていた。

「少佐は本当にみえるんですか」

「当たり前だろ。俺との約束だ。俺と少佐は血の絆《きずな》でつながってるんだ。そのへんのチンピラとはちがうよ」

チンピラとは誰のことだと訊き返したいのをホーはこらえた。

「それより、涼子ちゃんとやらこそ本当にくるんだろうな。期待してんだ、俺。なにせ色けのねえ会社だったからな、これまでは」

ちょうどそのとき、個室の扉が開いて涼子が姿を現わした。呉はぽかんと口を開けて見とれた。目を奪われたのは、ホーも同様だった。

涼子はいつだったかホーが青山でピックアップしたときに買ったというブランド物のスーツを着けていた。ぴっちりと体に貼りつき、下着をまったく着ていないとわかる素材の、タイトなパンツスーツだ。胸は大きく開き、みごとな隆起が今にも飛びだしそうに見える。

「おっどろいたな……」

「はじめまして、呉部長」

涼子は微笑んだ。

「お会いする場所が、とてもお洒落《しゃれ》な店なんで、新しいスーツをおろしたのだけれど、目立ちすぎ？」

呉は胸をおさえ、大げさによろめいてみせた。

「すっげえ！　すっげえ、すっげえ、すっげえよ。豪華じゃん！　華麗じゃない！　涼子ちゃん」

呉がここを指定した。扉が開け閉めされるたびに巨大な音量のダンスミュージックが流れこんでくる。

一、二階を若者向けのダンスフロアにし、三、四階でとびきりの中国料理をだすことで成功したレストランだ。一、二階には容姿さえよければ誰でも入れるが、三階、特に四階の個室は、しこたま金をもっているか、よほどの有名人でなければ足を踏みいれられない。呉はここの個室を予約できるのが自慢なのだ。

　確かに料理は抜群だ。呉の手は、一、二階のフロアで気にいった女を選んでは、四階に呼びこみ、ものにする、というものだ。嫌がりそうな女にはこっそりブラックボールを飲ませているのも、ホーは知っていた。

「どうも」

「さ、すわって、すわって」

　呉はいって手をこすりあわせ、自分の隣りの椅子をひいた。

「いい趣味してるよね。もっともそのスタイルなら、何着ても似合うだろうけど」

　ヘドがでそうだ、ホーは顔をそむけた。その目を一瞬とらえ、涼子が合図した。

　本気でたらしこむ気だ。

「本当に、元お巡りさん？　信じられないよ、俺」

　涼子は微笑んだ。

「手帳は返しちゃいましたけどね」

　呉は首をふった。

「もったいねえ。俺だったら、君と二人きりにされたら、どんな罪だって認めちゃう」

　頭をぶち抜いてやるよ——ホーは胸のうちでつぶやいた。

「そうですよね。あたしうまかったんですよ、取調べが。でも警視庁はお給料が安すぎて……」

「だろうねえ」

感じいったように呉はいい、舐《な》めるように涼子の体を見回した。

「でもなんでサツなんかに入ったんだい」

その言葉に、ホーは涼子を見やった。その通りだ。なぜ涼子のような女が警官になったのか、ホーも知りたい。こんな重大な疑問を、低能の呉が口にするまで自分が思いつかなかったのは腹立たしかった。

「なぜかしら」

微笑んで涼子は肩をすくめた。

「あたし、強い男に目がなくて。警察に入ったら強い人といっぱい出会えると思ったのかしら」

「じゃあ、いっぱい食っちゃったんだ。ごついお巡りさんとか機動隊を」

「全然」

涼子は首をふった。

「警官て図体は大きくとも、皆、規則や法律にがんじがらめで、度胸のない人ばっかりだったわ。見てくれだけの根性なし。だから嫌になってやめたの」

「なるほどぉ。わかるな。あいつら、集団でいると強気なくせに、たったひとりじゃ何もできないものな」

涼子は頷き、バッグから煙草をとりだした。呉がさっと純金のライターをさしだす。

「ありがとう」

いって呉の手に手を添え、涼子は火を移した。呉の目尻が垂れ下がった。

「呉さんてお洒落なのね」

「嬉しいねぇ。わかってくれるんだ！」

感に堪えないように呉はいった。

「見てよ、こいつら。趣味悪いでしょう」

手で、ホーやテーブルを固めた、セルゲイ、氾を示した。セルゲイも氾も、ダブルのスーツを着けている。

「恐がらせるばかりが能じゃないっての。そんなのは頭の悪い日本人組織のやることよ」

セルゲイと氾は目を見交し、ため息を吐いた。二人に秘かに同情し、呉の手下でなくてよかったと、ホーはしみじみ思った。同時に、あの龍は呉とはどんな関係だろうと想像した。

少佐の部下なら、呉にとっても部下だ。龍も呉の前ではおとなしくしているのだろうか。この場に龍がいたらおもしろかったかもしれない。

「本当。あたしの経験からいっても、趣味のいい人ほど、警官は警戒しないものよ。一番注意するのは、合わない贅沢《ぜいたく》をしてる人」

セルゲイと氾の目に苦笑が浮かんだ。皮肉だと気づいていないのは、呉ひとりだった。

「本当、本当。いるもんなぁ。ブランド物着てたって、似合わない奴が――」

セルゲイは髪も目も黒い、精悍《せいかん》な風貌をした長身の男だった。ロシア人といわれるのを嫌がり、チェチェン人だと必ず訂正する。一方の氾は、小柄で始終、落ちつきのない目を辺りに配っている。セルゲイは、三十代の終わり、氾は四十四、五の筈だ。

「ところで、少佐はいつお見えになるの?」

手をつけないまま円卓に並べられた前菜に目をやり、涼子は訊ねた。さすがの呉も、少佐が現われるまでは、料理にも酒にも手をつけようとしない。

わざとらしく、文字盤にダイヤの埋まった腕時計を見せびらかし、呉はいった。

「もう、すぐさ。少し遅くなると、電話をもらったんだ」

「ホー課長の話では、呉部長は少佐の甥御さんなのでしょう」

「ああ。叔父貴は独身だから、まあ息子みたいなものだね」

「すごい。じゃあ、呉部長も重役になるの?」

「もちろん。もっともっとCMPがでかくなる頃には、な」

犯罪組織で出世の野心を隠そうとしないとは、本当の大馬鹿野郎だ。信頼できるかどうかわからない人間の前で、幹部になると広言するのは、殺してくれといっているのとかわりがない。

「それまではいっぱい仕事しないと」

「そりゃもう。身を粉にして働いているよ。なあ、氾、セルゲイ」

二人はあきらめているように、無言で頷いた。

「叔父貴は俺しか信用していない。だから少佐の命令はすべて俺がこの二人に伝えるんだ」

嘘つきが。お前に知らされているのは、つまらない、どうでもいいような指令ばかりだ。

ホーが心の中で罵《ののし》ったとたん、まるでそれが聞こえたかのように、呉はホーをふり返った。

「そういや、沛は、とんでもないことをしたもんだな」

「何のことです？」

「決まってるだろう。積荷の情報をトラックジャッカーに流していた件さ」

セルゲイと氾の視線もホーに向けられた。

ホーが無言でいると、呉は嫌味たらしくつづけた。

「案外、お前も知ってたのじゃないか？　お前は沛に拾われた身だろ？」

「私は何も知りませんでした」

「本当か？」

「呉部長」

涼子がいった。

「何？　涼子ちゃん」

「ホー課長は、あたしを雇った人ですよ。トラックジャッカーの仲間だったら、そんなことをするかしら？」

「理由が別にあったのさ。俺だって涼子ちゃんなら雇うぜ。ホーにいくらもらってるか知らないけれど、秘書になってくれるだけで倍はだすね」

「すごい」

「何いってんだよ。俺は部長だぜ。ホーなんざ、ただの運転手のまとめ役じゃねえか」

ホーはゆっくりと息を吸いこんだ。どれほど侮辱《ぶじょく》されても、これほど体が熱くなったことはなかった。

「でも優秀よ」

「よしてくれ。こいつは、新宿で逃げ回ってたチンピラだ。ベトナムじゃろくに食い物にもありつけなくて、日本に密航してきたような野郎さ。なあ、ホー。難民船てのは、臭えんだろう」

ホーは黙って頷いた。

「何十人からって人間が、ちっぽけな漁船かなにかの船倉に閉じこめられて、何日も波に揺られてくるんだ。反吐《へど》や糞小便《くそしょうべん》まみれで、風呂にも入れない。ドブネズミみたいなものさ。ドブネズミが何とか這《は》いあがったのが、今のホーさ。ちがうか？」

「そうです、呉部長」

「俺はこの国で生まれて育ってる。俺の親父がいたから、叔父貴も大佐も、社長も、この国にやってこれたんだ。密航してきたドブネズミとはちがう」

呉はホーをいたぶっていた。涼子の前で、逆らえないのをいいことに、プライドをずたずたにする気だ。

「いいかい、涼子ちゃん。こいつや氾、セルゲイには、本物の戸籍なんかない。国民番号ももっちゃいない。あるのは、買ったまがい物だ。だから名前も偽物。俺たちとはちがうんだ」

セルゲイは無表情だった。氾はあいかわらず落ちつきがない。二人ともいつか呉を殺してやろうと思っているだろう。そのときは自分も乗りたいものだ、とホーは思った。恐怖に小便を洩らす呉を、ナイフで刻んでやる。

個室の扉が開かれた。

セルゲイと氾がさっと立ちあがった。ホーもそれにつづき、呉もあわててならう。

ボーイに案内され、少佐が立っていた。

少佐は日本人のサラリーマンが着るような、地味なスーツ姿だった。白いシャツにネクタイを締めている。白髪をいつも通り、きちんと七、三に分けていた。

「叔父貴！」

大げさに呉が手を広げた。少佐は無言で呉と、隣りに立つ涼子を見つめた。おもむろにホーにも目を向ける。

「私を呼びだせと甥をそそのかしたのはお前か、ホー」

呉を無視していった。セルゲイと氾が急いで椅子を引いた。

「はい」

冷ややかな声音だった。少佐の喋り方に、大佐のような軍人めいた尊大さはない。だが嘘は許さないと相手に思わせる厳しさは同じだった。この少佐や大佐のような男たちに忠誠を誓わせる社長とは、いったいどのような人物だろうか。見られるだけで魂が凍りついてしまう悪魔のような人物かもしれない。

少佐は涼子に目を移した。

「この女は何だ。お前の新しいオモチャか、呉」

呉が何かをいうより早く、涼子がいった。

「ちがいます。私は、トラックジャック防止のため、ホー課長に雇われた櫟涼子です」

「名前など訊いてはいない。正式な社員でもないのに、なぜここにいる」

少佐の口調は険《けわ》しかった。ホーは背筋が冷えるのを感じた。少佐は涼子を気にいっていない。謹厳な少佐ならありうることだ。今夜の涼子は派手すぎた。

「それは……ホーが連れてきたからです」

呉がいった。責任を押しつけるつもりだ。少佐の、地味な眼鏡の奥にある小さな目がホーに向けられた。

「愛人を雇ったのか、ホー」

「ちがいます」

ホーは首をふった。

「彼女はもと警官で、トラックジャックの専門家です」

「この女がか」

涼子が息を吸いこむのにホーは気づいた。頼む、涼子、今はキレないでくれ。

「服装と中身は別です、少佐」

涼子がいった。呉がはっと身をこわばらせた。ホーも息を呑んだ。

少佐がゆっくりと涼子を見た。

「何といった、女」

「わたしの名前は涼子です。こうした店では、こういう服装の方がかえって目立たない、そう思ったのです」

少佐は眉ひとつ動かさなかった。

「確かに売女《ばいた》にしか見えん」

「涼子は優秀です」

ホーは急いでいった。少佐は首を巡らし、ホーを見た。

「セクションはちがうが、お前はもう少し見どころがある人間だと思っていたぞ。お前もこの呉と同じで、女に目のない腑抜けだったか」

「少佐、わたしの話を聞いて下さい」

涼子がいった。

「何をだ。私も色仕掛けで落とせると考えているのか」

「ちがいます――」

さらにいいかける涼子を呉が制した。

「もういい。叔父貴にかわって俺が聞いてやる。叔父貴は忙しいし、疲れてらっしゃるんだ」

「少佐と直接話さなければならないんです」

ホーはいった。呉の目に怒りが燃えあがった。

「ホー、お前、誰に向かっていってるんだ」

「お願いです、少佐」

とりあわず、ホーはいった。

「おい、このドブネズミをつまみだせ」

呉がセルゲイと氾に命じた。二人は迷ったように、ホーと呉を見比べた。

「何をしてる?! お前ら、誰の部下なんだっ」

呉が爆発した。少佐は無言だった。セルゲイと氾があきらめたようにホーに踏みだした。

「スパイはまだつかまっていません」

涼子がいった。少佐の目が動いた。

「何だと？」

「いい加減にしろ。スパイは沛の野郎だというのがわかったじゃないか」

呉がいった。涼子への下心をあきらめ、ここは叔父に〝いい子〟でいることにしたようだ。

「沛部長は罠にかけられたんです。証明する方法があります」

「お前、ホーと組んで――」

いいかけた呉を少佐が制した。

「するとお前は大佐を裏切り者だというのか」

「ちがいます。大佐も利用されたのです。確かに川崎の修理工場にいたのは、トラックジャッカーの一味でした。しかし沛部長は、本当のスパイにスケープゴートにされたのです」

少佐はすぐには答えなかった。

「なぜそんな話を私にする」

「確実に信用のできる幹部に聞いていただきたいからです」

「ゴマをすっているつもりか。私が確実に信用できるとなぜわかる？」

「少佐は仕入部門の責任者です。商品の横流しをする気なら、トラックジャックなどする必要はありません。いくらでも抜けるのですから」

「何てことというんだ、お前。叔父貴にあやまれ！」

呉が叫んだ。

「やかましい」

低い声で一喝され、呉はうっと息を止めた。

「もとはといえば、お前が調子に乗って大物ぶっているからこういうことになるんだ」

「叔父貴、俺は一所懸命やってます」

「いいわけをするな」

呉は歯をくいしばり、ホーをにらんだ。憎しみのこもった目だった。

「――何の話をするんだ」

「本当のスパイを捕える方法です」

「で、この男たちに聞かれちゃまずい、というんだな」

「ホー課長は知っています」

少佐は涼子を見つめた。

「いいだろう。もしお前の話が下らなければ、ホーは平に格下げだ。お前はもちろんクビだ」

ホーを見やった。

「いいな、それで」

ホーは無言で頷いた。

「叔父貴、甘すぎます。こいつらのことは俺に任せて下さい」

呉が逆らった。

「でていけ」

呉は息を呑んだ。いい返そうとして、少佐の目を見、あきらめた。

「お前たちもいっしょだ」

少佐はセルゲイと氾にいった。呉は渋々、テーブルを回りこみ、出口に向かった。ホーのかたわらを通るとき、

「覚えておけよ、この野郎」

と小声でいった。

三人が部屋を退出し、個室の扉が閉まった。少佐はようやく椅子に腰をおろした。背広から煙草をとりだすと、安物の使い捨てライターで火をつけた。

ホーと涼子は立ったままだ。

「お前たちはキムを怒らせた。キムは大佐の信頼を得ている」

「キムは、仲間の救助を断わりました」

ホーはいった。

「仲間？」

わずかにためらい、ホーは答えた。少佐の目がホーに注がれた。

「龍です」

「龍を知っているのか」

「根性のある男です」

いいたくはなかったがいった。

「確かに奴は変り者だが、根性はある。しかし、外の人間だ。社員になって日も浅い」

「少佐がスカウトしたのではないのですか」

涼子が訊ねた。ホーは胸が痛んだ。涼子は龍のことを知りたがっている。

「あの男を雇えといったのは、社長だ。理由はわからん。仕入れの実務を担当している」

少佐は煙を吹きあげた。

「大佐から受けた報告では、スパイは沛部長にまちがいない、ということだが」

「大佐は、フランコ氏と接近している。ちがいますか？」

涼子がいうと、少佐はホーに再び目を戻した。

「正式の社員でもない者に、役員の名を教えているのか」

ホーは恐怖に体が痺《しび》れるのを感じた。

「彼女は、涼子は、スパイは幹部の中にいる、と考えています。それにフランコ常務は、アメリカから部下を送りこんできました」

「知っている。確かに大佐とフランコは仲がいい。だがそれが何なのだ」

ホーは唇を舐めた。

「フランコ常務と佐藤常務は、互いに販売責任者として対等の関係にあります。しかし沛部長がスパイだったということになれば、佐藤常務の立場は悪くなります」

「じゃあスパイはフランコが仕掛けたと？」

ホーは首をふった。

「それはまだわかりません。ただスパイは沛部長が死に、自分は安全だと思っています。もし我々が、私と涼子が、本当のスパイに関する手がかりをつかんだら、社長に直接報告をしたいのです」

「社長には役員以外、会うことはできん」

「それを少佐にお願いにあがったんです」

涼子がいった。

少佐はとりあわず、いった。

「ホー、お前は社の規則を無視するのか。いつからそれほど偉くなった」

ホーは唇をかんだ。

「申しわけありません」

「少佐」

涼子がいった。

「わたしは、トラックジャッカーが使用したパンク発生器のメイカーをつきとめました。メイカーを叩けば、スパイにいきあたるかもしれません。でもそのとき、確実な味方がいなければ、ホー課長もわたしもスパイに消されます。スパイはＣＭＰの幹部です。もしホー課長が幹部の逆鱗《げきりん》に触れることを恐れ、スパイ捜しをやめたら、ＣＭＰはこれからも食い物にされるでしょう」

「つまり本当に信頼できるのは社長だけだといいたいのだな」

「と、少佐です」

少佐はフィルターぎりぎりまで短く煙草を吸っていた。

「しかしスパイがもし少佐と同じ身分の役員であった場合、処分は社長にしか下せません」

もういい、ホーは目で涼子を制した。少佐のプライドを逆なでするような発言は控えてほしかった。

少佐は大きく煙と息を吐いた。

「大佐と私は古い仲だ。お互い、長い間社長に仕えてきた。そして今では、少佐と大佐という呼称のちがいはあるが、社長の部下という意味では対等だ。専門とする分野のちがいだけが、昔とかわらない。ＣＭＰは、もともと、社長と私と大佐の三人が作った会社だ。商品について決定したのは、私だった。CMPを興《おこ》したとき、私たち三人には暗黙の了解があった。それは、もう二度と、かつてのように、私たち三人の働きが、別の人物の懐ろを潤すことはない、ということだ。私たちは、私たちのために働く。祖国を捨てたときの誓いだ」

涼子もさすがに無言だった。

「そして、二度と私たちは、我々の領土を侵させることは許さない。そのためにCMPの規則を厳しく定めた。だがそれを破っている者がいる」

「商品の国内流通ですね」

涼子はいった。少佐は頷いた。

「商品がどこから入ってくるのか、お前は知っているのか」

涼子は首をふった。

「いえ。ですが、生産されているのは日本国内ではないかと思っています」

ホーは目を閉じた。何と恐れを知らない女なのだ。

「国内流通をこれほどまで避けるのに、他に理由が思いあたりません」

「今お前が口にしたのは、CMPでも、ごく限られた役員しか知らない事実だ。他の社員にも口にしているのではないだろうな」

氷のような声音だった。

「ここにいる二人だけです」

ホーは目を開いた。驚いたことに少佐の口もとに笑みがあった。涼子を見上げ、ライターをもてあそびながらいった。

「つまりお前は脅迫しているわけだ。社長に会わせなければ、この国でブラックボールが作られていると皆に話す、と」

「CMPの未来を考えているだけです」

「臨時雇いの身でか」

「スパイを発見すれば、正社員にしていただく権利があると思います」

少佐は頷き、ホーを見た。

「ホー」

「はい」

「お前、この女と寝たのか」

ホーは息が詰まった。

「い、いえ」

「寝たいと思ったことは？」

ホーはためらった。

「正直に答えろ」

「あります」

「それどころか惚れているな」

意外だった。少佐が男と女の関係に興味をもつと考えたことはなかった。

ホーは無言だった。

「やめておけ」

少佐がいった。ホーは瞬きした。

「この女と寝るのはやめておけ。この女は猛毒をもった蛇のような女だ。使っているうちはいいが、寝るとその毒に冒されることになる」

少佐は涼子のことを一度も顧みることなく告げた。

「……はい」

「よし」

いって、少佐は立ちあがった。

「近いうちに、社長と二人だけで会い、話してみる。お前たちはスパイを捜しだせ」

「はいっ」

ホーは直立不動になった。

少佐は涼子に目を向けた。

「いっておく。龍は使える男だが、お前と同じだ。社長の命令だから雇ったが、私は信用していない。奴も、毒蛇だ」

涼子は深々と息を吸いこんだ。

「でもあの男はスパイではありません」

「どうかな。別の意味で、スパイかもしれん……」

少佐はいい、二人をふりかえりもせず、個室をでていった。

## 22

少佐がでていったあと、ホーは放心したように椅子にすわりこんでいた。涼子は円卓におかれていたビールをグラスに注ぎ、一気に飲み干した。ぬるくなっていたが、からからに渇いた喉にしみこむようだった。

涼子がグラスをさしだすと、ホーは大きな息を吐き、首をふった。

「確実に寿命が縮まったな」

「でも確実に出世の階段を登ったわ。これがうまくいけば、あなたは部長どころか役員かもよ」

「俺は野心家じゃないっていったろう」

「平和な時代ならそれでいい。でも――」

涼子がいいかけたとき、バタン、と激しい音をたてて個室の扉が開かれた。顔をまっ赤にした呉が立っていた。

「お前ら、この野郎！　俺をコケにしやがって――」

　少佐を送り、戻ってきたのだ。

「わかったでしょ。もう平和な時代は終わったのよ」

　涼子はホーにいった。呉はつかつかとホーに歩みよると、襟首をつかんだ。呉はホーより頭ひとつ高い。楽々とホーの身体をひき寄せた。

　涼子は呉が入ってきた扉を見やった。セルゲイと氾の姿はない。まだ少佐を見送っているのかもしれない。涼子はさりげなく扉の前に移動した。

「どこへいく?!」

　ホーを吊るしあげたまま、呉は唸った。

「どこもいかないわ」

　いって、うしろ手で扉の錠前をおろした。小さくホーに頷く。

「そこにいろ。今このドブネズミに思い知らせたら、お前の番だ。たっぷりかわいがってやる」

　ホーの右手がふくらんだ上衣の左袖に隠れていた。

「ドブネズミ、叔父貴に何を話した。さっさと吐くんだ――」

　いいかけた呉の言葉が止まった。ホーのナイフが喉元にあてがわれたからだった。

「おろして下さい、呉部長。腕が疲れますよ」

ホーは冷ややかにいった。

「て、てめえ……」

呉はホーの身体を離した。涼子は静かにその背後に歩みよった。愛撫するように呉の腰に触れ、チタン製のオートマグナムを抜きとった。呉ははっとして涼子をふり返った。

「あら、呉部長ったらお洒落。チタン製の銃って高いのよね。ましてオートマグですもの、これ一挺で車が買えるわ」

「そ、そうだ。だから返せ！」

「馬鹿みたい」

「何だと?!」

呉は瞬きした。涼子は軽蔑しきった口調でいった。

「だってそうでしょう。これで誰かを撃ったら、ライフルマークでアシがつくから、二度と使えなくなる。そうしたら捨てるわけ？　もったいなくてできないでしょ。人を撃つ度胸がない証拠ね」

「何いってやがる。俺が腰抜けだってのか」

「じゃ、返すからあたしと勝負する？」

涼子は胸の谷間からCzを抜きだすと、呉の顎の下につきつけた。棒立ちになった呉の手にオートマグを押しつける。

「どうぞ。いつでもいいわよ」

呉の目が激しく動いた。爪先立ちになり、涼子とホーを比べ見る。

「こんなの、きたねえぞ……」

「だから早く受けとりなさいよ、自分の銃を――」

個室の扉がノックされた。ノブががちゃがちゃと回ったが開かない。呉の目は扉に釘づけになった。

「大丈夫。ちゃんと鍵はかけておいたから」

甘く囁《ささや》くように涼子はいった。Czの撃鉄を起こした。

「楽しみましょ」

呉の額から滝のように汗が噴きだしていた。震えている右手がようやくオートマグをつかみ、握り直そうとして床に落とした。

「勘弁してくれ……」

呉は泣き声をたてた。がっくりと膝をついた。

「あら、残念」

涼子はいって、Czをしまった。

「せっかく部長と楽しめると思ったのに――」

そして素早く扉のところへいき、錠を外した。ホーもその間にナイフをしまっている。

扉が開き、セルゲイと氾が立った。二人は部屋の中央にひざまずいている呉を驚いたように見つめた。

「何があったんだ」

セルゲイが初めて口を開いた。ひどくしわがれた声だった。

涼子は肩をすくめた。

「立たなかったのよ……」

# 23

「あの男がそうよ」

涼子はいって指さした。ホーのメルセデスには紫外線に反応し、フロントグラスを全面スモークシールド化する装置がついている。

変色させたフロントグラスを通して、灰色の髪をした痩せた男と、彫りの深い顔立ちの若者が通りをよこぎっていく姿があった。

「坂上一幾、五十八歳。半年前に出所して、今のアパートに住んでるわ。いっしょにいるのは息子で、坂上ジェシー。母親はコロンビア人で、十九年前に国に帰ってる。坂上は、男手ひとつで息子を育てるために、修理工からパンク発生器作りに転身したの。坂上の作るパンク発生器はどれも精巧で確実に機能する。でもそのぶん、坂上自身にアシがつきやすくて、今度の服役も四度目よ」

「あんたの話しぶりは、まるきりのデカだな」

ホーがいって、ため息を吐いた。涼子は肩をすくめた。

「しかたないわ。ホーさんに雇われてからこっち、手がける仕事はどれもデカみたいなものばっかりだもの。つい昔に戻ったような気分になる」

二人は、川崎の国道二四六号を一本入った通りに止めた車の中にいた。「トウメイ自動車サービス」の工場からもさほど遠くはない。

「坂上ジェシーも、十五のときから警察の厄介になってるわ。トラックジャックで逮捕された経歴はないけれど、父親の作る発生器を捌《さば》く仕事は、ジェシーがやっている。イラン人組織やチェチェンマフィアともつながりがあるわ。まだ二十一だけど、立派な悪《ワル》ね」

「二枚目じゃないか」

「横浜の風俗店で働く女の子を三人ばかり飼ってるの。ふだんの生活費はその子たちに貢《みつ》がせてる。大きい買物は、父親との二人三脚で稼いでいるみたい」

坂上父子は、路上に止めていたショッキングピンクのフェラーリに乗りこんだ。派手なエンジン音とタイヤを鳴らし、フェラーリは走り去った。

「盗んだ車じゃないのか」

「あれは買っている。名義も坂上ジェシーよ」

膝の上にのせたノートパソコンから顔を上げ、涼子はいった。

「フェラーリの他に、あわせて六台、あの父子は車をもってるわ。車が父子共通の趣味ね。

すべて正規の手続きで購入されている」

「どこへいったんだ」

「食事。毎日この時間、二日酔いじゃない限り、あの父子はこの先にあるファミリーレストランのどれかにでかけるわ。そこでつきあいのある組織の誰かとうちあわせをすることもあるし、父子ふたりきりでだらだらと食事をとっているときもある」

ホーが時計を見た。午後三時だった。

「いずれにしても五時すぎまでは帰ってこない。帰ってきたら、ジェシーの方はでかけることが多いけど、一幾はたいていアパートにこもってる。仕事をしているのだと思うわ」

涼子はパソコンを閉じ、いった。

「で、俺たちの仕事は？」

ホーが訊ねた。

「二人の住んでいるアパートに侵入する。トラックジャッカーやスパイの手がかりを捜すの。あたしには見てわからないものが、あなたには、社の誰かとつながる手がかりになるかもしれない。坂上父子は、あのアパートにふたつ部屋を借りてるわ。四〇三がジェシーで、四〇四が一幾」

「どっちから始める？」

ホーはメルセデスのドアを開いた。

「まずは四〇四」

涼子も答えて降り立った。

アパートは四階建てのありきたりの建物だった。独身者か、せいぜい夫婦者どまりの間取りで、家賃もさほど高くはないだろう。住人の約半数がカタカナの表札を掲げている。家賃の安いアパートに住むのは、入居審査が厳しくなく、作業で発生する騒音にもあまり苦情がでないからにちがいない。

アパート自体にはオートロックも完備されていないが、二人の居室にはそれなりのセキュリティが施されていると涼子は予想していた。

薄暗い階段を登り、涼子とホーは四階まであがった。最上階のつきあたりの部屋が四〇四号室だ。

涼子は廊下の壁と天井に目を走らせた。モニターカメラがしかけられている兆候はない。アパートの扉はスティールで、一見変哲のない錠前がついている。

四〇四号室の前に立つと、ホーは薄い皮の手袋を身につけた。手前の階段よりにある、四〇一、四〇二の各部屋から物音は聞こえない。

「どうする？　開けちまうか」

小声で訊ねたホーに涼子は首をふった。

「待って」

薄いビニールのサックをはめた指先で、ドアの外縁部に触れていった。さらに、肩に吊るしたバッグからとりだしたスキャナーでざっとチェックする。

「駄目よ」

モニターにでた反応を見て、涼子はいった。

「微弱電流が流れてる。ノブにさわったり開閉しただけで作動する装置が内部にあるわ。おそらく、携帯電話につながって信号を送る筈」

「するとこのドアは触《さわ》れないというわけか」

「そうね。たぶん解除する装置が、手前の部屋にあるのじゃないかしら」

涼子はいって、スキャナーを四〇三号室の扉にあてがった。

「こっちは、ダブル電子ロックだけみたい。さしこんだ鍵にナンバーを打ちこむタイプよ。もちろんオプションでつけたものでしょうけど」

「開けられるか」

「そのための機材を用意するのに一週間かけたのよ」

いって涼子は廊下にしゃがんだ。ホーがその姿をカバーするように廊下に向かって立つ。

涼子がバッグからとりだしたのは、平らな金属片がつきでた黒い箱だった。箱には赤と緑のランプがついている。さらにそこからのびたコードをノートパソコンにつないだ。パソコンには十一桁までの番号解読ソフトがロードされている。

金属片を鍵穴にさしこんだ。赤いランプが点灯する。解読ソフトを起動させた。赤ランプが点滅を始めた。パソコンのモニターに目にも止まらぬスピードで数字が表示される。数秒後、七桁の数字でモニターが停止し、緑のランプが点った。涼子は箱全体を右に捻った。

カチリ、という音とともにドアが開いた。

ホーがサイレンサーをつけた拳銃を引き抜き、すばやくドアの内側に踏みこんだ。装置をバッグにしまい、涼子はあとにつづいた。

いかにも若い男のひとり暮らしといった部屋だった。ヴァーチャポルノソフトや酒壜、衣服などが散らばった居間と、そこだけは妙に片づいたベッドルームがある。ベッドは可変装置つきの大型ウォーターベッドだった。天井にヴァーチャポルノを上映するためか大型平面モニターがとりつけられている。平面モニターはミラーカバーつきだ。ポルノを流していないときは、鏡になる仕組だ。ベッドサイドには、鼻孔吸入式のアンフェタミンアンプルの空きケースがいくつか転がっていた。

「あなたは居間を調べて」

ホーに告げ、涼子はベッドルームに立った。ベッドが巨大なため、他にはクローゼットくらいしか調べる場所はない。クローゼットを開いた。

二段構造になっていて、下段には衣服が吊るされ、上段にはさまざまなガラクタが積まれている。大半はセックスに使うオモチャばかりだ。

涼子は吊るされたスーツのポケットを調べていった。

「おい」

ホーが声をかけた。涼子がふりかえると、ホーは居間の片隅にあるパーソナルコンピュータの前にかがんでいた。

「触らない方がいいわ。アクセスセキュリティがかかっているかもしれない」

基本的には四〇四のドアロックと同じで、ある手順を踏まずにキィ操作をした者がいれば、自動的にネットで、携帯電話かポケットベルを呼びだすシステムだ。

「わかってる。妙なコードが入ってるんだ」

涼子は居間に戻った。ホーが示したのは、隣室との境いになるキッチンの床からコンピュータに接続されたコードだった。

「電話じゃない。とすると、何だ?」

「ネットを通さずに、ダイレクトで隣りのロックを操作できるようにしているんだわ」

ホーが辿っていったコードの先は、パンチカーペットの下で、隣室との壁にうがたれた穴に消えていた。

「どうする? コンピュータに触れないのなら、隣りのドアは開けられないぜ」

「いいえ」

いって、涼子はにっこりと笑った。これと同じロックシステムを、所轄署時代摘発した賭《と》場《ば》で見たことがあった。こうしたシステムを開発するのは、ハッカーから転身した錠前屋だ。ハッカーはネットにつながったコンピュータである限り、いかなるセキュリティも侵入は避けられないという信仰を抱いている。それがため、アナログシステムに対する奇妙な信頼がある。

「ナイフを貸して」

カーペットをめくりあげ、涼子はいった。ホーがさしだしたナイフを受けとり、隣室とつながったコードの被覆を削った。このアナログシステムには致命的な欠陥がある。コンピュータとちがい、停電に対しバックアップ機能をもたないのだ。コンピュータとロック機構とのあいだにアナログシステムを経由しているため、外部からのハッキングには強いが、直接的な干渉にもろくなる。

被覆を剝《はが》し、むきだしにした複数のコードにナイフの刃先を押しあてた。

何も起こらなかった。

「いいのか、それで。コンピュータはうんともすんともいわないぜ」

ホーが不審げにいった。

「いいの。いったらヤバいわ。これで隣りのロックは解除された」

「本当か」

「ええ」

ジェシーの部屋の捜索をとりあえず切り上げ、二人は四〇四に入ることにした。開扉通知機能は死んでいるが、ダブル電子ロックは生きている。四〇三と同じ手順を踏んで、涼子はロックを解いた。暗号は、ぎりぎりの十一桁まであった。

「さすがに親父の方が用心深いな」

ホーがつぶやいた。

四〇四号室は、四〇三とは、まったくちがう整然とした内容だった。リビングやキッチンは最小限度の必要品が整頓されておかれている。ベッドルームは、あきらかに工房だった。作業台が窓ぎわにおかれ、折り畳み式のパイプベッドが、椅子と本来の用途を兼任している。作業台の左右の棚に、工具やコンピュータを含めた備品が並んでいた。

さらに発泡スチロールの箱に入れられたパンク発生器の完成品やエンジンコンピュータなどへの干渉装置が積まれている。

ここでもコンピュータに触れるのは避けることにして、二人は捜索をおこなった。だが、めぼしいものは何ひとつ見つからない。

数字や発注先、納品データなどはすべてコンピュータにおさめてあるにちがいなかった。コンピュータに記録しておけば、暗号でロックがかけられるし、いざというときは外部からすべてのデータを破壊できるからだ。

三十分ほど四〇四号室の捜索をおこない、ホーが吐きだした。

「駄目だ。コンピュータを動かさない限り、手がかりになりそうなものは何ひとつないぜ。さもなきゃ、あの二人をさらって吐かせるしかない」

「それは最後の手段よ。もし二人がスパイを知っていたら、スパイに私たちのことを知られることになる。たとえ二人を消してもね」

「それまでに社長と少佐のあいだで話がついてなきゃ、今度は俺たちが消されるか」

「そういうことね。四〇三に戻りましょ。まだ途中だったわ」

ホーは腕時計を見た。

「そう長居はできないぜ。奴らがでてってから、一時間半はたっちまった」

涼子はいった。

「じゃあ、あなただけ車に戻っていて。二人が帰ってきたら、携帯に電話をちょうだい」

「姐さんひとりを残してか」

ホーは気が進まないようにいった。

「大丈夫よ。それにこういう仕事には慣れてるわ」

涼子はいった。

「なあ」

「何？」

「今じゃなくていいから教えてくれ。なんで警官になったんだ」

ホーは真剣な表情だった。

「呉にいったのは与太だろう」

「もちろんよ。じゃあ、あとで話すわ」

ホーは頷いた。

「車に戻ってる。奴らが帰ってきたら知らせるよ」

四〇四をでたホーが廊下を歩いていくと、涼子は再び解読装置を使って四〇三に戻った。整然と整えられた四〇四の部屋を見た瞬間に、涼子はそこでは手がかりがコンピュータ内部以外には存在しないことを覚悟した。何十年と違法行為にかかわり、プロとしての仕事をこなしてきた男ならではの整理ぶりだ。何度逮捕されても長期刑をくらわず、一年かそこらで出所できるのも、坂上の用心深さゆえだ。

一方で、息子のジェシーの部屋には隙があった。父親にいわれて、セキュリティに気をつかっているが、まだデカの嫌らしさを知らない。何かミスを犯している筈なのだ。

涼子はジェシーのベッドルームに立った。ジェシーがこの部屋に、飼っている少女たちを連れこんでいることは、調べがついている。したがって、いくら何でも目につく場所にトラックジャッカーとつながる手がかりをおいておくことはしないだろう。

だが一方で、非合法品であるアンフェタミンアンプルを平然とベッドサイドに放置している。当然、お楽しみで使ったのだ。

涼子ははっとした。

ブラックボールがない。

トラックジャックそのものには参加していないにせよ、機材面でのバックアップをした坂上父子に戦利品のブラックボールが流れてこない筈がない。

パンク発生器の売買は、トラックジャッカーとのあいだでキャッシュでおこなわれたとしても、セックスにドラッグを使いたがるジェシーなら必ずブラックボールも要求している。どこにある。

冷蔵庫やトイレは、まっ先にホーが調べている。それにアンフェタミンの空アンプルを放置するくらいだから、ブラックボールだけを隠す理由もない。

涼子はベッドルームを徹底的に調べることにした。

ベッドのシーツを剝し、ウォーターベッドの可変装置を作動させる。ベッドは装置の選択にあわせ、さまざまな形状に変形する機能を備えていた。

再びクローゼットを探った。残っていた衣服のポケットをすべてチェックする。上の段に積みあげられている、セックス玩具もひとつずつ点検する。

そして見つけた。

一見すると変哲のないバイブレーターのように見えるオモチャだった。作動部分が透明で、内部に、赤や青、緑のビーンズのような粒が入っている。それにまぎれて、ブラックボールの黒い粒も十錠ほど入れられていたのだ。

涼子はスイッチを入れた。くねくねとよじれながら回転する透明な張り形の中で、ブラックボールがじゃらじゃらと音をたてる――そう想像していた。

だがスイッチを入れても、バイブレーターは動かなかった。電池が切れているのか。

付属する電池ボックスの蓋を開いた。小袋がぎっしりと入っている。すべてブラックボールだ。袋の数は全部で六つ。あわせて三十錠ほどのブラックボールが入れられている。

そしてその袋のひとつに白い紙片が入っていた。十一桁からなる番号が印刷されている。

売人の携帯番号だ。

俗に試供品《サンプル》といわれる、ドラッグのパッケージだった。売人が、ただかそれに近い値段でバラまき、味をしめた客がその番号に連絡してくるのを待つのだ。新しい客を開拓するために使われる。

携帯電話はもちろんそのための使い捨てだ。今では使用停止になっていて、持主を辿ることは不可能にちがいない。

だがその小袋にマジックで別の番号が記されていた。携帯ではなく、有線電話の番号だ。

売人が書く筈はないから、あとから別の人間、おそらくジェシーが書き加えたのだ。

そのとき、涼子の携帯が振動した。イヤホンの中で、ホーの声がいった。

「戻ってきたぞ。親父が先に降りた」

「了解」

いって、番号を記憶し、すばやく涼子はバイブレーターを元に戻した。

四〇三号室をでて、四階の踊り場に立ったとき階段を登ってくる足音が聞こえた。三階の廊下に駆けこんでやりすごし、涼子はアパートをでていった。

## 24

「例の番号に関する解析結果がでた。十一桁の番号は、使用者登録者ともに不明で、四十日ほど前に回線の使用が停止されている。八桁の方だが、築地地区にある『ティハウス』という喫茶店の番号であることがわかった。『ティハウス』は、終夜営業で、利用客の大半が、築地地区で働く、イラン、パキスタン系の人間だ。彼らへの弁当仕出しもおこなっている」

「おそらくその『ティハウス』に、ブラックボールの売人が足を踏み入れています」

「『ティハウス』の名義上の経営者は、辺という中国人だが、辺は名前貸しで実質は、『アーバーン』という名のイラン人組織だということが月島署の内偵で判明している。だが『アーバーン』は結束が固く、実質のリーダーや活動内容は判明していない」

「旧暴力団系の日本人組織との関係はどうです？」

「ある、と月島署は見ている。月島署のデータによると、ジャフニ・宮島と名乗る男が、以前、職質にひっかけられてハシシを押収、逮捕された。このときもっていた携帯電話に、旧暴力団系の『株式会社　ムーンランド』という社番が登録されていた。ジャフニ・宮島は、『ティハウス』への出入りを何度も目撃されている」

「『ムーンランド』ですね」

「そうだ。旧指定暴力団、草加《そうか》会の残党がこしらえた組織だ」

「『ムーンランド』の職種は何ですか？」

二度目の〝暴力団狩り〟を目的とした刑法改正で、暴力団関係者による、金融、飲食店、風俗・不動産・リネンサプライなどの業種への参画はすべて禁止された。徹底した〝兵糧攻め〟がおこなわれたのだ。結果、正当なシノギしか持ちえず、暴力団の分散、消滅に拍車がかかった。

「運送業だ。小貨物専門の。大手運送業者の下請けをやっている」

「運送業……」

「『ムーンランド』の代表取締役は、馬渕元輝《まぶちもとてる》という。登記上の本社は東銀座にある」

「馬渕の前歴は？」

「ない。草加会が立てた、名前貸しの代表である可能性もある」

警察のマークを避けるため、無関係のカタギに名義上の役員をつとめさせる手法は、刑法改正以前からの暴力団の常套手段《じょうとうしゅだん》だ。

「了解。『ムーンランド』を洗ってみます」

「現在、ＩＮＣにアンダーカバーとの接触を要請している。それと前回、君から依頼のあった龍某の情報に関してだが――」

「何です？」

「データバンクに何件か該当する項目があるということはわかった。が、アクセス不能だ」

「どういうことです？」

「守秘コード、パープル。旧用語の極秘扱いだ。刑事局長の許可がいる。申請しているが、その場合、案件に関する説明を要求されるだろう」

「それはまずいと思います。許可申請に伴う案件説明では、過去いく度も、捜査機密が漏洩《ろうえい》しています」

「同感だ。刑事局長を疑うわけではないが、特殊班の捜査活動に関して、上層部の情報統制には問題がある」

申請には常に書式が要求される。そこに記入されたいくつかの情報断片から、ハッカーたちは現在進行中の捜査の内容を類推する。たとえ警視庁であろうと、組織とは上層部にアクセスするための手続きを要求するものだ。その手続きから、本来あってはならない情報の漏洩がおこる。旧来の、紙を使用した書式なら、シュレッダーにかければ消滅は完全だが、コンピュータ内部の電子書類は、抹消措置を施しても尚、ハッカーによる掘り起こしがおこなわれるのが問題だった。

「口頭による申請と案件説明をおこなって下さい」

「そのつもりだ。だがそれだと時間を要する。現在刑事局長は、国際ネットテロ会議出席のための準備に忙殺《ぼうさつ》されている。ネットテログループが、アメリカ連邦準備銀行の次に日本銀行をターゲットにするという方針を表明したのだ」

「しかたありません。時間はかかってもかまいませんから、龍に関する情報を入手して下さい」

「わかった。通信を終了する」

「了解」

# 25

まず自分の中で確定させなければならない問題がいくつかあった。

最終の問題とは、ＩＮＣのアンダーカバーが誰であるか、というものだ。これについて早急に結論を下すことはできない。現段階で、該当者となる確率が最も高いのは龍だが、そこには涼子自身の願望が加わっているという可能性も排除できない。いいかえれば、龍にアンダーカバーであってほしいという涼子の希望が、判断をあやまらせているかもしれないのだ。

龍に関するデータが、警視庁のホストコンピュータでアクセス不能となっている事実は、ふたつの可能性を示唆していた。

ひとつは、龍が身分の秘匿《ひとく》を条件化される司法関係者であるということ。過去、日本国内で司法活動をおこなったことがあり、それについての情報が記録されているのだ。

ふたつ目は正反対の可能性。龍が、国家規模の犯罪またはテロにかかわった記録の存在だ。

しかしそれは考えにくい。なぜなら龍がそうした犯罪者なら、データのキィワードとなる

「龍」という名を使っている筈がないからだ。

龍という名の犯罪者は、それこそ日本国内だけでも、何百人といるだろう。本名、通称、さらに暗号名まで含めれば、あの龍が、コンピュータ内の「龍」である可能性はひどく低い。

一方で、涼子は、龍本人の外見的データ及び伝聞《でんぶん》による個人情報を追加して送っている。それによって絞りこみがおこなわれれば、該当するデータはかなり限定されてくるといってよい。

自分が龍について得た情報。それは、龍が四十歳未満の、極端な身体的特徴をもたないアジア人男性であること。戦闘訓練を受けた経歴があり、それは龍が少年時代の一時を過した「島」と称される地域でであったこと。

父親が理工系の職業についており、科学あるいは化学の専門家か、または技術者である(あった)。

このうちのすべてが真実であるとは限らない。龍がアンダーカバーであるないにかかわらず、犯罪組織に身をおく人間は、正確な個人情報の口外には神経を尖らせるものだ。ふとした会話の断片が、数年後の逮捕状につながらないとも限らない。

いずれにせよ、今はまだ、龍をアンダーカバーと決めてかかることはできない。

では次の問題だ。

CMP内部に存在する、トラックジャッカーのスパイ調査に、龍を加えるのは妥当かどうか。

CMP内部のスパイ洗いだしは、捜査者が疑惑の対象外におかれるという効果からいって、アンダーカバーの偽装に最も適している。実際、涼子が、「デカみたいな口をきき、デカみたいな行動をとる」ことが、反組織的存在と目される可能性を排除している。

CMPには厳しい〝社則〟が存在するが、トラックジャッカーのスパイ問題をきっかけに、目に見えない内部抗争がぼっ発したといってもよいだろう。

アンダーカバーとしては、この機に乗じて、組織の全容解明にあたり、さらには潰滅につなげていくのが任務である。しかし一方で、スパイ摘発の調査を、単独でおこなうには限界があり、そのためにホーを〝協力者〟としている。

ホーは、協力者として涼子を雇い入れ、今は、立場が逆転した状況にある。

スパイ摘発の調査は、CMPの内部抗争にかかわってくるため、それ自体が生命の危険をはらんでいる。調査の遂行とアンダーカバーとしての任務の遂行は、何ら矛盾するものではないが、正体の露見とは別の次元で身体的危機を、涼子は感じ始めていた。

調査の続行には、ホー以外にも援護者が必要となってくる。そしてそれはもちろん、トラックジャッカーのスパイ、あるいはスパイとつながる人物であってはならない。

龍はその適任者なのか。

龍がトラックジャッカーのスパイである、という可能性はほぼ排除されている。高島平ゴーストタウンでの銃撃戦は、演出とは思えず、実際、龍自身、トラックジャッカーの一味を手にかけている。

だが龍がスパイではなく、スパイとつながる人物であったらどうなのか。トラックジャッカー側は、龍がそうした存在だと知らなければ、銃火を交えるのにためらわなかっただろうし、龍自身も生存のためには同様だったろう。

龍が少佐によってスカウトされたのではない、という事実は、何を意味しているのか。

涼子とホーは、少佐はトラックジャッカーのスパイではない、という結論を、ひとまずだした。

そして少佐に、社長との接触を依頼した。

おそらくは、内部抗争が開始されたCMP社内にあって、最高責任者への単独アクセスは、他の幹部の疑惑や不安の種となるだろう。アクセスを要求したのが、ホーと涼子であるということになれば、スパイはさらに不安をかきたてられる筈だ。

この場合、スパイがとる手段は何か。

内部抗争に見せかけた、クーデター。スパイがもし幹部であるなら、これを機に、一気にCMPを乗っとろうというものだ。

しかしそれを可能にするには、商品の仕入部門をおさえるのが絶対条件だ。CMPを乗っとっても、少佐を含む仕入部門が離反すれば、そこには何の価値もない。さらにいえば、日本国内のどこかに存在する、ブラックボールの製造工場こそが、CMPの本当の財産なのだ。

二番目は、涼子とホーの抹殺だ。沛をスケープゴートに仕立て、スパイ狩りを終焉《しゅうえん》させようとした、スパイのもくろみは、少佐への単独アクセスにより失敗が明らかになる。そうなれば、災いの根が二人にあるという考えのもとに、調査の進展とは無関係に抹殺をはかる可能性もあった。きわめて現実的な対処法だ。

三番目は、少佐の暗殺だ。スパイにクーデターの意志がなく、かといってホーと涼子を抹殺しても、疑惑の種そのものがCMPに残る懸念を払拭《ふっしょく》できないとすれば、調査のうしろ盾である少佐を暗殺することで、スパイ狩りを組織内のタブーに転化させられる。

CMPはすでに、沛という幹部を失っている。さらに最高幹部のひとりである少佐を失えば、スパイ狩りがCMPの存続を危くするという不安をあおることができる。トラックジャッカーによるブラックボール横流しは看過《かんか》できない問題だが、幹部の死亡という短期的問題に比べれば、時間をかけた対応が可能だ。その論点でCMP内部の空気を、スパイ狩りから変化させるのだ。

犯罪組織の内部抗争においては、この、一見なさそうに見える三番目の手段が多くとられることを、涼子は知っていた。

対象が幹部であってもチンピラであっても、殺人は殺人にすぎず、それに対して組織がとりうる手段は、制裁か黙認のふた通りしかない。犯罪組織が、内部で起こった殺人の犯人を、司法当局にさしだすことはありえないからだ。

殺人の制裁は、おおむね殺人である。が、最初の被害者が幹部で、しかも加害者も幹部であった場合、加害者をも粛清すれば、組織は二名の幹部を失うことになり、それは結果、司法当局や対立組織に対する弱体化をもたらす。

したがって原因が内部抗争であっても、一番目のような極端な下克上《げこくじょう》をとるより、とりあえず邪魔になる幹部を暗殺し、あとはなし崩し的に組織内の実権を握るという、長期的なクーデター劇が犯罪組織では多く起こっている。

少佐はもちろんその可能性に気づいている。だが問題は、誰に背中を向けてはならないかが、わからないという点だ。

大佐、佐藤、フランコ、とりあえずこの三人が、社長を除く、残るCMPの最高幹部たちだ。その中で、大佐とフランコは接近し、沛を失った佐藤は、組織内での立場が悪化している。

が、ホーの話では、佐藤も決してこのままではいないだろう、ということだった。佐藤は、沛がスパイだったと認めているわけではないという。そのため、沛の〝無実〟を証明するための調査に全面的にホーがあたることを許可している。さらにいえば、佐藤自身が、社長と単独接触を試み、大佐に阻止されたらしい。

この中では、欧米担当ということで、アメリカに在住しているフランコの動きだけが読めない。おそらくフランコは、アメリカの犯罪組織の人間で、CMPを占有する野心まではないだろう。だが組んでいる大佐の権力がさらに強まれば、儲けも太くなると見て、あの奇妙な日本人、村雨を送りこんできたのだ。フランコがトラックジャッカーのスパイである可能性は、同様に排除してよい。アメリカにいては、ブラックボール輸送の細かなスケジュールは把握《はあく》できない。

大佐はどうなのか。警備担当の役員であれば、スケジュールは知っている。おそらく、キムを含む、かなり下のレベルにまでスケジュールは流れているにちがいない。ただ、社長に対する忠誠の度合を考えると、大佐本人がスパイであるとは考えにくい。それにトラックジャックの発生は、自ら統轄する警備部門の落ち度であり、立場を危くする。

では、各セクションの部長クラスはどうなのだ。

沛は、無実だという直感がある。残る部長は、呉、キム、そして沛にかわってその立場につくであろう、ホーだ。

ホーは除外できる。呉とキムに関しては不明だ。ホーにいわせれば、呉には、会社を裏切るほどの度胸はないとのことだが、あれだけ贅沢に目がなければ、目先の金に転ぶ可能性は充分にある。

いずれにせよ、自分とホー、少佐が殺されない限り、スパイには近い将来、たどりつく筈だ。

今はとりあえず、龍を信じよう。ＩＮＣのアンダーカバーであるとまではいかないにしても、トラックジャッカーのスパイではない、という点までは信頼する他ない。調査には、腕の立つ援軍が必要だ。

龍は、これまでに会った、どんな男よりも腕が立つ。その一点において、すでに涼子は龍に心を許してしまっている自分に気づいていた。


「少佐に会ったわ。呉にも」

涼子はいった。龍は窓辺のソファにすわり、ブランデーのストレートをすすっている。窓からは、貨物新幹線品川駅の操車場から川崎工業団地の夜景が見渡せた。この二カ所のあいだを貨物モノレールが、音もなくいきかっている。超高層煙突から吐きだされる火焰は、夜空に浮かぶちぎれ雲を、炎に包まれたUFOのように赤く染めている。

二人は、龍の馴染のホテルにいた。龍が食事に誘い、涼子が応じたのだ。

「おもしろかったろう」

放心したように窓に目を向けていた龍がつぶやいた。

「おもしろい？」

「少佐は頭が切れる。CMPの幹部で一番だ。それが最低の下種野郎《げすやろう》に目をかけている」

「なぜなの？　恩義？」

「だろうな。社長に会ったことはないが、大佐も少佐も、民族の血にはこだわっている。連中がこの国に移住してきたとき、特に年寄りの社長にとっては、呉の父親が用意した受け入れ態勢がありがたかったようだ」

「呉の父親というのは何者？」

「俺もよくは知らないが、金貸しとパチンコ屋をやっていた男だそうだ。少佐の兄貴で、四十年以上も前にこの国に密航してきたんだ。商売で成功して、まっとうな立場を手に入れた。母国からの難民を受け入れることも多かったらしい。もっとも、母国の政治体制には批判的だったようだ。CMPができて間もなく死んだ。大佐や少佐以上に、社長に信頼されていた人物らしい」

「あなた、その社長のコネで入社したのですって？」

龍は親指の爪をかんだ。

「誰から聞いた」

「少佐」

龍はすぐには答えなかった。やがていった。

「スパイ狩りをつづける気なんだな」

「途中で降りたら、あたしの居場所はないもの。敵を作るだけ作ってCMPを放りだされたら、おちおち街も歩けないわ」

龍はため息を吐いた。

「君にプレゼントを用意したんだ」

「何？」

「そこにかかってる上着をとってくれ」

涼子は全裸のまま立ちあがった。火照《ほて》りがまだ体の芯に残っている。初めて、「許して」という言葉をベッドの上で使った。

クローゼットから仕立てのいい、ロングジャケットをとりだした。

渡された龍は、内ポケットから皮のキィホルダーをとりだした。アイグナーだ。

「これさ」

涼子は受けとって開いた。キィが二箇、留められている。ひとつにはポルシェの刻印が入り、もうひとつは電子ロックの鍵だった。

龍は醒《さ》めた表情で煙草に火をつけた。

「別にそいつで縛る気はない。ただ長生きしてもらうには、アシのある車と、セキュリティの行き届いた塒《ねぐら》が必要だ」

涼子は息を吸いこんだ。

「もらうのが嫌なら、貸しておくだけでもいい。いっておくが、部屋の鍵にスペアはない。俺だってノックをする」

「どこなの？」

「この近くだ。何カ月か前まで、俺の友人が住んでいた部屋だ。家具もある。きれい好きのロシア人だから、すぐに住めるようにしてある」

「ロシア人の友だちが多いのね」

「親友と呼べるのは、そいつひとりだ。あとはそいつの仲間さ。君を見たら、まちがいなく口説《くど》く。俺と寝たのを知ってても」

「本当にロシア人？　イタリア人じゃないの？」

龍は含み笑いをした。

「社長とは会ったことないっていったのに、どうしてコネがあったの」

「秘密だ」

涼子は息を吐いた。すねてみせても意味はないだろう。

「俺が敵か味方か知りたいのなら、もうわかっている筈だ」

涼子は龍を見つめた。それが最終問題の答なのか。

しかしそれを確かめることはせず、いった。

「いつか問題が片づいたら、どこか旅行にいきたいわね」

「南アフリカに、ビーチとコテージしかない、小島のリゾートがあるそうだ。珊瑚礁《さんごしょう》の海と、高床式のコテージで、食い物は、ボートで運ばれてくる。他には誰もいない。島ひとつを独占するんだ」

「いいわね」

いって、涼子はポルシェのキィだけを抜きとった。

「車は借りる。住居は、仕事がうまくいったら、ＣＭＰに借りてもらうわ」

「スパイ狩りはどうする？」

龍を見つめた。

「助けてもらえるの？」

龍はわずかに顎を引いた。

「助けたいが、新部長を敵に回したくない」

ホーが部長に昇進したという知らせを、涼子も受けとっていた。ホーは、嬉しそうでもあり、不安そうでもあった。

「彼に話したわ。あなたとのこと」

龍は小さく息を吐いた。

「やむをえんな。山岸のことを黙っているわけにもいかないだろうし」

「あの死体はどうしたの？　ピロシキの具？」

「趣味悪いぞ。母なる自然に帰ってもらった。君こそよくあの部屋で寝られるな」

「夜な夜な、うなされてる。でも――」

だったら、といいかけた龍を制し、いった。

「おんぶに抱っこは好きじゃないの。たとえあなたが白馬の騎士でも」

「俺なら黒馬を選ぶがね」

涼子は微笑んだ。

「ホーは部長になり、これまでのようには調査にかかりきり、というようにはいかなくなった。もちろん情報は流すし、バックアップはしてもらう。でも、これからの調査には、現場での援軍も必要なの」

「少佐に会ったのもそのためか」

「社長に直接会わせてくれるよう頼んだ」

龍は無言になった。

「CMPの幹部社員の中にスパイがいると思われる以上、容疑者の摘発は最高幹部にしかおこなえないわ」

「――聞いた話では、社長ほど疑ぐり深い人間はいないそうだ」

「だったらあたしとウマが合いそうね」

「君の望みは何だ」

「望み？」

涼子は龍を見やった。龍は真剣な表情で涼子を見つめていた。

「スパイを見つけること」

「そのあとは？」

「正社員になる」

「それから？」

「そうね。将来ＣＭＰのボスになれそうな男を見つけ、たらしこんで、寝ているあいだも手の届く場所に拳銃をおいておくような生活とはおさらばする。――冗談よ」

龍は首をふった。

「最初から信じちゃいない。君は誰かに食わせてもらう生活なんて我慢できない人間だ」

「そうかしら」

「本気で惚れた男はいるか。こいつのためなら、すべて投げだしてもいい、と思ったほど」

「そうね」

涼子は考えた。

「心の底から好きになった人はいたけど、男と女じゃなかったわ」

「相手が拒絶したのか」

「近いかもしれない。女を愛することに興味がなかったのよ」

龍は涼子の目をのぞきこんだ。

「だから好きになれたのじゃないか」

「どういうこと？」

「何度もいうようだが、君は自分の容貌を嫌っている。君に惹かれる男は、君の本質ではなく容姿に心を動かされていると考えるからだ。その男はホモだったのだろう」

涼子は小さく頷いた。

「ホモであるがゆえに、君のその容貌に対しても客観的だった。だから君はその男に心を許せた」

「それじゃあたしは男嫌い？」

龍はにやりと笑った。

「そうさ。知らなかったのか」

涼子は首をふり、フンと笑って見せ、次の瞬間、枕を投げつけた。龍の笑い声が大きくなった。

「最低の男ね。男嫌いをたらしこんで、さぞ自慢でしょう」

龍は立ちあがった。窓辺に立ち、背中を向けたままいった。

「俺は長いこと女を道具としてしか見ていなかった。お袋は、俺をかまうことにしか自分の存在意義を見出《みいだ》せない人間で、ガキの頃はまるで着せかえ人形のように俺を着飾らせていた。たまらなく嫌だった。腹の中でお袋を軽蔑し、憐《あわ》れんでいた。俺の好物を料理するのとお洒落をさせるのだけが生き甲斐《がい》だったんだ。お袋に対しぶち切れないでいるためには、お袋を使用人だと思うのが一番だった。あれを食わせろとか、こういう服を買ってこいというと、お袋は喜んで従った。俺が何を、どれだけしても、お袋は怒るどころか声を荒《あら》らげることもなかったよ。俺がわがままをいえばいうほど、俺との距離が縮まると思っていたんだ。そいつは人を愛するってこととはちがうだろ」

「たぶんね」

「次に出会った女たちは、もっと道具でしかなかった。性欲を満足させたり、金を貢がせたり。女に何かをしてもらうことはあっても、何かをしてやろうと思ったことなんか金輪際《こんりんざい》なかった――」

「あたしが初めてというのじゃないでしょうね」

「かもしれん。だからといってひざまずこうというわけでもない」

涼子は醒めた目で龍を見つめた。会話が危険域にさしかかっている。龍がＩＮＣのアンダーカバーと確定しているのならともかく、そうではない現在、これ以上互いのプライバシーに踏みこむのは避けるべきだった。経歴を嘘で固めるのは可能だが、性格形成にいたったできごとや思い出まで語りだせば、現況に対する矛盾が生じてくる。龍のような鋭い人物に対して、それは危険だった。

しかし龍についてもっと知りたいという気持がある。アンダーカバーであるかどうかを確かめるためには役立つが、この領域での会話は、情報の一方通行を許さない。相手が話したぶんだけ、こちらも話すことを要求される。話さなければそれは信頼関係に歪みをきたす。

沈黙ののち、涼子は訊ねた。

「結婚は？　しているの」

「していたことはある」

龍は認めた。

「子供は」

「いた」

「いた？」

「女房が死に、俺の親父に預けられた。ずっと会っていない」

乾いた声だった。

「奥さんはどんな人だったの」

「ありきたりの女だ。お袋に似ていた」

「お母さんは？」

「死んだ」

そっけないいい方だった。母親に対する仕打ちを後悔しているのだろう。

龍はふり返った。

「もう家族をもつことは二度とないだろうな」

「女を道具にすることは？」

「道具になる女には惚れない」

龍は微笑んだ。

「ワレナベにトジブタね」

龍は眉をしかめた。

「何だい、そいつは」

「日本の古い諺《ことわざ》よ」

「意味は？」

「秘密。調べてみたら」

龍はほっとため息をついた。

「そうしてみよう。俺は何をすればいいんだ？」

「協力してくれるの？」

「あんたは俺の道具じゃない。とすれば、俺があんたの道具になってみるのもおもしろいだろう」

龍は肩をすくめた。

「スパイ狩りに混ぜてくれるのだろう、俺を」

「正直いえば、あなたしか頼れる人間は見当たらない」

「光栄だね」

「またからかってるの」

「いや」

龍の目は真面目《まじめ》だった。口調も真剣味を帯びている。

「スパイはＣＭＰをコケにしている。そいつは俺もコケにされてるってことだ。ほっとくわけにはいかない」

「まるであなたがボスみたい」

「社長には借りがある」

「それとあたしとの関係は？」

「あんたはＣＭＰの社長になるかもしれん」

「馬鹿げてる」

涼子は吹きだした。龍は笑わなかった。

「馬鹿げちゃいないさ」

妙に感情のこもらない声でいった。

「社長になってもおかしくない人材だ。そういう人間と組むのは楽しい。ちがうか？」

涼子は答えなかった。突然、不安が生まれたのだった。今ここで交した会話が芝居でないのなら、龍には何か大きな秘密がある。その秘密は、龍がアンダーカバーであるかどうかという問題とは別の次元に存在している。そのことが涼子を不安にさせたのだった。

## 26

涼子は株式会社「ムーンランド」の登記上の社長である馬渕の身辺調査をおこなった。馬渕は文京区白山下《はくさんした》の小さな一戸建てに住み、そこから乗用車で、東銀座の「ムーンランド」に通っている。たとえ名義貸しの社長であっても、通勤をしている以上、「ムーンランド」内の情報に関しては精通していると見ていいようだ。

馬渕の外見は、五十代後半の目立つ点のないサラリーマンだった。指の欠損はなく、日本人組織との関連を示す特徴はないといってよい。だが「ムーンランド」が「草加会」という名の旧暴力団の隠《かく》れ蓑《みの》である以上、何らかの接点はある筈だ。

涼子は考えた末、乱暴ではあるが実効性の高い作戦をとることにした。馬渕を誘拐し、その身代金《みのしろきん》をブラックボールで要求するのだ。犯罪組織の幹部を誘拐して身代金を要求するのは福建人犯罪組織がよくおこなう手口であり、ブラックボールを商品としているCMPの犯行だとは、草加会、「アーバーン」とも考えないだろう。

ただし馬渕を死亡させるような羽目になれば、アンダーカバーとしての任務を逸脱する行為となる。したがってホーをパートナーに選ぶことはできない。ホーは涼子の指示に対し、これまでのところ全面的にしたがっているが、一度誘拐した馬渕を無傷で放すとは思えなかった。

幸い、部長に昇進してからのホーは、佐藤から下る通常業務命令に忙殺されていた。トラックジャッカー一味が表面上は〝一掃〟されたことによって、「四つ葉運輸」はこれまでにない頻度でブラックボールを輸送するのが可能になったからだ。当然、それをカモフラージュするための一般運輸業務も増やさざるをえない。築地の旧中央卸売市場を発着する「四つ葉運輸」のトラックは激増し、日によっては本物の食料品を積んだ便ばかり十数台をホーは監督しなければならない立場におかれている。

涼子は作戦の概要を龍だけに話した。馬渕を自宅近くで待ち伏せ、誘拐して、使用していない「四つ葉運輸」の倉庫に連れこみ、訊問すると同時に身代金としてブラックボールを「ムーンランド」に要求する。それによって「ムーンランド」のどの人間と「アーバーン」がつながっているかを知ろうというものだった。

「ムーンランド」と「アーバーン」の監視は二人きりでは無理なため、ホーの手を借りることになっている。三人でも監視はきついが、それ以上の人間をＣＭＰ内部に求めるのは危険があった。

誘拐は成功した。涼子は栗色のウイッグをかぶりカラーコンタクトを入れて変装した姿で、ホーが調達した乗用車を使って、馬渕の車に追突した。追突現場は、馬渕の自宅から百メートルと離れていない住宅街だ。馬渕の帰宅時間は、午後七時前後で人通りはあるものの、素早くおこなえば繁華街ほどの目撃者を心配する必要はない。

あらかじめ打ち合わせておいた追突現場には、別のワゴン車に乗った龍が待機し、不測の事態に対応することになった。

追突は、バンパーに軽微な損傷を与えるていどにとどめた。それ以上大きな事故を起こせば、音も大きくなるし、近隣の住人が救急車を呼びかねない。

だが、ドンという衝撃は涼子が思った以上に大きかった。馬渕の車は国産の高級車で、追突防止センサーがついており、ぶつかる直前には警報が鳴っていた筈だ。追突現場は信号のない十字路で、馬渕が一旦停止する瞬間を見はからっておこなった。

馬渕が車を降りるより早く、涼子は車を飛びだした。

早口の北京語でまくしたてた。

「なんで止まるのよ、冗談じゃないわ、まったく。借り物の車なんだからね！」

車を降りてきた馬渕は、涼子の北京語を聞いて一瞬当惑した表情になったものの、

「何いってやがる。免許もってんのか?!」

と日本語でやり返してきた。身長はさほど高くなく、スーツやネクタイは地味なものを着けているが、言葉に崩れが感じられた。

「メンキョ?! メンキョ、なに?」

涼子は片言の日本語でいった。

「免許知らねえのかよ」

あっけにとられた表情で馬渕はつぶやいた。

「どっからきたんだ、お前」

「待って、あるよ、メンキョ」

涼子はいって、車に戻り、ダッシュボードを開いた。助手席の窓をおろし、

「これか? メンキョ」

叫んだ。

馬渕は疑うようすもなく歩みよってきた。

「どれ? これ?」

涼子は、中国籍のパスポートと二、三通の書類を車内で示してみせた。

「ちがうよ。それだ」

ダッシュボードの中にある免許証を馬渕はさした。

「どれ、これ?」

ダッシュボードの中にはわざとさまざまな書類やカードをつっこんであった。

「ちがう。それだ、そのカードみたいなの」

「それちがう、わたしのじゃない」

涼子は手をふった。立ち止まっている野次馬はいたが、二、三人だ。

馬渕は舌打ちして涼子の車の助手席のドアを開き、乗りこんできた。

「何？　じゃあいったい誰の——」

ダッシュボードに手をさし入れた瞬間、涼子はスタンガンをその首すじに押しつけた。高圧電流が流れ、馬渕はびくっと体を震わせると、声もたてずに失神した。涼子は助手席のドアを閉め、発進した。あっけにとられた野次馬が見送っている。

ミラーの中で、少し離れた位置に止めていた龍のワゴン車も動きだすのが見えた。

涼子は住宅街の狭い一方通行路を次々に折れて走った。下調べしておいた寺の境内《けいだい》に車を乗り入れる。

スタンガンによる失神は長時間はつづかない。麻酔薬の高圧注射器をバッグからとりだし、手首に射ちこんだ。さらに両瞼に強力接着剤を噴霧する。工業用の接着剤で、融解剤を使用しない限り、目は開かなくなる。その上で耳孔にこれも工業用のパテを詰めこんだ。

龍のワゴン車がかたわらにすべりこんだ。

「尾行は？」

「ない。準備は？」

「完了したわ」

「よし」

龍はワゴン車を降りると後部席のドアを開け、あたりを見回した。涼子の車から馬渕をひきずりだすと、ワゴン車に二人して移しかえる。

「麻酔はどれだけもつ？」

「体調によるけど、一時間から一時間半」

「充分だ」

運転席に戻った龍は答えた。「四つ葉運輸」の借りた倉庫が、荒川区の荒川べりにあった。三十分もあれば到着する。

「じゃ一時間後に」

「了解」

龍は境内をでていった。涼子は後部席においていたショッピングバッグにヘアウイッグとカラーコンタクト、ダッシュボード内の偽装書類をすべて押しこみ、着ていたコートも脱ぎ、車を発進させた。約一キロほど離れた春日《かすが》通りの路上で、待ちあわせていた「四つ葉運輸」の社員に車を渡す。社員はホーの命令で車をひきとりにきただけだ。

タクシーを拾い、倉庫に向かった。

倉庫の少し手前でタクシーを降りた涼子は徒歩でゲートをくぐった。このゲートと倉庫のシャッターは、リモートコントロールで開けられるようになっている。電動ゲートの横に歩行者用の手動門があり、これは四桁の暗証番号を打ちこむことでロックが外れるのだ。

倉庫の前に立つと、涼子は携帯電話で龍を呼びだした。降りていたシャッターが一メートルだけ上昇し、そのすきまをくぐった。

何もないガランとしたコンクリート敷きの倉庫にワゴン車が止まっていた。白山上《はくさんうえ》の寺の境内で別れてから四十分ほどが経過していた。龍が車体にもたれかかり、煙草を吸っている。

「馬渕は？」

「まだのびてる。一応、手錠をかましておいた」

涼子は頷き、前もって倉庫に運びこんでおいた大型トランクに歩みよった。中には折り畳みの椅子とステレオ内蔵の密閉型ヘッドホン、マイクなどが入っている。マイクは極指向性で、マイクに向けられた音のみを拾う仕組だ。

龍が歩みよってきて、トランクを開けた涼子を手伝った。

「消さないで奴をどう処分する」

龍が訊ねた。打ち合わせの際、馬渕を殺さないと涼子は言明していた。

「ブラックボールを使うわ。宇宙の彼方まで飛ばしたところで解放する」

「消した方が早いだろう」

涼子は龍を見た。演技でいっているのか本音なのか、判断がつかなかった。

「その方がいいと思う？」

「本気で身代金を受けとるつもりじゃないのだろ」

ＩＮＣのアンダーカバーは、警視庁のアンダーカバー以上に苛酷な潜入捜査を経験していると は聞いていた。たとえ龍がアンダーカバーでも、危険を避けるためには殺人をためらわないということか。

龍は確かに山岸を殺している。が、あれは涼子を救うための緊急避難的な措置だった。高島平ゴーストタウンでの撃ち合いはより判断材料にならない。涼子もそこでは人を殺しているのだ。

だが無抵抗な人間を殺すことは涼子にはできない。さらにいえば、この馬渕がどのていど、ブラックボールの密売組織に加担しているのか明らかではないのだ。口調こそ崩れていたが、実際には何ら犯罪とはかかわっていない、名前貸しのカタギである可能性すらある。

涼子は努力して目をそらさずいった。

「警察も『ムーンランド』には目をつけている。そこの社長の馬渕が死ねば警察が動く。あたしはこの馬渕の情報を得るために、昔の仲間に協力を仰いだの。あたしがマズいことになるのはごめんよ」

「それは説得力のある理由だ」

龍はぽつりといって、折り畳み椅子をとりあげた。車から少し離れた位置におき、馬渕をかつぎだすと、椅子にすわらせた。麻酔の効果が薄れてきたのか、馬渕は呻き声をもらした。

「洋服を脱がせて」

涼子はいった。

「全部か」

「全部よ」

「うらやましい拷問て奴か」

龍は眉を吊りあげた。

「衣服を着けていないと人質の孤立感や不安感は倍加するわ。そこに洋服を与えてやるというだけの交換条件で、協力的にすることができる。飢えたり渇いたりするのを待つ必要もない」

龍はとりだしかけたナイフをおさめた。

「すると切り裂くわけにはいかないか」

「ていねいに脱がせてね」

唸り声をたて、龍は馬渕の手錠を外した。

「暴れたらスタンガンを見舞ってくれよ」

「やりすぎると心臓がもたないわ。超高圧なの、これ」

涼子はいって、龍を手助けした。上着とスラックス、シャツ、アンダーシャツを脱がせる。龍が低く口笛を吹いた。馬渕の背中には刺青が入っていた。筋彫りといわれるもので、線だけで色が入る前の過程の日本式の刺青だ。

「筋彫りね」

「デッサンの途中か」

「お金か根性がつづかなくなったのよ」

「痛いらしいな。日本人は痛みに耐えるのが好きだからな。指を削ったり――」

龍はいって、馬渕の下着をすべて脱がせた。全裸になった馬渕を椅子にガムテープで固定する。足首も留めた。

「完了ね」

涼子はいって、馬渕の耳からパテを抜き、ヘッドホンをかぶせた。音楽専門局がチューニングされたヘッドホンステレオは、つないだマイクのスイッチを入れない限り、外部の物音を一切遮断する。

涼子はマイクに変声装置をとりつけた。男か女かも定かではない声に変質させるためだ。準備が終わり、腕時計を見た。白山下で追突事故を起こしてからきっかり一時間たっている。今頃は放置された馬渕の車に、一一〇番通報がされている筈だ。あえて車を放置したのは、警察への通報を促すためだった。馬渕の家族が、主人の仕事に対してどのていど理解しているかを知るのが目的だ。

馬渕が犯罪に深くかかわっていると知っている家族なら、主人の安否を気にしつつも、警察の介入は最小限にとどめたいと願う。その場合、馬渕の失踪当初は騒いでも、時間経過にともなって静かになっていく。さらに「ムーンランド」の社員が駆けつけ、家族を落ちつかせようとするだろう。目的は馬渕の安否を知ることではなく、警察の排除だ。そうなったら、「ムーンランド」のどの人物がかかわるかで、実質的な責任者をつきとめることができる。

「馬渕の自宅にいきましょ」

涼子は龍に告げた。

「警察が動いていたら危険じゃないか」

龍の懸念はわかった。誘拐事件の場合、犯人の多くが、被害者の自宅周辺で職務質問にあってつかまっている。警察の介入状況を知ろうとする犯人の心理を突き、私服警官が張りこんでいるからだ。

「この時点で、警察は誘拐と考えていない。もし通報があっても、本格的な対応が始まるのは身代金などを要求する連絡が被害者側におこなわれてからよ。現場警戒にはまだ至ってない」

涼子の計算では、馬渕の家族が百パーセント警察に協力したとしても、今はまだ現場検証の段階だ。児童などの失踪とちがい、馬渕の失踪が拉致《らち》によるものかどうか、確実な結論をだせずにいる。身代金要求の連絡によって、これが確定するのだ。

それまではよほどの挙動不審者でない限り、職務質問をかけられる可能性はない。

二人はワゴン車に乗りこんだ。馬渕は意識をとり戻しても、目も耳もきかない状態で身動きができない。倉庫内は防音構造になっているが、安全のためにガムテープを口にも貼った。

ハンドルは龍が握った。ワゴン車は倉庫をでて、白山下に向かった。

事故現場から馬渕の車は撤去されていた。制服警官が数名立っている。大がかりな現場検証がおこなわれたようすはない。もし拉致事件と判断されたなら、検証は今もつづいている筈だ。

馬渕の家の前に龍は車を進めた。住宅街なので減速走行をしても怪しまれる心配はなかった。

馬渕の自宅は駐車スペースを正面においた、ありふれた二階家だった。そのスペースにふだんは馬渕の車が止まっているのだが、今は別の車の姿があった。

「あら、早いわね」

涼子はつぶやいた。家の前に若い男がひとり立ち、あたりをうかがっている。止められている車は、シルバーのメルセデスだった。「ムーンランド」内の従業員用駐車場で見かけたのと同車種だ。

涼子はノートパソコンを開き、メルセデスのナンバーを打ちこんだ。内蔵の通信機能を使い、陸運局のメインコンピュータにアクセスする。

「ナンバーで検索できるのか」

龍が訊ねた。

「警察をやめたとき、警視庁のメインコンピュータへのパスコードはとりあげられたけど、陸運局のは誰も何もいわないから返上しなかったの。いつか役に立つと思って」

データが表示された。車種がわかっていれば、ナンバーの下四桁でたいていは登録上の持主を絞りこめる。

「なるほど。で、持主は？」

「車輌登録の名義はイマイズミ・タカシ。待って――」

二十一世紀に入ってすぐ国民番号制度が導入され、日本国籍をもつ者は、氏名、生年月日、性別が、これに基いて登録されることになった。当然それに付随した個人データを、司法機関、金融機関、行政機関などはもっている。公開は法に違反するが、裏ネットではいくらでも個人データが売買されていた。

涼子は車輌登録に併記されていた今泉の国民番号を打ちこんだ。裏データバンクにアクセスすると見せかけ、警視庁メインコンピュータのデータバンクにアクセスする。

「でたわ。今泉高史、四十三歳。旧草加会構成員。現在は株式会社『ムーンランド』契約社員」

「すると？」

「平社員の皮をかぶった幹部ってことね。家族が呼んだのだわ」

「警察はひっぱりこみたくない、というわけか」

「みたいね。戻りましょう」

二人は倉庫に戻った。全裸の馬渕は、おいてきたままの状態で椅子にしばりつけられていた。床には失禁したらしい尿の染みが広がっていた。

意識はとり戻しているようだ。目や耳がきかなくても、シャッターのあがる振動や車のエンジン音を体で感じるらしい。びくりと体を動かすのがフロントグラスごしに見えた。

涼子と龍は車を降り、歩みよった。

「訊問はあたしがやる」

龍は無言で手を広げた。おおせのままに、というポーズらしい。

涼子は馬渕を見つめた。接着剤のせいで固く閉じられた瞼《まぶた》の端を汗が伝っている。薄くなりかけた髪の内側にも汗が光っていた。小さく全身が震えていた。寒さではなく、恐怖でだろう。

意識をとり戻してから十分や二十分は、今の自分の状況を考える時間はあった筈だ。

腹についた贅肉《ぜいにく》はさほど多くはない。全身に脂肪がつくタイプのようだ。腕や胸にも肉がついているが、極端な肥満というわけではなく、年齢相応といったところだった。失禁をした股間のものは小さく縮まっていて、今の精神状態をうかがわせた。

ヘッドホンからは小さくモーツァルトが洩れていた。たとえ馬渕が熱烈なクラシックファンでも、残りの生涯では二度とモーツァルトを聞く気がしないだろう、と涼子は思った。

ラジオのスイッチを切った。馬渕が再びびくっと体を動かした。変声装置が作動していることを確かめ、涼子はマイクを手にした。

「先にいっておく。お前が死ねば喜ぶ人間は多い。『ムーンランド』が消えてなくなれば、事業を拡大するチャンスが増えると考える中国人、ロシア人は少なくないからだ」

馬渕は激しく首をふった。目は決して開けられないし、ヘッドホンも容易には外れない。

「お前が死なずにすむかどうかは、お前とお前の会社の協力にかかっている。日本人は会社に忠誠を尽したがる。お前もそうなのか」

馬渕は再び首をふった。動きが少し小さくなった。

「これから口をきけるようにしてやる。ただし、大声をだしたり、こちらの質問の答以外の言葉を口にしたら、足か手の指を一本ずつ切りとることになる。理解したか」

馬渕は頷いた。今や滝のような汗が、顎の先や胸を流れている。

涼子は龍に頷いてみせた。龍は馬渕の口に貼ったガムテープをはがした。

ベリッという音が、倉庫の高い天井に反響した。馬渕は大きく口を開け深呼吸した。吐く息が喉で震えた。

「質問だ。お前の社はイラン人と組んでクスリを捌《さば》いている。仕入れ先はどこだ?」

「く、詳しくは知らない。本当だ――」

「ひとつひとつ訊こうか」

喉仏が上下した。

「知ってるものと知らないもんがある。社で担当してる人間は別なんだ」

「お前の役目は?」

「俺は社長だ。社長という役なんだ。若いときに足を洗っていたんで、警察のリストにもひっかからなかった。だから――」

「実際のボスは?」

「今泉さんだ」

「何人いる? クスリにかかわってる人間は」

「シノギにしてるのは、二、三人だ。今泉さんとあと――」

何人かの名を口にした。

「『アーバーン』とは誰がつながってる?」

「『アーバーン』?」

「『ティハウス』を根城にしてるイラン人どもだ」

「今泉さんだ。今泉さんがクスリを調達し、イラン人がそいつを売る」

「ブラックボールは誰がやってる?」

「ブラックボール? 何だ、それ。しゃぶとかじゃないのか」

龍がナイフの刃を開いた。

「本当だ。知らねえ。ブラックボールなんて聞いたこともない!」

「黒い丸薬だ。見たことはあるだろう」

馬渕は黙っていた。龍がしゃがみこみ、ナイフの刃を馬渕の頬に押しつけた。馬渕はうっと息を止めた。

「み、見たことはあるかもしれん。あれだろ、ビニールに入った黒い粒々みたいなの」

「だとしたら?」

「いつだったか、今泉さんのところにきた客がもってるのを見た」

「客はどんな人物だ」

「一回ちらっと見ただけだ。覚えて——」

龍のナイフがすっと頬を離れ、刃先の尖った部分が馬渕の右足の甲に浅く刺さった。

「やめてくれっ。本当だって。きてすぐ帰ったんだ」

「思いだしてもらう。イラン人か」

「ちがう。日本人だ。いや、中国人かもしれねえ——」

「年は」

「若かった。四十はいってねえ。指輪だ。ごつい指輪をしてやがった……」

「どんな」

馬渕はすすり泣きを始めた。

「待ってくれよ、思いだすから……。頼むよ……」

涼子は龍を見やった。龍は馬渕の足に刺していたナイフを抜いた。

「時間をやる。命がけで思いだせ」

いって涼子はマイクのスイッチを切り、ラジオに切りかえた。

涼子の携帯電話が振動した。ホーだった。

「俺だ。今、ようやく仕事が片づいて、東銀座についたところだ」

ホーには作戦の内容は教えず「ムーンランド」と「ティハウス」のようすを探ることだけを頼んであった。

「どんな感じ？」

「きのうの夜とはちっとちがうな。きのうの今頃はトラック以外は車がなくて、事務所の明りもひとつくらいしか点《つ》いてなかったんだが……。今日はやけに明りがついてるし、車も何台か残ってる。中にイラン人の車もあるぜ」

「どうしてイラン人のだとわかるの」

「『ティハウス』だっけ。あの前にいつも止まってた赤いマセラティが混じってんだ。まちがいない。奴ら集まって、何か相談してやがる」

「了解。怪しまれないように気をつけて」

「うちの社はこの近くなんだ。作業衣着たのがトラックの中で寝ていても妙に思う奴はいねえよ」

確かに東銀座と築地は近くにある。だからこそ、築地本願寺跡のモスクにやってくるイラン人が「ティハウス」に集まるのだ。

電話を切り、涼子は床に腰をおろした。煙草をとりだして火をつける。龍は少し離れた位置に立ち、やはり煙草をくわえた。

馬渕がひくひくと鼻をうごめかした。

「煙草がほしいようだな」

龍がいって、脱がせた馬渕の服から煙草をとりだした。一本抜いて馬渕の口に押しつける。初め何かわからずいやがった馬渕も煙草と気づくと、くわえた。

「あ、ありがとよ。親切だな」

音楽のせいか、大声でいった。龍は無言でライターを点した。煙草の先に近づけたが、目も見えず耳も聞こえない馬渕は吸いこもうとしない。

龍が首をふり、ライターをもつ手をすっと動かした。

「あちっ」

炎で頬を炙《あぶ》られ、馬渕は悲鳴をあげた。口から落ちた煙草を龍は拾いあげ、再び馬渕の口にくわえさせた。今度は馬渕も煙を吸いこんだ。

龍はライターの蓋を閉じ、見つめている涼子をふり返った。口もとに笑みがあった。

涼子は無言だった。龍は初めから馬渕を火でいたぶる気だったのではないかという疑問が浮かんだ。

涼子は立ちあがった。煙草を消し、マイクを手にとった。

馬渕は口先にくわえた煙草を、すぱすぱと性急に吹かしている。まるでこれをとりあげられたら二度と煙草にありつけないと感じているようだ。

「思いだしたか」

マイクのスイッチを入れ、いった。

「ああ……。ドクロのリングだ。髪をのばしてて、大物ぶった感じの野郎だった」

ドクロのリング。呉だ。涼子は龍を見た。龍は無表情で見返してくる。

気をとり直し、涼子はつづけた。

「名前は？」

「知らない。今泉さんと話してすぐ帰っちまったから。なんかあわてたようすだった」

「いつ頃のことだ」

「さあ……。ふた月かみ月前だと思う」

「今泉と親しくしてるイラン人の名を知ってるか」

「アリだろう。アリとしか知らない。赤い外車に乗っている」

「アリが今泉からクスリを受けとり、仲間に捌かせている。そうだな」

「ああ」

「坂上という男を知ってるな」

「坂上？」

「川崎に住んでいる」

「修理屋か、車の」

修理屋ということにしているらしい。

「今泉との関係は？」

「古い友だちだっていってた。知り合いの修理工場をうちの社が紹介してもらった。社のトラックのメンテをそこでやらせてる。口きき料を払ってる」

「お前の会社がか」

「そうだ。なんでだって訊いたことがあるが、教えちゃくれなかった。紹介料を払うなら、うちじゃなくて修理工場の方だろう」

「その修理工場の名前は」

「『トウメイ自動車サービス』」

つながった。今泉がトラックジャッカー一味の実質的な支配者だ。「トウメイ自動車サービス」の社員を使ってトラックを襲わせ、手に入れたブラックボールを「アーバーン」を通じて売りはらう。

情報を流していたのは呉だ。

「なあ、いいかい……」

馬渕がいった。

「何だ」

「あんたらが何者か知らんが、会社にとって俺はたいして重要な人間じゃない。本当の社長は今泉さんなんだ。だから俺のために会社が金を払わねえからって、殺すのだけはやめてくれ」

「今泉はお前のために金は払わないか」

「わからねえ。だけど払う義理はねえんだ。俺は使われている身なんだよ、本当は」

「今泉の携帯電話の番号を教えてもらおうか」

「だから――」

「話は終わりだ。我々がお前を殺すか殺さないかは、お前に関係ない」

「頼むよ……」

全身を激しく震わせ、馬渕は懇願した。

「番号だ」

泣きながら馬渕は番号を口にした。聞き終えると涼子はマイクのスイッチを切った。音楽に切りかえる。

「消した方がいいな」

龍がいった。

「死体の処分なら、俺の友だちに頼める」

「まだ駄目よ。スパイの証拠をつかんでない」

「呉だろ。この男の説明でわかった」

「証拠がない。話を少佐にしてそのまま信じてもらえると思う？　この訊問をビデオにでもとっていれば別だけど」

「じゃあどうするんだ」

「呉を罠にかけるわ。今泉を使っておびきだす」

龍は無言で考えていた。尿が匂った。再び馬渕が失禁したのだった。

「方法は？」

「これから考える。今泉にしてみれば、呉と馬渕だったら、馬渕の方が大切な筈よ。馬渕をきっかけに警察が動けば、自分が破滅する」

「呉には味方がいない」

「そうよ。呉を売っても、呉がＣＭＰに泣きつけない立場であることを今泉は知ってる筈」

龍は煙草をくゆらせていた。

「呉が恐いの？」

涼子の問いに龍は小さく笑った。

「奴も少佐も恐くない。だが少佐を納得させるより、呉を消す方が早い」

「でもそれじゃあたしたちの功績にならない。証明できないわ、スパイ狩りをしたという。社長に直接会って話さなけりゃ」

「社長に信用させるために呉を罠にかけるのか」

「もし少佐が呉かわいさにすべてを握り潰したら？　あるいは呉は処分したとしても、ＣＭＰ内でこれ以上自分の力が衰えるのを防ぐために私たちの口も塞ごうとするかもしれない。社長に対しても自分の立場が悪くなるのだから――」

龍は天井を仰いだ。

「何としても社長に会う気か」

「社長に証拠をつきつける。それしか方法はないわ。仮りにそれで少佐が失脚したら、後釜はあなたじゃないの」

龍は首をふった。口もとに笑みが広がった。

「そこまで考えているのか」

「たとえ話よ。あなたは出世には興味ないみたいだから。ホーとはちがった意味で」

暗に問いかけたつもりだった。龍は真剣な表情になって涼子を見つめた。

「――何を知ってるんだ？」

鋭い視線だった。ここで問いかけなければ、アンダーカバーであるかどうかを直接問う機会は再び遠ざかるだろう。涼子は勇気を奮いおこした。

「あなたが――」

「待った」

不意に龍が手をあげた。龍の携帯電話が着信したようだ。

珍しいことだった。いっしょにいて、龍に電話がかかってきたのを見るのは初めてだ。

「すまない」

いって、龍は涼子に背を向けた。内耳に装着したイヤホンに軽く手をあてがった。

「――俺だ」

低い声で答えた。聞く気はなかったが、聞こえてくる。

「何？　わかった。それで？」

涼子は龍の背中を見つめていた。不意に会話を断ち切られ、奇妙な失望感が胸に広がっている。

この会話は何よりも重要なのだ。自分と龍の運命を見定める上で。

知りたい。もう悩むのは嫌だ。スパイの正体をつきとめた今、最終問題に答をだすべきときだ。

「――わかった。俺の方で処置する。やむをえない」

龍が喋っていた。

「そちらに向かう」

涼子は龍の背を見直した。通話を終え、龍がくるりと向き直った。

「すまない」

涼子の目を見ていった。

「問題が生じた。俺の仕事にかかわる部分で、どうしても俺自身が処理しなけりゃならない」

「今すぐ?」

龍は腕時計を見た。

「そうだ。この男は君に預ける。ひとりでも充分やれるだろう」

涼子は大きく息を吐き、頷いた。

「もちろんよ。いざとなればホーもいるし」

龍は小さく頷いた。

「だがホーにはまだ黙っておいた方がいい」

「それも、もちろんよ」

涼子は冷ややかにいった。

「下手なことを教えたら、ホーが殺される」

龍は目を上げ、涼子の目を見た。

「俺も秘密を守る」

「当然ね」

龍は何かをいいかけた。だが結局その言葉を喉の奥に押しこんだ。

無言でワゴン車に歩みよった。

「車をもっていくが、いいか」

「大丈夫よ」

涼子は腰に手をあてていった。

龍はワゴン車に乗りこむとエンジンをかけた。バックでシャッターに近づく。シャッターがあがり始めた。

運転席の窓ガラスが下がった。

「涼子」

涼子は黙って龍を見た。

「――信じてるぜ。あんたは俺の味方だ」

涼子は笑みがこぼれそうになるのをこらえた。やはりそうなのだ。

だが口ではそっけなくいった。

「たぶんね」

龍は頷いた。

ワゴン車がでていくと、涼子はシャッターをおろした。

## 27

そこが、表向き自分が経営を任されている運送会社とよく似た施設であることは、昨夜下見にきた段階ですぐにホーにはわかった。「ムーンランド」という洒落た名はついているが、社名の入った軽トラックが何台も並んでいるのを見れば一目瞭然だ。

近距離専門の小型貨物輸送会社だ。

ただし出入りしている人間の一部に、ホーの勘にひっかかる者がいた。

やくざだ。旧日本人組織の人間たち。佐藤常務と同じような匂いをふりまいている。

奇妙な話だった。ホーたちベトナム人や中国人、ロシア人、イラン人であっても、この国では警察に目をつけられないよう、なるべく派手ないでたちは避けている。なのに古くから、最も警察にいじめられてきた旧日本人組織の連中は、今になってもその匂いを隠そうとしない。

それをなくしてしまったら、まるで自分たちがプロであるとは認められなくなると、考えているかのようだ。

殺された沛部長は、ホーにとっては恩人だった。元部長というべきか。今は自分が部長なのだから。

いつだったか、佐藤常務のことを沛元部長に訊ねたことがある。

CMPは、どこからどこまでもカタギの会社を装っている。なのに経営陣の中に佐藤のような雰囲気の男がいることを、社長は何とも思わないのだろうか。

佐藤を好きではない。それは事実だ。佐藤は実際のところ、日本人以外は誰も信用していないように見える。大佐も少佐も、沛元部長も、心の底では信じていないだろう。

社長がたぶん日本人なのだ。沛元部長をスカウトしたのが佐藤なのだから、その佐藤をCMPに引きこんだ社長は日本人にちがいない。

――美学なのだろう
沛元部長はいった。

――あたしらには理解できないが、日本人の美学なのだ
佐藤が今でもやくざの匂いをさせていることへの答だ。

もしそれが美学だとすれば、それは愚かな美学だ。美学ゆえに、旧日本人組織の構成員は警察に目をつけられ、叩かれてきた。

かつてはそれでも盛り場は日本人が支配していた。日本に流れてくる中国人、ベトナム人、

イラン人は、誰も大きな組織のバックをもたず、この日本で大きく稼ごうと思えば、日本人の作りだしたシステムにのる他はなかったからだ。

沛元部長から聞いたことがある。沛元部長の日本での犯罪のふりだしは、偽造のテレホンカードの販売だったという。テレホンカードがどんなものかは、ホーはわずかに覚えている。電話専門のプリペイドカードだ。国際携帯電話やあらゆる支払いが可能なバンクカードの普及で姿を消した。

偽造のテレホンカードを売っていたのは、イラン人も同じだったらしい。やがてイラン人は、ドラッグの売買を専門にし、中国人はパチンコの裏ロムやもっとアガリのいい商売を自分たちの組織でおこなうようになった。

きっかけは警察だった。沛元部長が日本にきた頃は、中国語やペルシャ語を喋れる警官はほとんどいなかった。

日本人の警官にとって、中国人やイラン人はそれだけで怪しい存在ではあったが、しつこい職務質問には言葉の壁があり、さらに犯罪者とそうでない者を外見から見分けることもできず、人種差別といわれるのを恐れて、ついつい日本人ばかりを追いかけることが多かったのだ。

それがやくざを弱体化させ、外国人組織に力をもたせる原因となった。

——日本の警察は、やくざを買いかぶっていたんだ沛元部長がいったことがある。

――犯罪の元締めはすべてやくざがやっていると思っていたのだな。我々中国人やイラン人は確かに大きな組織をもたなかった。だからやくざを潰せば、雑魚《ざこ》も潰せる、そう考えていたんだ

結果はこのありさまだ。日本人も中国人もイラン人も、ベトナム人さえも、今では対等に手を組んでいる。中にはこの「ムーンランド」のように、いまだに純血主義を貫いているところもあるだろうが、こいつらだってイラン人の手を借りなければ、ブツは売れない時代だ。

涼子は詳しくは話さなかったが、匂いでホーにはわかっていた。「ムーンランド」がブラックボールの密売組織の元締めで、「ティハウス」に集まるイラン人がそれを捌《さば》いている。

止めたトラックの運転席でホーは欠伸《あくび》をかみ殺した。この一週間というもの、まったくカタギそのものの生活を送っている。朝早く「四つ葉運輸」に出社し、トラックのダイヤと積荷をチェックする毎日だ。

特にこのところ、佐藤常務がうるさい。たぶん部長がホーにかわったことで、業務に支障をきたすのではないかと疑っているのだ。

沛元部長への疑いがまだ晴れない今、これ以上監督責任を問われるようなトラブルは困るというわけだろう。

さっきは突然会社に現われ、ホーを仰天させた。もう社員のほとんどが帰っているという

のに、

——近くまできたついでに寄ってみた
まるでホー以下、全員が仕事をサボっているのではないかと疑っていたかのようだ。

好きではない上に、ホーは佐藤が苦手だった。見下《みくだ》されていると感じる。腹が立つのだが、たとえば呉に対してのようには、単純な憎しみとはならない。

できれば口もききたくないし、深くかかわりたくない。

だが沛元部長がいなくなった今、佐藤は直接の上司となる存在だった。

——またいったい何の用で築地まで？

会話の糸口をつかもうといったホーを佐藤は冷ややかに一瞥《いちべつ》し、答えなかった。

そのまま無言で三十分ほど社内にいすわり、でていった。

ホーは首をふった。経営者としての立場が厳しいぶん、下の者を締めつけようということか。

自分だったらそんなことは考えない。下の者から憎まれればどんな仕事だってうまくはいかない。

そう思って驚いた。何てことだ。俺は経営者になることを考え始めている。

この俺が。

いったいどういう風の吹き回しだ。部長になっただけでうんざりしているというのに。

俺はどうかしちまっている。

そのとき携帯電話が着信した。

「はい」

「あたしよ」

涼子だった。少し疲れているようだ。

「大丈夫かい、姐さん。くたびれた声だが」

「平気。これから罠をしかける。いい？『ムーンランド』から目を離さないでよ」

「ばっちりだ。すぐ目と鼻の先にいるのだからな」

「待って。あなた今、会社のトラックに乗ってるの」

「そうだ。いったろ。ここらじゃ一番目立たない」

「それはまずいわ」

「なぜ」

「これからそこに現われるのは、CMPにいるトラックジャッカーのスパイよ。『四つ葉運輸』の車が止まっていたら、すぐにバレるわ」

「そうか。じゃあ社に戻って自分の車に乗りかえてこようか」

「それがいいわ。その間にあたしは罠をかける。あなたはそこに戻ったら、『ムーンランド』に出入りする人間をカメラにおさめて」

「そのつもりでカメラはもってきてある」

ホーは助手席を見やった。通信機能を内蔵したデジタルカメラだ。映像はただちにカメラ本体と、ホー自身のパーソナルコンピュータに送られて記録される。たとえカメラを奪われても、映像を残すことができる仕組だ。

「持場に戻ったら連絡をちょうだい」

「了解」

ホーはいって、トラックのエンジンを始動した。「四つ葉運輸」の本社まで十分とかからない。衣服をかえて、自分の車でとってかえすのに十五分もあれば足りるだろう。

「十五分だ。それだけ待ってくれ」

ホーはトラックを発進させた。九時三十分。会社にはもう当直以外は誰も残っていない時刻だ。

涼子は再び煙草に火をつけ、床にすわったまま馬渕を見つめた。シャッターがあがり、車が動く振動を感じたことで、馬渕はひとりにされたと思っているようだ。

しばらくじっとしていたが、

「おい、いるのかよ」

と声をだした。涼子は無言だった。

馬渕は身をよじり始めた。なんとか縛《いまし》めを逃れようとしている。

涼子は立ちあがり、マイクをとった。

「何をする気だ」

馬渕の動きがぴたりと止まった。

「何も、何もしようとは思っちゃいねえ。なあ、目が開かねえんだ……。瞼がくっついちまってる……」

## 28

「お前のためだ。お前が我々を見たら、死ぬ他ない」

「じゃ、助けてくれんのか」

「これから今泉に電話をする。その答次第だな」

「だからいったろう。俺は雇われているだけなんだ——」

涼子は歩みより、ガムテープを馬渕の口に貼りつけた。

龍がこの場からいなくなったことで、張りを失ったような気分だった。スパイは呉であるとつきとめた。

だからどうしたというのだ。自分がやっているのは犯罪組織を利するような仕事ばかりだ。龍がいたときは、監視されているという気持もあるし、龍に対していい仕事を見せようと緊張もあった。が、龍が消え、この全裸の元やくざと二人きりになったとたん、何ともいえない徒労感が押しよせてきた。

これが長期の潜入工作につきもののジレンマだということはわかっていた。犯罪組織に身をおき、重要な情報を入手できる立場にたどりつくためには、捜査官は優秀な犯罪者とならざるをえない。

が、その過程で必ず不安と自己不信におちいる。自分のとっている行動が正しいものかどうか、判断に苦しむのだ。

気をとり直し、器材を入れたトランクに歩みよった。逆探知妨害装置をとりつけた携帯電話をとりだす。「ムーンランド」に警察が張りこんでいる心配はないが、万一の用心のためだ。

ヘッドホンステレオからとり外した変声装置を電話につないだ。

今泉の携帯電話を呼びだす。

「――はい」

緊張した男の声が答えた。

「今泉さんだな」

「誰だ」

「馬渕さんの代理の者だ」

「代理？　馬渕はそこにいるのか。お前、誰だ」

「誰でもいい。ブラックボールをお宅の社から買いつけようと思っている者だ」

「ふざけんな！　馬渕をだせ」

「でられないな。お宅が交渉に応じなければ、一生電話にはでられない」

今泉はせせら笑った。

「俺がそんな威《おど》しにびびると思ってるのか。やりたきゃやれ。社長のかわりなんか、いくらでも見つかるんだ」

「そうだろうな。だが馬渕さんが尻の穴にブラックボールを詰めこまれた死体で見つかったら、お宅は困るのじゃないか」

「何だと?!　この野郎」

「せっかく『ムーンランド』をカタギの会社としてやってきてるのに、サツに嗅ぎ回られる
絶好の材料になっちまう」

「手前《てめえ》、どこの人間だ」

「無駄な質問はするな。そこに『アーバーン』のアリさんもいるのか」

今泉は絶句した。

「こちらは全部知ってるんだ。お宅がブラックボールを『アーバーン』に捌《さば》かせていること
も」

「だったらどうなるかわかってんだろうな。うちだけじゃないぞ、お前らの首を追っかけん
のは」

「こちらの要求はひとつだ。ブラックボールを一万錠用意しろ」

「ふざけんな。そんなもの用意できるわけねえだろう」

「それじゃあ馬渕さんは死ぬことになる。ブラックボール漬けでな。警察の解剖が楽しみ
だ」

いって、一方的に涼子は電話を切った。

馬渕はうなだれている。小刻みに全身を震わせていた。

おそらくこの男は人を殺したこともない。ケチな元やくざで、端金《はしたがね》で今泉に雇われ、会社からあてがわれた車を乗り回していただけだ。今、死ぬほど怯《おび》えている。

涼子は目を閉じた。携帯電話のスイッチを入れた。

今泉がでるといった。

「考えたか、少しは」

「一万錠なんて急に用意できるわけねえだろう」

「どうしてだ。お宅はブラックボールを扱ってる。いくらでも手配できる筈だ」

「あれはな――」

いいかけ、今泉は黙った。

「船が入らなけりゃ無理だ。輸入品なんだ」

「我々はちがうと聞いてる」

「何を聞いてるか知らねえが、ないもんはないんだよ！　ふざけんな！」

「五千錠だ」

涼子はいった。

「五千錠で手を打ってやる。今夜中に用意しろ」

電話を切った。

これで今泉は動く筈だ。呉に連絡をとり、ブラックボール五千錠を至急用意できないかともちかける。呉は断わるだろうが、切羽詰まった今泉は、これまでの関係を壊してでも、呉からブラックボールを威しとろうとするだろう。

トラックジャックの実行犯グループが壊滅した今、今泉は呉を大切にする理由がない。

涼子は腕時計を見た。ホーから連絡が入っていい頃だ。呉は必ず「ムーンランド」に現われる。呉が現われない場合、今泉が動く。それをホーに尾行させるのだ。

龍がいなくなったのは、やはり痛手だった。万一、ホーが今泉を見失ったら、呉がスパイであるという証拠を得られなくなる。今泉の監視を、保険のために龍にも頼みたかった。

ホーと話してから二十分が過ぎている。

今泉に電話をするのを早まっただろうか。

涼子は不安がふくらむのを感じた。もしホーが何らかのトラブルで東銀座の「ムーンランド」に戻るのが遅れたら、チャンスを逸する可能性もある。

呉が「ムーンランド」にくるのならいいが、今泉の方から先にでかけていくようなことになった場合、すれ違いが生じる可能性がでてきてしまった。

涼子はホーの携帯を呼びだした。

呼びだし音だけが響いている。奇妙だ。何があってもホーは携帯電話を手放す男ではない。

不安が一気に大きくなった。

涼子は馬渕を見た。馬渕にはかわいそうだが、しばらく眠ってもらう他ないだろう。高圧注射器を手に歩みより、首すじに射ちこんだ。

馬渕は一瞬で眠りに落ちた。

涼子は龍から提供されたポルシェを、万一に備え近くの有料駐車場においてあった。倉庫の明りを消し、建物をでた。倉庫周辺に異常はない。

涼子の耳の中では、ホーの携帯の呼びだし音が鳴りつづけている。

足早にポルシェのある駐車場まで歩きながらここまでの計画を反芻《はんすう》した。もし何か齟齬《そご》をきたしている部分があるとすれば、それは何なのか。

「ムーンランド」側に問題はない。スパイが呉であったことは馬渕の口から確認できたし、今泉もこちらの正体にはまだ何も気づいてはいない。

とすればこちら側の問題なのだ。

ポルシェに乗りこみ、はっとした。龍。まさか龍が――。

ホーを呼びだしていた電話を切り、龍の携帯を呼びだした。

「はい」

電話はすぐにつながった。いつも通りの落ちついた龍の声だ。涼子はそっと息を吐いた。

「涼子よ」

「どうした」

「ホーと連絡がとれなくなった。こっちは急いで『ムーンランド』の監視に戻ってもらいたいのに」

「どういうことだ。電話がつながらないのか」

「そうよ。あなたは今どこにいるの」

龍はつかのま黙った。涼子はポルシェを発進させた。

「横浜に向かっている」

「横浜?! どうして」

「大佐に会いにいくところだ」

「呼びだしたのは大佐だったの」

「そうじゃない。後任者の相談をするためだ」

「後任者?」

「少佐が死んだ」

涼子は息を呑んだ。

「さっきの連絡はその件だった。死んだときの状況はまだわかっていないが、社長に単独で会見を申しこんでいたらしい」

「それはあたしが要求したことよ」

「そうだろうな。大佐はCMP社内に非常事態を宣言した。少佐の死をきっかけに、権力拡大をはかろうとする者を排除するのが狙いだろう。俺は大佐と話したあと、社長と会うことになると思う」

「待って。少佐の後任に呉が選ばれる可能性はあるの」

「それはまだわからん。だが例の件についてはまだ秘密にしておいた方がいい。そうだろ？」

「ええ。呉が今どこにいるかわかる？」

「部長以上は大佐の自宅に呼集された筈だ。今はそこにいるか、向かっている最中だろうな」

最悪のタイミングだ。いくら今泉が威そうと、呉は動くことができない。

「ホーもこちらへ向かっていると思うが。電話がつながらないというのは、奴らしくない」

もし緊急呼集がかかれば、ホーは絶対に自分に知らせてくる筈だ。それがないということは、ホーには届いていないのだ。

「嫌な感じよ。すごくね」

「俺もそう思う。何かわかったら連絡をくれ。ただし、社長と会見しているときは電話はつながらない」

「わかった。そちらからの連絡も待ってる」

涼子は電話を切った。ポルシェのスピードをあげる。

東銀座の「ムーンランド」へは、夜ということもあって、倉庫をでてから三十分で到着した。

ホーのメルセデスを捜して、「ムーンランド」の敷地周辺を一周した。メルセデスの姿はない。

「ムーンランド」の社屋は、トラック用の駐車場に隣接し、一階部分が一般車用の駐車場になっている。

そこに今泉のメルセデスが止まっていた。馬渕の家から急きょ会社にとって返したらしい。

涼子は「ムーンランド」の敷地出入口に近い路上にポルシェを止め、車内からようすをうかがった。

トラック用の出入口は閉鎖され、一般車用の門だけが半分開かれている。

今泉は呉に連絡をとったのだろうか。とったとしても、少佐の死のあとでは、さすがの呉も動けまい。

今泉はブラックボールの手配がつかず、いらだっているだろう。

今はそれでいい。呉がスパイであるという証拠をつかむためには、何としても呉と今泉が会っている現場をおさえる必要があるのだ。

「ムーンランド」の社屋は、事務所に毛が生えたていどの粗末な建物だった。駐車場を見おろす窓には今、ブラインドがおりているが、そのすきまからは光が洩れている。

今泉は、〝誘拐犯〟からの電話を待っているにちがいない。

涼子はポルシェを動かした。行先は「四つ葉運輸」の本社だった。ホーが戻ったかどうかを確認しなければ気がすまない。監視に気づかれ、ホーの身に万一のことがあったという可能性も捨てきれないからだ。

築地の旧中央卸売市場に入った。「四つ葉運輸」の本社は、卸売市場のつき当たり、隅田川沿いに保冷倉庫が並んだ一角にある。

時間帯のせいもあり、あたりにほとんど人けはなかった。四つ葉のクローバーのマークの入った無人のトラックだけが、外灯に照らしだされ整然と並んでいる。

ホーのメルセデスもあった。涼子はブレーキを踏んだ。いつもホーが止める位置に、そのまま止まっている。「四つ葉運輸」の本社は、そこから二十メートルほど離れた保冷倉庫の三階にあった。

ポルシェを降り、涼子はCzを抜いた。外灯の光は、旧卸売市場の広大な敷地に濃い闇を作りだしていた。

周囲を警戒しながらメルセデスに歩みよった。ボンネットに掌をのせる。

冷えきっていた。メルセデスはずっと動かされていない。

まさかホーが裏切った——。そんな筈はない。涼子は首をふった。

メルセデスは並列駐車されたトラックの背後に止められていた。涼子は並んだトラックをふり返った。

最後にホーと話したときの言葉を信じるなら、ホーはこの中のどれかを使って「ムーンランド」を監視していた可能性がある。もしどれも使われていないとすれば、ホーは乗っていたトラックごと行方不明になったのだ。

並んでいるトラックは全部で六台あった。

涼子はメルセデスにしたのと同じように、今度はトラックの排気管に触れていった。向かって左端のトラックの排気管に温《ぬく》もりがあった。

運転席に回った。無人だ。

息を吐き、トラックを見回した。二トン積みの保冷車だ。「四つ葉運輸」には通常タイプと保冷タイプの二種類のトラックが、計十一台ある。ここに止まっていない、残りの五台は稼動中ということだ。

保冷車のうしろに回った。このタイプの保冷車は、後部貨物室の扉が三段階に分かれて開く仕組になっている。全開、半開、そして人間が通る幅の四分の一開だ。

その四分の一開の留め金がひとつ外れていた。留め金は三点固定式で、上からの二点はロックされているが、最下段の留め金がロックされていない。

涼子の背を冷んやりとした予感が走り抜けた。Czを握る手が汗ばんでくる。

四分の一開の留め金をつかんだ。ロックされているふたつを外す。ノブを引くと、約七十センチほどの幅の扉が開いた。

ガランとした貨物室の床に、見覚えのあるツナギを着た姿があった。涼子は貨物室に踏みこんだ。

ホーだった。背中に二発の銃弾を撃ちこまれている。涼子が抱き起こすと、生気のない目が涼子を見上げた。

「ホー……」

思わず言葉が口をついた。いくら背後からとはいえ、用心深いホーが撃ち殺されるとは信じられなかった。

浅黒い顔には、痛みよりも驚きの表情が凍りついている。

涼子は目を閉じ、すぐに開いた。ホーの頭をそっとおろした。手が震えている。

何があったのか。動きが止まりそうになる頭を懸命に働かせた。

涼子との電話を終えたホーは、車と衣服を交換するためにここへ戻ってきた。が、待ちかまえていた何者かに狙撃され、命を落としたのだ。

犯人の目的は何だ――。

そう思いかけたとき、不意に貨物室のドアが外から閉ざされた。はっとして体を起こした瞬間、留め金が外からロックされる音が響いた。

涼子に躊躇《ちゅうちょ》はなかった。閉ざされた扉に向かい、Czを発砲する。暗黒の貨物室が銃口から吐きだされた火炎に浮かび、轟音《ごうおん》が耳をつんざいた。

フルメタルジャケットの九ミリ弾は、鉄板を張った貨物室の扉に点々と穴を穿《うが》った。扉の向こうからくぐもった悲鳴があがる。涼子は応射の危険もかえりみず、扉に駆けよった。どのみちこの中にいては袋の中のネズミだ。外から蜂の巣にされたらひとたまりもない。

閉じられた扉に全身でぶちあたり、うっと息が洩れた。だが扉はびくともしなかった。

銃弾が作った穴に目をあてた。保冷車からすばやく離れようとする人影が狭い視野をよこぎる。

その方角に向け、Czを乱射した。だが今度はさすがに命中しなかったようだ。

突然、保冷車のエンジンが息を吹き返した。涼子は貨物室の壁に手をついて体を支えた。

涼子をここに閉じこめた犯人は、車ごと連れだそうとしている。

応射がなかった理由を悟った。旧卸売市場には、まだ「四つ葉運輸」の当直などが残っている。密閉された貨物室での発砲は外に銃声が洩れないが、外から撃てばそうした人間たちの耳に届く結果になる。それを恐れたのだ。ホーを殺した犯人は銃に消音器を装着していたにちがいない。消音器は、銃口から洩れる爆発音を減殺する構造だが、そのために銃弾の貫通力を著しく弱める。外から貨物室を撃っても、内部の涼子を傷つけられないと判断したのだ。

つまりプロだ。

保冷車は大きく車体を左に傾けた。涼子は暗闇の中で運転席の方角に銃口を向けた。

駄目だ。保冷車は、冷蔵システムを、運転席と貨物室のあいだに搭載している。いくらフルメタルジャケットでも、貨物室の鉄板とその機械部分を射抜いてまでは、運転席には達しない。

涼子は貨物室の床にしゃがんだ。保冷車がバウンドし、体のバランスを崩して尻もちをついた。このバウンドは、旧卸売市場のゲートをくぐった衝撃だ。

闇の中で携帯電話を探った。龍にかける。

舌打ちした。龍の携帯は不通になっている。自動応答サービスへと転送された。

救援を頼めるのは、あとは警察しかない。即座に決断した。涼子を誘拐した犯人の最終目的は自分の死だ。

が、岩永の緊急呼出番号につながろうとした瞬間、回線が不通になった。電波妨害《ジャミング》だった。運転席にいる人間が妨害装置を作動させたのだ。妨害装置は、携帯電話が全人口に普及した今、秋葉原の無線ショップでいくらでも手に入る。

涼子は深呼吸した。このタイプの保冷車は、エンジンがかかると自動的に保冷システムが作動するが、冷凍車とちがい、貨物室内の最低温度が二度以下にさがることはない。その状態で何十時間も放置されれば別だが、一、二時間の移動ならば凍死する不安はなかった。

なぜこんなことになったのか。

ホーの監視が気づかれていたのだ。それは即《すなわ》ち、CMP内部のスパイが、「ムーンランド」に対する涼子たちのアクションを知っていたという事実に他ならない。

だがどうしてそれが起こった。

計画を知っていたのは自分と龍だけだ。

龍がスパイ？　それはありえない。その可能性は検討した上で、否定されている。第一、龍がスパイということになれば、アンダーカバーである可能性すら失うのだ。

では龍がスパイではないとすると、何が秘密を暴《あば》いたのだろう。

唯一《ゆいつ》考えられるのは、ホーの監視をスパイが目撃した、というものだ。「ムーンランド」の前に止まった「四つ葉運輸」のトラックを、ＣＭＰのスパイが発見したのだ。ホーがスパイ狩りに加わっていることを知っていて、「ムーンランド」前に停車したトラックにその姿があるのを見、馬渕の誘拐とつないだ。

スパイはホーを射殺し、やがてそこに涼子がやってくるであろうと予期して、待ちうけていたことになる。

呉なのか。

呉に、そこまでの頭があったとは、涼子も想像していなかった。

だが何よりの失敗は、ホーに誘拐計画の全容を教えていなかったことだ。すべてをホーが知っていれば、「四つ葉運輸」のトラックなどを使わずに監視行動に入った筈なのだ。

闇の中で涼子は手をのばした。ホーの冷たくなった頬に指が触れた。一瞬ひっこめかけ、次にそっと頬を掌で包んだ。

心の中でホーに詫びた。ホーは殺人者で犯罪組織の幹部だった。しかし涼子には親切で、その上紳士ですらあった。そのホーを、自分の落ち度から死なせる結果になった。

「ごめんなさい」

涼子はつぶやいた。後悔と謝罪の念が胸の痛みを生んでいた。その中にただひとつ、小さな安堵《あんど》がある。

これでホーは、涼子の裏切りを知る機会がなくなった。自らが組織にひき入れた人間が警察の潜入捜査官だと気づくことはなく、その責任を問われるときもこない。

涼子は深く息を吸いこんだ。ホーの命を奪った人間は、自分が止《とど》めを刺す。どうせ殺されるなら、これは義務だ。

地獄でホーと再会するとき、せめてそれだけは、ホーにわかってもらおう。

## 29

保冷車が減速した。体温の低下をくい止めるため、体を丸めうずくまっていた涼子は顔を起こした。

腕時計を見る。発光液晶《はっこうえきしょう》は、真夜中少し前を示していた。一時間近く、走ったわけだ。

立ちあがり、体を動かした。冷えきっていた筋肉に酸素を送りこむ。

敵は、安全な場所まで保冷車を運び、危険をおかすことなく、外から涼子を抹殺《まっさつ》する手段を選ぶだろうか。

いや、それはない。馬渕がどこにいるか、敵が最も知りたい情報を涼子は握っている。龍がスパイでない限り、まず拷問が待ちうけている筈だ。

保冷車が停止した。

涼子は貨物室の扉に近づいた。銃弾が作った穴から外をうかがった。

外も暗闇だ。何も見えない。

が、次の瞬間、頭上で何かが弾け、涼子は闇雲に床に転がった。

サブマシンガンの銃弾が、扉の天井の近くの部分に撃ちこまれたのだった。そして一列に穿たれた穴が浮かびあがるかのように光がさしこんできた。

留め金のロックが次々と外される。涼子はCzを撃たなかった。サブマシンガンの掃射は、中からの発砲に対する未然の警告だろうし、今度は留め金を開ける人間も警戒しているにちがいないからだ。無駄弾は避けたい。

涼子は貨物室の床にしゃがみ、扉が開かれるのを待ちうけた。

扉が開かれた。全開となった貨物室の入口から強烈な光がさしこみ、一瞬視界を奪われる。銃弾は撃ちこまれなかった。

涼子は目の上に左腕をかかげ、光の向こうを見すかそうとした。

光の中に男が数人立っていた。強烈な光は、男たちの背後に止められた四WDトラックのルーフにとりつけられた四基のサーチライトから発せられていた。

やがて瞳孔《どうこう》がすぼまり、男たちの姿がはっきりと見えてきた。

立っているのは全員防弾チョッキをつけたイラン人だった。「アーバーン」のメンバーだろう。

中央にいる男がリーダー格らしい。左うしろの男は右耳を血で濡らし、浅黒い顔に憎悪をみなぎらせている。留め金をロックしようとして、涼子の弾丸がかすめたにちがいない。全員、H&Kのサブマシンガンを手にしていた。

中央の男が口を開いた。なめらかな、張りのある声で、訛りのない日本語だった。

「銃を投げろ。三秒以内だ」

涼子はCzを投げた。貨物室の床をすべり、地面に落ちる。

「両手を頭のうしろで組み、でてこい」

涼子は立ちあがった。ゆっくりと足を踏みだす。ホーの死体を踏まないよう、注意した。

貨物室の入口に立った。

外のようすが見えた。高島平ゴーストタウンだった。イラン人たちは保冷車を、高島平ゴーストタウンまで転がしてきたのだ。ゴミの山がそびえ、穴蔵のようにうつろな窓の並んだ建物がある。捨てられた車や、燃やされた有毒ガス発生廃棄物の黒い塊りが目に入った。

「お前が俺たちの兄弟を殺した場所だ」

男はいった。

「アリね」

涼子は男の目を見つめた。男は否定しなかった。四WDから少し離れた位置に赤いマセラティがあった。

「これからお前を訊問し、処刑する。お前の目をえぐり、手足を切り落とし、捨てていく。犬とネズミとカラスが、最後の片づけをするだろう」

実際に暗闇の向こうには、獲物を待ち、うずくまる獣の目が光っている。

「何を知りたいの」

こみあがる恐怖をおさえ、涼子はいった。だが声の震えは隠せない。

「あわてるな。洋服を脱げ」

アリは命じた。

「お断わりよ。裸にしたかったら、殺してからすれば」

アリが無雑作にH&Kを発射した。火炎が足元を焦がし、涼子は身をすくめた。

「簡単に楽にしてもらおうと考えているのなら、考えは甘い」

「馬渕の居場所を知りたいんでしょ。殺したらわからなくなるわ」

「お前は喋る。命を乞うのではなく、死を乞うために」

涼子は歯をくいしばった。耳に傷のある男が防弾チョッキの前を開け、ウエストから巨大なナイフをひき抜いた。アリが一歩退くと進みでた。

涼子は、あとじさった。男はもっていた銃をアリに預け、身軽に貨物室にとび乗った。ナイフを涼子の顔前で閃《ひらめ》かせ、踏みこんでくる。

涼子はさらにさがった。男は間合いを保ち、進みでた。

アリが何ごとかをペルシャ語で喋った。ナイフは半月型に湾曲し、刃渡りは五十センチ近くある。

ナイフがふりおろされた。鋭い痛みに涼子は息を止めた。着ていたスイングトップと下のシャツ、そしてブラジャーが縦に一文字に切り裂かれていた。一本の線が胸の谷間からベルトの位置にまで走り、そしてうっすらと血をにじませた。

恐ろしいほどの切れ味だった。

「わかったわ、脱ぐ！」

涼子は叫んだ。

切り裂かれたスイングトップとシャツ、ブラジャーを床に落とした。上半身がむきだしになった。下はジーンズとブーツだ。

「乳房をえぐってやれ」

アリが日本語でいった。わざと涼子に聞かせている。

涼子はさらにさがった。男は再び半月刀を閃かせ、迫ってきた。貨物室の壁が背中にあたった。これ以上はさがれない。

男は涼子を見おろし、歯をむきだして笑った。涼子は首をふり、しゃがんだ。

「お願い、やめて。何でもするわ」

涙がこぼれた。両腕で胸をかばい、貨物室の隅に体を押しつける。

男がアリをふり返った。

「かまわん。質問はあとだ」

アリが答えた。涼子の右手がヒップポケットにさしこんでいたホーのナイフを抜いた。ナイフは全部で四本あった。一本を握りしめ、力いっぱい男の靴の甲につきたてた。

絶叫があがった。ナイフは男の足を貫き、貨物室の床に当たって止まった。涼子は立ちあがるともう一本のナイフを防弾チョッキの下から男の鳩尾につき刺した。

男の絶叫が止んだ。眼球が裏返り、全身から力が抜ける。倒れかかってきた男の体を負う形で、涼子は背骨の横にさしこんでいたグロックを抜いた。ホーの拳銃だった。

二挺のH&Kがさっと涼子に向けられた。火を噴いたのは涼子のグロックが先だった。四連射で、右側にいた男の頭を吹き飛ばした。アリが身を伏せながら発砲した。

イラン人の死体が銃弾を受け、そのうちの何発かが貫通して、涼子の体にも命中した。涼子はそれでも倒れずにグロックを撃った。血沫《ちしぶ》きや肉、骨の破片が涼子の体にふりかかった。

アリは素早く保冷車の側面に移動した。涼子は死体をふり落とし、痛む体をひきずって入口へと走った。

ミシンのような穴が保冷車の側面を穿った。銃弾に追われる格好で涼子は保冷車の入口を蹴った。

四WDのボンネットに落ち、アリとは反対側に転げ落ちた。地面に体を叩きつけ、痛みで一瞬、気が遠くなる。

アリが保冷車の前に回ろうとしていた。涼子は歯をくいしばり、四WDのドアミラーをつかんで体を起こした。自分とイラン人の血で全身が濡れそぼり、手がすべる。四WDのドアノブをつかみ、中に転げこんだ。アリの姿が保冷車の反対側から現われ、H&Kを乱射した。

フロントグラスが砕け散り、丸めた涼子の体に降り注いだ。防弾装甲を施していないようだ。

涼子は四WDのイグニションキィをひねった。大型のエンジンが息を吹き返し、排気音が響く。

エンジンボンネットに銃弾が射ちこまれた。射撃で車体が揺れ、ラジエーターが白い蒸気を吹きあげた。

うずくまったままシフトをバックに入れ、サイドブレーキを外した。四WDはゆっくり後退を始めた。下からハンドルを切ると、サーチライトがゴーストタウンの奥へと光を注ぎこむ。

涼子は体を起こした。走るアリの姿があった。マセラティに向かっている。

ハンドルを握りしめ、シフトをドライブに落とすとアクセルを踏み込んだ。光芒《こうぼう》の中で、アリがこちらをふり返り、H&Kをかまえた。涼子はアクセルを踏んだまま体を倒した。銃弾が吐きだされ、サーチライトのひとつを砕いた。

それでも涼子はアクセルをゆるめなかった。体を再び起こすと、マセラティに辿りつき、ドアを開けたアリの姿が数メートル先に迫っていた。

恐怖に凍りついた表情でアリがこちらをふり返った。H&Kの筒先がもたげられたが、引き金をひく暇はなかった。

衝撃とともに四WDトラックの鼻先がマセラティの運転席につきささった。フロントグリルとドアにはさまれ、アリの体が壊れた人形のようにくの字になった。それでも涼子の足はアクセルにかかったままだった。トラックはマセラティを押しやりながら産業廃棄物の山へとつっこんだ。

二度目の衝撃で涼子は我にかえった。崩れ落ちたゴミの山がマセラティを半分おおっている。

アクセルから足を外した。息もできないほどの痛みが体の左半分にあった。震える手でシフトを後退にし、アクセルを踏んだ。四WDが抜けたことで、傾斜していたゴミの山がさらに崩れた。すっかりマセラティをおおいつくす。

トラックを止めた。

突然、静けさがあたりを支配していた。涼子は荒々しい息を吐き、ハンドルにつっ伏した。

もう指一本動かせない。

涼子は失神した。

# 30

何かがチクチクとわき腹を突ついている。生温かい、湿ったもの。それがごそごそと膝の上やむきだしの背中を這い回っていて——。

涼子ははっと体を起こした。何匹ものいやらしい生き物が素早く走り抜けた。

悲鳴が思わずもれた。ネズミだった。大きなネズミが涼子の血まみれの体を嗅ぎ回り、もう食卓にのせられるかどうかを判別していたのだ。

寒けが襲ってきた。このままでは出血で死ななくとも感染症で命を失《な》くす。

息を止め、痛みをこらえながら、自分の体を調べた。体をおおう血のほとんどは乾きかけている。そのうちの大半はイラン人の死体から浴びたものだ。

涼子自身の大きな傷は全部で三カ所だった。左肩の筋肉をえぐる銃創がひとつ。同じく左わき腹にも痛みがあって、銃弾こそ刺さらなかったものの衝撃で肋《あばら》が骨折しているとわかる。もう一カ所は左の太腿《ふともも》で、浅く銃弾が刺さっていた。イラン人の体を貫通し、勢いを失った弾丸が涼子の太腿の筋肉組織にあたって止まったのだ。もう少し勢いがあれば大腿部《だいたいぶ》の太い血管を傷つけられ、失血死していたろう。

涼子は四WDトラックのドアを開け、地面に転げ落ちるように降りたった。一歩足をひきずるごとに燃えるような痛みが全身を走り抜ける。

保冷車の入口近くに倒れているイラン人の死体から防弾チョッキをむしりとり、裸の胸をおおった。貨物室の奥に落ちている、切断された自分の服をとりにいく余裕はとうていなかった。

Czを拾い、ホーとイラン人の死体を中においたまま保冷車の扉を閉めた。運転席に回ると、シートに旧式の携帯電話と妨害装置がおかれているのが見えた。

涼子は運転席に這いあがった。電話のスイッチを入れたが通じない。妨害装置はまだ作動していたのだ。

妨害装置を停止させ、龍を呼びだした。今度はつながった。ダッシュボードの時計は午前四時近くを表示している。

「龍だ」

声が答えた。

「あたしよ」

「涼子！　どこだ?!　連絡がとれなくて心配していたんだぞ！」

「高島平ゴーストタウン。『アーバーン』に罠をかけられたの」

「大丈夫なのか」

「……あまり、大丈夫じゃないみたい……。医者が要る。盲管銃創があるの。摘出して消毒しないと、たぶん死、ぬわ……」

「今から向かう。動くな」

涼子は目を閉じた。

「呉は？　呉はどうなった？」

「俺が大佐の家に着いたときにはもういた。少佐の遺体といっしょに十時過ぎには、大佐の家に着いていたそうだ」

「そんな、馬鹿な……」

涼子は呻いた。それが真実なら、ホーの命を奪ったスパイは呉ではない。

「どうしたんだ」

「ホーが死んだわ」

龍は一瞬沈黙し、息を吐いた。

「やはりそうか。会議にも現われないので、もしかしたらと思っていた」

「……急いでね」

「もう車に乗った。医者に連絡するから、電話を切るぜ」

「ええ……」

涼子は答え、電話を切った。扉に寄りかかり、ぼんやりと前を見つめた。

傷が疼《うず》き、体の発熱が始まっているのがわかる。

龍に連絡したのは最後の賭けだった。龍がスパイなら、自分の命はない。

岩永に連絡をすれば自分は助かるだろう。だが社長の正体を知る機会は永遠に失われる。

スパイの正体も。

誰がホーを殺したのか。

頭の中を疑問が渦まいていた。しかし、痛みと熱で霞《かすみ》がかかったような状態では、とうてい答をだせそうにない。

もう一度気を失いそうだ。涼子はドアをロックした。そうしなければ今度は、ゴーストタウンに住みついたホームレスの餌食《えじき》にされるかもしれない。

龍、急いで。

あたしの命はあなたのものよ。

たぶん……心も。

# 31

ドアを叩く音に目覚めた。ひどい吐き気に襲われ、眠っているあいだにも嘔吐《おうと》した跡があった。

叩いていたのは龍だった。ロックを外そうとしたが腕がもちあがらない。瞼もほとんど開かないのだ。

「さがってろ！」

そのようすを見てとって、龍が叫んだ。涼子は助手席側に体を倒した。

サイドウインドウが叩き破られた。手がさしこまれ、ロックを外す。力強い腕が涼子の体をもちあげた。

涼子の髪に龍の唇が押しつけられた。

「もう大丈夫だ、涼子。助けにきたぞ」

白衣の男とワゴン車が目に入った。

ありがとう、といおうとしたが口が動かなかった。全身の関節という関節が燃えるように痛む。

ストレッチャーに体がおろされ、すぐその場で診察が始まった。たてつづけに高圧注射器が涼子の体に薬を射込んだ。

痛みが消え、涼子は眠りに落ちた。


自らの呻き声で目覚めた。すべてに白いもやがかかっているように見える。が、やがて視力が回復するにつれ、そこが壁も天井も白一色で統一された世界だとわかった。

体に力が入らない。痛みはあるが、死を予感させるほどではない。ただ指一本でも動かそうとすると、息が止まる。

首だけを動かした。

看護師のうしろ姿が見えた。かがみこみ、治療装置のようなモニターに見入っている。

「ねえ……」

かすれた声がもれた。看護師がふり返った。四十代後半の、いかにもタフそうな顔つきをしている。

「おしっこがもれそう」

涼子はいった。実際、膀胱《ぼうこう》が破裂しそうだった。

看護師は眉一本動かさず、いった。

「どうぞ、導尿カテーテルが入ってるわ」

涼子は息を吐いた。体が楽になる。自分の体が包帯でおおわれていることにも気づいた。

「どこの病院なの、ここ」

「病院じゃありません」

指を立てて、涼子の質問を封じた。

「質問はこちらが先です。何か欲しいものは？　水、食事？」

「血の滴《したた》るステーキ」

「残念ながら無理です。お粥《かゆ》なら用意できますが」

涼子は頷いた。実際はそれすらうけつけることができるかどうか、不安だった。

点滴が体につながっていた。抗生物質と栄養剤だろうと想像した。輸血を必要とするほどの失血はしなかった筈だ。

看護師の姿が消え、少しすると盆を手に戻ってきた。粥と水差しがのっている。

「痛みがあったらいいなさい」

看護師はいって、ベッドのリモートコントローラーを動かした。涼子の上体が起きあがった。

一瞬顔をしかめたが、耐えられないほどではなかった。

膝の上にトレイがセットされた。あたたかな粥の匂いを嗅ぐと、思いのほか空腹感が襲ってきた。

粥は日本風ではなく、中国か朝鮮半島風の味つけがなされていた。

粥を平らげ、水を飲んだ。意識がはっきりし、力が少し戻ったような気がした。

「質問していい？」

看護師は首をふった。

「いう通りにしたわ」

「わかっています。答える権限がわたしにはありません」

どこかでブザーが鳴った。白い部屋の扉が開き、詰襟の服を着た長身の男が姿を現わした。

瞬きもせず、涼子を見つめた。

「大佐――」

盆を手に、看護師が姿を消した。

「そのままでいい」

まるで涼子が敬礼をしようとしたとでもいうように、大佐は告げた。

「お前の体は、あとひと晩もすれば動き回れるようになる。左肩と左足の筋肉は少し衰えるが、訓練によって回復する筈だ。後遺症はない」

「ありがとうございます」

「お前は運がいい。お前を処置したのは、我が軍でも最高の腕をもつ外科医師だ。通常は、社長の健康管理につとめている。社長の好意で、お前の治療にあたった。社長に感謝しろ」

「お礼をいうチャンスはありますか」

「明日、お前を社長のもとに連れていく。社長は今回のお前の行動を高く評価している。我が社は有用な人材を失ったが、お前の努力次第では、その後任をつとめることも可能だろう」

涼子は目を伏せた。

「スパイの特定に、わたしは失敗しました。ホー部長も失うことに――」

「ホーを殺害したのは、イラン人組織『アーバーン』と旧日本人組織草加会だ。この二組織については、すでに昨夜、私の部下が殲滅《せんめつ》作戦を実行し、七名を処刑した」

涼子は息を吐いた。証拠は再び闇に葬られた。

「お前は体力の回復につとめることだ。トラックジャッカーは完全に殲滅された。ＣＭＰは、今後もかわることなく社業に邁進《まいしん》する」

涼子は無言で頷いた。

「経営陣には、いくつかの異動があった。それについては、後ほど龍から聞くがいい」

「ひとつ質問してよろしいですか」

「何だ」

「ここはどこですか」

「私の自宅だ。警備に不安を抱く必要はない。常時、警備部の社員が詰めている」

涼子は再び頷いた。つまり監視下にあるというわけだ。脱出も困難だ。

大佐は頷き返し、くるりと踵《きびす》を返した。部屋をでていく。

涼子は枕に頭をもたせかけた。情報が必要だ。今のところそれは、龍からしか得られそうもない。

龍がＩＮＣのアンダーカバーであるかどうかを問えるチャンスが再び遠のいたことを涼子は感じていた。あらゆる場所に、盗聴・監視装置が設置されている可能性がある大佐の私邸では、とうてい龍と核心の会話などできるわけがない。

それでも龍に会いたい、と涼子は願わずにいられなかった。大佐の言葉では、じき龍がここにやってくる筈だ。それまでに考えを整理しておかなければならない。

が、論理的に頭を働かせられたのはそこまでだった。次の瞬間には、高島平ゴーストタウンで迫ってきた「アーバーン」のイラン人の死体が脳裡に浮かび、全身が震えた。思いだすだけで喉の奥から声が洩れた。

奴らは涼子の肉体を求めなかった。殺すことだけを望んでいた。それもできるだけむごたらしく、できるだけ苦痛を味わわせて。

唯一無二のチャンスに自分は賭けた。あの一瞬を逃せば、今頃自分は、野犬や鳥のエサになっていただろう。そうなった自分の姿を想像するとヒステリー状態におちいりそうだった。

駄目だ。

涼子は目を閉じた。今は任務のことを考えるべきではない。極度のストレス下にあり、一歩まちがえば感情が暴発する危険が高い。感情の暴発は、結局は死を招く。

涼子は目を開き、天井を見つめた。口を大きく広げ、まるで出産に備える妊婦のように大きく呼吸をくり返した。

脳を停止させろ。ものを考えるな。何もイメージせず、この場の情報だけをとりこむのだ。

自分の荒い呼吸音だけに耳をすませ、白い天井に目をこらす。

やがて瞼が閉じた。悪夢が待ちうけていたが、少なくとも現実ではない世界に、涼子は落ちていった。


悲鳴に目を覚ました。自分の悲鳴だった。

夢は現実だった。封印した過去の記憶が、鮮明によみがえった。

埋めようとして、この数年間、成功していた記憶。それがくっきりとよみがえったのだ。

全身が震えていた。燃えるように熱いのに、寒けが止まらない。

部屋はいつのまにか暗くなっている。涼子は必死に腕を動かした。ベッドのヘッドボードにとりつけられた小さなランプに指先が触れ、それを感知した電球がまばゆい光を点した。

目の裏側に強い痛みが走った。涼子は呻き声をあげ、顔をそむけた。頭痛と吐き気が襲ってくる。

わかっていた。症状は肉体的な原因ではない。精神的な原因によるものだ。

煙草が欲しかった。酒も欲しい。薬があればなおよかった。睡眠薬でもヘロインでも、ブラックボールでも。

涼子は起きあがると体を丸めた。傷ついた部分が痛みを訴え、それがいっそ心地よい。なぜならそれは体の傷で、心の傷ではないから。

震えが止まらない。汗が額から頬を伝わり、顎の先で滴《したた》った。悪臭を発している。体中が臭い。特にあそこが――。

部屋の扉が開いた。涼子はうずくまったまま出入口に顔を向けた。自分の目がぎらぎらと光っているのがわかった。

龍が立っていた。眉をひそめ、固唾《かたず》を飲んでいる。

「大丈夫か――。医者を――」

「こないで」

涼子は吐きだした。老婆のように嗄《しわが》れた声だった。

「あたし臭いわ。こないで」

龍は首を傾《かし》げた。

「何をいってる……」

「いいからこないでッ」

涼子は金切り声をあげた。恐れていた通り、暴発が起きかけている。口をつぐんでいるのだ。何も喋ってはいけない。だがこのままでは心が限界を突破する。

「何が欲しい」

しばらくして身動きしなかった龍が訊ねた。

「た・ば・こ……」

切れ切れに涼子はいった。立てた膝のあいだに顔を押しこんでいた。鼻いっぱいに嫌な臭いがさしこんでいる。自分の体の中心から漂ってくる臭いだ。

カチリとライターが音をたてた。自らの口で火をつけた煙草を龍がさしだした。涼子は顔をふせたまま手をのばし、受けとった。

悪臭を消すように煙草を吹かした。全裸ですぱすぱと煙を吸いこんでいた馬渕を思いだした。

涼子は唸り声をたて、顔をあげた。身じろぎもせず、龍が見つめている。

「最悪のタイミングよ」

ようやく言葉を絞りだした。

「何があった」

龍が訊ねた。涼子は黙って煙を吐いた。短くなった煙草が指先を焦がしているが、それすら心地よい。自傷衝動の表われだ。

「後遺症が再発したの」

「何の」

「レイプ」

涼子は目を閉じた。もう話すしかなかった。話さなければ自傷衝動が亢進《こうしん》し、最終的には自分が警官であると、相手かまわず喋り始めるだろう。

「捜査課に転任する直前、寮で同僚の警官に輪姦されたの。三人いたわ。ひと晩中かかってかわるがわるやられた。覆面をしていたけど、どいつがどいつかはわかった。奴らはあたしがきれいなのを鼻にかけて、お高くとまっているといった。留置管理課のクズ野郎たちだった。留置している被疑者をいたぶるのだけが楽しみな牢屋番ね。あたしが留置者からの情報をもとに手柄を立て、捜査課にひっぱられたんでヤキモチを焼いたのよ。女のくせに生意気だ、ちょっとツラがましなのを鼻にかけて上司にとりいった、そういわれたわ。ひと晩中、あたしをやりながら、いいつづけやがった……」

龍は無言だった。

「あたしには二つの選択肢があった。奴らを告訴し警察を辞めるか、何もなかったようなふりをして警官をつづけるか。告訴は受け入れられない可能性が高かった。現職の警官が婦警をレイプしたなんて、お偉方は絶対に認めない。いやらしい取調べをさんざんされて、嫌な質問にたっぷり答えさせられる。あたしが告訴を断念するまでね。セカンドレイプは見え見えだった。だからあたしは何もなかったふりをした」

「――殺さなかったのか」

涼子は答えなかった。殺すのはいつでもできる。そう自信がついたのは、所轄にとばされ、腕を磨いてからだ。

「精神療法を受けたの。例のホモだったパートナーが紹介してくれた。彼はわかってた。初めて会ったときに、あたしがレイプされたことがあると。怪しげな催眠術を使う精神科医だった。たぶん医師免許ももってない。でも効いた。記憶を封印してくれた。忘れたわけじゃない。けれど思いだすことをしないようにしてくれた……。たぶん薬を使ったのだと思う」

「やった奴らはどうなった」

「パートナーが仕返しした――」

涼子は歪んだ笑みを浮かべた。

「ホモだちを使ってね。一生ケツの痛みが消えないくらい、ぶちこんでやったそうよ」

龍は小さく頷いた。

「いいパートナーだったんだな」

「最高だった。でもきれいな男の子に目がなかった。結局、そういう奴に刺されて死んだ……」

「やった奴を殺したか」

涼子は頷いた。

「もちろんよ。そのあと――」

こらえた。本庁に戻り、やがて四課特殊班にひっぱられた、という言葉を。

「やめたの」

かろうじて言葉を押しだした。

「次は俺がやる」

きっぱりと龍がいった。涼子は龍を見た。

「次にお前を傷つける奴は、誰であろうと俺がやる」

涼子は頷いた。頭痛がやわらいでいた。

「犯されることより恐かったの」

「『アーバーン』か」

「そう。奴らはいつもあたしを犯そうとする。でも『アーバーン』はそうしなかった。ただ切り刻むとアリはいった。乳房をえぐり、目をくり抜き、手足を落としてやるって。チャンスがない、そう思ったら恐かった。本当に恐かった。そして、封印が外れたの。精神療法の効果が切れた」

「今夜か」

「そう。目が覚めてわかった。体じゅうが臭いの。奴らのだした汁の臭いがする」

「何も臭わない」

「わかってる。後遺症なの」

「そいつらの名前を教えろ。俺が今から殺しにいく」

「みんな警察をやめたわ。やられてる写真をあたしがバラまいた。庁内や家族に」

龍は微笑んだ。

「じゃあ俺は何をすればいい？」

涼子は髪をかきあげ、龍を見た。

「煙草をもう一本くれればいいわ」


朝までそばにいる、と龍はいった。だが、涼子はありったけの気力でそれを断わった。そうしない限り、すべてを話してしまうのを避けられない。

龍は煙草とライターをおいて引きあげた。朝になったらまたくる、と告げた。

言葉通り、龍は夜明けとともにやってきた。部屋の床にたまった吸い殻を、龍は無言で片づけ、新しい煙草と灰皿をさしだした。

「眠らなかったのか」

「あなたは？」

龍は笑った。

「いったろ。あまり寝ないでも平気なたちなんだ」

そして訊ねた。

「すわってもいいか」

涼子は体をずらし、ベッドのすきまを叩いた。龍は涼子の足もとに尻をのせた。

「バラの匂いがする」

「あたし？」

龍は頷いた。

「キスをしたいがやめておこう」

「そうして。まだ男の体には触《さわ》れない」

龍は頷き、天井を見あげた。

「異動について話すよう、大佐にいわれた」

「ああ……」

涼子はつぶやいた。そんなことも聞いたような気がする。

「少佐の後任はとりあえず、フランコが兼任することになった」

「あなたじゃないの？」

「断わったのさ」

「なぜ？」

「出世に興味がない。ただフランコはアメリカだから、実際は、俺がやることになる。村雨とかいう、例のアメリカからきた男がしばらくこっちにとどまって、俺の仕事を勉強するそうだ」

涼子が口を開こうとすると、龍は涼子の目をのぞきこみ、小さく首をふった。涼子は一瞬の間をおいて理解した。

事実だけしかここでは語れない。それ以外の個人的な感情を口にすれば、すべて監視装置に拾われてしまう。

そう気づき、小さく身を震わせた。感情のコントロールを失ったやりとりを、大佐や大佐の部下たちに聞かれた。

だがそうしなければ、どうしようもなかった。ぎりぎりのところで感情の暴発を涼子は切り抜けていた。

右手の人さし指と中指の火傷がそれを思い起こさせる。一本目の煙草が作ったものだ。

「呉は?」

「部長のままだ。不満そうだが、決定事項だからな」

「社長の決定?」

「そうらしい」

「社長に会ったのじゃないの?」

「そうだった。忘れてた。なにせいろいろなことがあったからな」

龍は笑った。

「社長ってどんな人？」

「自分の目で確かめるといい。今日、大佐が君を連れていくといっていた」

「また君と呼ぶのね」

「お前と呼ぶのは、非公式なときに限ろう」

涼子は微笑んだ。

「ようやく笑ったな」

「あたしは正社員になれるの？」

「なるだろうな」

涼子は笑みが消えるのを感じた。ホーの死を思いだした。

「ホーを死なせたのはあたしよ」

「それはちがう」

話したいことが次々と浮かびあがった。呉がスパイなら、ホーを殺したのは誰なのか。スパイは二人いる。呉と、もうひとり。呉にはホーを殺すチャンスはなかった。だが「四つ葉運輸」でホーを殺せたのは、ＣＭＰの社員以外ありえない。

「馬渕はどうなった？」

龍はつらそうにいった。

「生かしておくわけにはいかなかった。何せ、キムは例によって徹底した仕事をしてくれたんでね」

「まずい。あたしが疑われる」

「大丈夫だ。処理は、俺の友人に任せた。奴は永久に見つからない」

それはどういう意味なのだ。実際は殺していなくて、ＩＮＣが秘密保持のために拘留したということか。

龍は腕時計を見た。

「じき朝食で、そのあと医者がくる。それから君を大佐のところへ連れていく筈だ。社長とも会うことになるだろうな」

「あなたは？」

「俺は遠慮する。おとといの晩のような非常事態をのぞけば、役員外の社員が社長と同席することは許されない」

何かがある。龍は社長と何かつながりがある。にもかかわらず、あるいはだからこそか、龍は意図的に社長と自分を遠ざけようとしているように見える。

だがその問いもここで発することはできない。涼子はもどかしさにいらだった。

「いつあたしはここをでられるの？」

「大佐の許可が下りしだいだ。大佐は君を気に入っているようだ。ああ見えても」

涼子は首をふった。

「嘘みたい」

「大佐の主義は勇猛果敢だ。その点では君はぴったりだ」

涼子は龍を見た。それが本音なのか、監視装置を意識したものなのか、判断はつかなかった。

龍はもう一度腕時計を見た。

「さて、俺はそろそろひきあげる。俺がこの家にひと晩中いたのを、とても喜んでくれた人もいるんでね」

涼子は唇だけで、キム？　と訊いた。龍は頷き、笑った。

「その方は大佐と好みがちがうらしい」

涼子は龍の目を見つめ、

「ありがとう」

といった。龍は頷き、涼子から目をそらした。

「俺は二、三日、留守をする。こちらから連絡をする」

どこへいくの、と訊ねたい言葉を涼子は呑みこんだ。何か決定的な行動を龍は起こそうとしている、そんな予感があった。

「最後にひとつ、少佐の死の状況について、大佐は話してくれるかしら」

聞こえよがしの言葉だった。龍は頷いた。

「話してくれるだろう。だが何もわかってはいない。少佐は、社長の家の近くで死体で発見された」

「ボディガードは？　なぜついていなかったの」

「少佐が外させたんだ」

「少佐は社長と会ったの？　殺される前に」

「社長に訊いてくれ。俺は知らない」

龍はいいすて、立ちあがった。まるでそれを待っていたかのようにドアがノックされ、開かれた。

例の看護師が立っていた。盆を手にしている。

「喫煙を許可した覚えはありません」

険しい形相《ぎょうそう》になった。

「俺だ、俺が吸ったんだよ」

龍はいって、涼子にウインクした。

「ただちに退出なさい。さもなければ大佐に報告します」

看護師はいかめしい表情で告げた。そして盆を涼子の膝の上におき、にらんだ。

「食事が終わったら車椅子をもってきます。あなたはそれに乗って大佐の執務室に出頭すること。いいですね」

「どこにあるのかわからない」

「わたしが押します。その前にドクターの診察を受けて下さい」

涼子は肩をすくめた。

「ドクターにお礼をいうチャンスね」

白衣の男の顔をはっきりと覚えていなかった。社長の主治医だと、大佐はいった。

涼子はなにげなく龍を見た。ならばなぜ、龍はその医師を連れてくることができたのか。

龍が特別に社長の許可を得て借りだしたということだろうか。

龍は何も気づかなかったように戸口に立っていた。

「じゃあ」

手をあげ、部屋を出ていった。

質問すべきこと、対象が、次々と増えている。

今はその方がありがたい。後遺症の再発を少しでも遅らせられそうだ。涼子は思った。

「早く食べなさい」

看護師がいった。食欲はまるでない。食べれば嘔吐の発作が起きるだろう。龍の姿が見えなくなったとたん、涼子は心のバランスが再び危くなり始めたのを感じていた。

## 32

食事はやはり、すべて戻してしまった。

やむをえない。心が少し落ちついても、体がまだその状態に達していないのだ。だが最悪の状況は何とか抜けだしたようだった。

体の震えはおさまっている。

汚れたシーツを看護師が替えると、医師が入ってきた。

ひと目見て、涼子は違和感をもった。妙だ。とても腕ききの外科医師には見えない。顔色の悪い、ひどく老けて見える男だ。

実際の年齢は五十をいくつか過ぎたくらいだろうか。だが目の下はくぼみ、唇はかさついて、白く皮がむけている。何より、どんよりとした表情のまったくない目が無気味だった。

診察もおざなりで、まるで何事にも興味を失っているように見える。白衣を着けていなければ、ただの薬物中毒者にしか見えない。

「吐いたそうだな」

ひどく訛りがあるが、抑揚《よくよう》のない口調で医師はいった。涼子は頷いた。

「感染症の心配はないと思うが、あと二日ほどようすを見よう」

「大丈夫です。あれは原因が別にあります」

「判断は私がする」

涼子は息を吐いた。

「私を助けて下さったのは先生ですか」

医師は涼子に目を向けず、頷いた。

「そうだ。銃創は今まで何人も看《み》てきた。ネズミに噛まれた患者も。本国にはネズミが多かったからな。奴らは食い物がなくなると、年寄りや病人を襲った」

再び吐きけがこみあげた。

「本国というのはどちらですか」

答はなかった。

「先生は社長の主治医だそうですね」

濁った目が動いた。虚《うつ》ろな目が涼子の目の奥をのぞきこんだ。

「感染症さえ起こさなければ外出許可はすぐにだす」

それが答だった。涼子はしかたなく頷いた。

「助けて下さって感謝します。わざわざ高島平まできていただいて」

「仕事をしただけだ」

つぶやくようにいって、医師は涼子の体を離れた。そしてふり返りもせず、部屋をでていった。診察器具はおきざりだった。

少しすると、看護師がきて回収していった。奇妙な診察だった。看護師は立ち会わず、医師ひとりでおこなったのだ。

医師が立ち去ったあと、涼子は悪臭に気づいた。後遺症がもたらす錯覚かと初めは思った。だがちがった。悪臭はまぎれもなく、そこにあった。医師の体が残していったものだ。これと似た臭いを以前、涼子は嗅いだことがあった。ヘロインの常習患者の臭いだ。

数分後、車椅子を看護師が運びこみ、涼子はようやくベッドを降りた。貧血がつづいていて、足がふらついた。看護師の手を借りて車椅子にすわると、大きなため息がでた。

CMPの内部機密を知る絶好の機会だというのに、頭も体も最悪の状態だ。重要な情報が目前にあっても見逃してしまいかねない。

だが、と気をとり直した。このチャンスは、今の自分の状態とひきかえに手に入れたものだ。ホーが死なず、自分も傷つくことがなければ、今ここにはいない。

苛酷な任務であることを承知で、自分はアンダーカバーになったのだ。

涼子は歯をくいしばった。死ぬのはどうせただ一度だ。それまでは全力を尽してやる。

看護師が車椅子を押した。

部屋をでて初めて、涼子はそこが演壇の部屋とは廊下をへだてた奥向かいに存在したことを知った。

直線の廊下に面したいくつもの扉は閉まっており、涼子の車椅子と看護師が進むあいだ邸内では何の物音もしなかった。

つきあたりの演壇の部屋のひとつ手前の扉で、看護師は車椅子を止め、ノックした。

「入れ」

声が応えた。看護師は扉を開け、涼子の車椅子を押し進めた。

大佐がデスクの向こうに腰をおろしていた。瞬きもせず、見つめている。詰襟を着け、射るような視線に変化はなかった。龍の語った、大佐は涼子を気に入っているという言葉は、そこではまるで真実味がなかった。

看護師はデスクから五十センチの位置にまで車椅子を押し進め、大佐の執務室からでていった。

「ドクターから報告を聞いた。回復の状況は思ったより悪いそうだな」

大佐はいった。

「あれは精神的な原因であって、肉体的な問題ではありません」

涼子は答えた。大佐は龍と交した自分のやりとりを聞いているにちがいない。そう考えると、めまいと頭痛が襲ってくる。

「体調不良ならば、社長との面談を延期してもかまわない」

「延期というと、どのていどですか」

「社長が役員も含めた部外者との接触をおこなう日は限られている。月に一日だけだ。したがってお前に会う可能性があるのは、来月になる」

「今日会わせて下さい」

涼子はいった。大佐は目を細めた。

「何か急ぐことがあるのか」

「これまでの報告を。ホー部長が亡くなったいきさつについて、私には説明する義務があります」

「それについてはすでに佐藤常務がおこなっている。佐藤常務はしばらく部長業務を兼任することになった。私の非常事態宣言にもとづき、ＣＭＰは当分、新役員等の人事をおこなわない」

「龍から聞きました。少佐の後任は欧米担当の役員が兼任するそうですね」

大佐は頷いた。

「村雨がフランコの代理として、しばらく日本に駐在する。ただし当面の仕入れ実務は龍が担当する」

「社長の決定ですか」

「そうだ。佐藤は反対した」

意外だった。大佐が役員会の内容を告げるとは思ってもいなかった。

「なぜ反対したのですか」

「少佐の担当していた部門は、ＣＭＰにとって非常に重要なセクションだ。フランコが兼任するとなれば、同じ流通担当役員として、佐藤は危機感を抱く」

涼子は頷いた。

「佐藤常務は、少佐の後任に誰を推したのですか」

「呉だ。順当といえば順当だが、社長の許可がおりなかった」

涼子は息を吸いこんだ。

「少佐の殺害状況について教えて下さい」

「少佐は――」

いって、大佐は言葉を区切った。

「社長と個人面談を申しこんだ。医師の許可がなかなかおりず、三日待ったようだ。社長は病気療養中の身なのだ。医師の許可がない場合は、警備担当の私であっても、会うことはできない」

涼子は待った。

「ボディガードを連れず、ひとりで社長宅に少佐が現われたのが午後七時。九時に面談許可がおり、少佐は社長宅に入った。少佐はつき添っていたドクターにも、席を外すことを求めた。社長宅をいつでたのかは確認されていない。午後九時四十分、社長宅近くに止めた車内で少佐が見つかった。見つけたのは社長宅の門衛だった。頭部を撃たれていた」

「社長宅をでた時刻がわからないのはなぜですか」

「少佐が門衛を呼んだからだ。社長室のインターホンを使い、全員すぐくるようにと命じた。社長宅の屋内に警備員はいない。門衛のみが常駐している。屋内にいるのを許可されているのは、ドクターと看護師だけなのだ」

「それで？」

「門衛が社長室に赴くと、社長はドクターとともにいた。少佐の呼びだしは認めたが、その後ひとりで社長室をでていき、行方は知らないとおっしゃったそうだ。社長のお宅は広い。門衛が邸内を捜したが見つからず、その後、表に止めてあった車内から少佐の遺体を発見した。少佐はここに運ばれた」

「なぜ車は外に止めてあったのです？」

「社長の家は、社長専用車をのぞけば、すべての車が進入禁止だ。襲撃を避けるためだ」

「つまり少佐は、社長宅か、すぐ外で殺されたということですね」

「そうなる。犯人の見当はつかないが、我々は『アーバーン』の関係者だと考えている。少佐は社長宅に侵入した『アーバーン』のテロリストを発見し、門衛を呼んだが、待ちきれず自らとり押さえようと行動した。が逆襲を受け、死亡した」

「銃声は？　誰か聞いたのですか」

「聞いていない」

そこまで大佐が答えたとき、ドアがノックされた。キムだった。無言で執務室に入ると、ドアを背にして立ち、涼子を見おろした。

「現場の調査活動はキム大尉がおこなった。直接聞くがいい」

涼子は車椅子を回し、キムを見た。

「少佐の車内に血痕は？　そこが射殺現場であることを示す」

キムはすぐには答えず、大佐を見やった。大佐が頷くと、短く、

「ない」

とだけ答えた。涼子は大佐をふり返った。

「つまり少佐は、社長宅内で射殺されたということですね」

「我々もそう考えている。テロリストは、死体の発見を遅らせ、逃走する時間を稼ぐために、車に移動したのだ」

「待って下さい。少佐を射殺したのが『アーバーン』のテロリストなら、なぜ社長に対し襲撃を加えなかったのでしょうか」

「『アーバーン』は、ＣＭＰに関する具体的な情報に乏しい。少佐を狙って社長宅に侵入し、目的を果たしたので逃走したと考えられる」

「つまり社長が社長であると知らなかったということですか」

「考えられる理論的な説明はそうだ」

「そんな」

涼子は首をふった。

「では『アーバーン』はどこで少佐のことを知ったのです」

「沛だ」

キムが口を開いた。

「沛は部長だった。したがって役員に関する情報をトラックジャッカーのグループに流すことはできたが、社長に関する情報はもたなかった。今回の件は、川崎における我々の殲滅行動に対する『アーバーン』の報復だ」

涼子は首をふった。

「筋が通らない」

「どこがだ」

大佐が訊ねた。

「二日前『アーバーン』は、株式会社『ムーンランド』の社長誘拐という事態が発生し、それに対応するために『ティハウス』に集結していました。『ムーンランド』の社長を訊問したところでは、CMPに対する報復活動の気配はまったく感じられませんでした。もしCMPに対し、それほど敵対行動をとっていたなら、草加会の幹部は、誘拐実行犯がCMPであると当然判断した筈です。しかし草加会の幹部はみじんもそうした疑いを抱きませんでした」

「誘拐とはどういうことだ」

大佐が訊ねた。涼子は息を吸いこんだ。大佐は『ムーンランド』の社長馬渕を、涼子と龍が誘拐したことについて何も知らない。龍は話していないのだ。

当然だった。少佐の死は、スパイは呉以外に、CMPに存在する。そうでなければ、ホーが殺される筈がない。あるいはそのスパイによる可能性もあるのだ。そして大佐がそうではないという確証はないのだ。残っている容疑者はごくわずかだ。

「二日前の午後、わたしは『ムーンランド』の登記上の社長、馬渕を拉致《らち》しました」

「目的は？」

「CMP内部における、本当のスパイを発見するためです」

「本当のスパイ？」

「行動は少佐の許可を得ました。少佐が社長に個人面談を申しこんだのはそのためです」

涼子の背中を汗が流れていた。大佐かキムがスパイであったら、自分は生きてこの家をでられない。

「先をつづけろ」

「これ以上は、社長の前で説明をおこないます」

「お前はスパイをつきとめたというのか」

背後からキムが言葉を浴びせた。

「少なくともひとりは」

ふりかえり、涼子はいった。傷が痛んだ。

「ひとり？」

「その者を含め、スパイは最低二名、ＣＭＰ内部にいます」

大佐に目を戻していった。

「それも幹部に」

大佐はじっと涼子を見つめた。

「つまりお前は、私を信用できないということだな」

「大佐がスパイであるという証拠は入手していません。ですがまちがいなくスパイは幹部の中にいるのです。ホー部長が殺されたのは、わたしに協力したからでした」

「大佐」

キムがいった。そのあとは母国語だった。涼子は完全ではないが理解できた。この女は非常に危険だ、と告げたのだった。この女がかかわってから、社内でのトラブルが続発している。ホーを殺したのは、この女かもしれない。

「私はホー部長を殺していません」

涼子がいうと、大佐の顔に小さな驚きが浮かんだ。

「我々の言葉がわかるのか」

「少しだけです。キム大尉の疑いは理解できますが、私はＣＭＰ社員に対する殺害には関与していません。社長の前で、起こったことをすべて説明する用意があります」

「お前は、ホーの死も、少佐の死も、すべていもしないスパイに押しつけるつもりじゃないのか。そのことでＣＭＰ内部を混乱におとしいれるのが目的だ」

キムがいった。

「何のために」

涼子はキムをにらんだ。

「お前が警察の犬ならすべて説明がつく」

冷ややかにキムは答えた。

「お前を正社員に迎えるのは、それこそ窓を開けて害虫を呼びこむようなものだ。お前の行動を証明できる人間がいるか。『ムーンランド』の社長は確かに行方不明だが、そいつこそが少佐殺害の実行犯かもしれん」

「龍が説明できるわ」

「奴も信用はできん。中国人も日本人も、我々は信用しない」

キムはいった。

「本音がでたわね。それがあなたたちの会社がスパイに食い荒された原因よ」

キムをにらみつけ、涼子はいった。キムの手が動いた。グロックの銃口が涼子を見つめた。

「民族に対する侮辱の報いは死だ」

「やめろ」

大佐が短く命じた。キムは従った。反論もせず、銃は腰のホルスターに消えた。

「処刑が必要ならば、社長と会ってからでもできる。社長はこの女と話したがっておられるのだ」

キムは無表情に大佐を見た。

「処刑の際は、私にご任命を」

「順番待ちね」

涼子はいった。ほっと息を吐いた。

大佐は涼子を見た。

「お前は無謀だ。だが愚かではない。お前がもし私たちをおとしいれようとしているのなら、その報いは必ず受けることになる。軍人である以上、必要外の残虐行為は望まないが、死の手前には長い苦痛が待ち受ける結果になるぞ」

「社長と話せばはっきりします」

涼子はいった。

「よかろう。これから社長のもとに連れていく」

大佐は告げた。

## 33

涼子は大佐とともにキムがハンドルを握るセダンに乗せられた。衣服は、目覚めたときに着ていたガウンから、戦闘服に替えている。戦闘服は新品ではないが、洗濯されており、ノリがきいていて、涼子には大きすぎた。

セダンは坂の中腹にある大佐の家をでると、ふもとに下ることはせず、さらに上へと登る坂に向かった。東京湾を見おろす、横浜市南部の高台だった。

大佐の家から先、坂に面した人家はなかった。カーブを描く道と鬱蒼《うつそう》とした雑木林《ぞうきばやし》がつづいている。

坂を登るうちにゲートが正面に見えた。警備員の制服を着けた男が二人、金網のゲートの向こうに立っている。

「この先私有地、立入禁止」

記されたプレートが金網には掲げられていた。

警備員はセダンのキムを認めると、ゲートを開いた。

「ここから先、すべてが社長のお宅だ。正確には、私の家をでてからずっとそうだが」

大佐がいった。

「この山ひとつが社長の家なのですか」

「そうだ」

セダンは坂道をさらに三百メートルほど登った。

森に囲まれた家が見えた。それは家というよりは小さな宮殿のような姿をしていた。無骨《ぶこつ》な造りではあるが、確かに宮殿だ。涼子の目には、開発途上国の独裁者がセンスのない設計家に造らせた建造物のように映った。

建物じたいは立方体をしており、正面にあたる部分に太い二本の柱と、その柱にはさまれた階段、スロープがある。実際は四階ぶんの高さがあるが、フロアは二層しかないようだ。建物の屋上に二本のポールが立っていて、それぞれに旗がひるがえっている。ひとつはすでに崩壊した国の国旗で、もうひとつは竜の紋章のデザインだった。

建物の二階部分は、採光を意識したのか、東京湾と三浦半島を見おろす方角に向かって巨大な窓が斜めにつきだしている。

「ここまでだ」

大佐が告げた。涼子は視線を前に戻した。道は宮殿まで百メートルの地点で途切れていた。

そこには手前のゲートとは比べものにならないほど頑丈《がんじよう》な鉄扉《てつぴ》が横たわり、さらにその鉄扉を越える高さの歩哨小屋がある。火器を手にした戦闘服の門衛が小屋の窓から近づく車を見おろしていた。

「少佐の車はこのあたりで見つかったのですか」

車が止まると涼子は訊ねた。キムがふり返り、

「この手前のカーブの向こうだ」

と答えた。

「なぜそんなところに少佐は車を止めたの」

「知らんな」

キムは目を前に戻していった。

「少佐がテロリストを連れてきた可能性については検討した？　脅迫か何かをうけて」

「少佐はそういう方ではなかった。お前はＣＭＰの役員全員をスパイにしたてる気か」

嘲《あざ》けるようにキムはいった。涼子は無言だった。もし呉がいっしょにきていたなら、自分を目撃されないために手前で車を止めさせたことは充分に考えられる。

だがそうであったなら、少佐殺しは呉でも、ホー殺しは呉ではありえない。ここから築地までそれほど短時間で移動することは不可能だ。

三人は車を降り、鉄扉に歩み寄った。鉄扉の高さは三メートルはある。歩哨小屋から見お

ろした門衛が合図を下に送り、鉄扉はゆっくりと開かれた。

鉄扉は電動や油圧ではなく、人力で動かされていた。レールの上を四人の兵士が押している。

その先に遮へい物のまったくない登り坂がつづいていた。坂の左右は濃い森だが、境界には高いフェンスが立っている。

「これほど厳重な警戒をくぐって侵入できるテロリストなんてそうはいないわ」

涼子は吐きだした。

「いいから歩け」

大佐がいった。涼子は歯をくいしばった。キムはもちろん、大佐にも手を貸そうという意思はないようだった。

左半身の痛みをこらえ、息を喘《あえ》がせながら、涼子は足をひきずった。腕時計を含め、私物はすべてとりあげられているので時刻もはっきりとはしないが、おそらく正午近くだろう。

天候は晴れ。東京湾の方角から風が吹き上げてくるが、陽射しと苦痛に涼子の全身は汗で濡れそぼった。わずか百メートルほどの登り坂は思いのほか勾配がきつく、それも侵入者を容易に寄せつけないのが目的だと知れた。

空からの攻撃でもしかけない限り、宮殿に住む社長を暗殺するのは容易ではないだろう。

崔将軍は母国を脱出する際に栽培を監督していた、巨額の阿片マネーをもち逃げした。その掠奪《りやくだつ》の罪で、旧祖国の情報機関の残党に命を狙われている筈だ。司法機関への正体の露見以外に、暗殺にも警戒した構造になっているのだろう。

宮殿というより要塞と呼ぶ方が適切かもしれない。

ごわごわの戦闘服を汗で体に貼りつかせ、荒い息を吐きながら、涼子は思った。

ようやく坂を登りきると、そこに大型のワゴン車が一台止まっていた。スモークガラスでおおわれ内部をうかがえないが、どうやら救急車に似た構造のようだ。

ワゴン車の向こうはスロープと階段だった。その頂上に、あのドクターが立っていた。怪我人である涼子を意に介すようすもなく、大佐に告げた。

「社長は先ほどお目覚めになりました」

大佐は頷いた。高齢にもかかわらず、息を乱していない。

「こい」

大佐とキムにはさまれる形で涼子は階段を登った。登りきるとドクターがいった。

「車椅子を使わなかったのか。傷口が開くぞ」

「大佐にいって下さい」

ドクターは顔をそらせた。

涼子は首をふった。戸外にあっても、ドクターの体から漂う悪臭ははっきりと感知できた。

「ドクター、もしかしてあなたの専門は麻酔医？」

ドクターは何も答えなかった。立ち止まった大佐に率先する形で、宮殿の内部に向かって進んだ。

四人はエレベータに乗りこんだ。ストレッチャーも収容可能な巨大なエレベータだった。エレベータはゆるやかに上昇し、扉を開いた。

大理石を貼りつめた床が広がっていた。何もないガランとしたフロアだ。まるで舞踏場のようだ、と涼子は思った。巨大な壁画をのぞけば装飾品は何もない。

風が吹き抜けていた。天井の高さは優に五メートル近くある。天井にも壁画は埋めこまれていて、それはどうやら古地図を模したもののようだった。

四人の足音が虚《うつ》ろに響いた。ドクターが先頭を進み、正面の巨大な観音開きの扉に向かった。扉は木製で、天井近くまで高さがある。

「お前は謁見《えつけん》の間に入る必要はない」

扉の前で立ち止まると、大佐はキムに告げた。キムは無言で敬礼した。

かすかに薬品の匂いと機械音が聞こえた。

大佐は涼子に目を向けた。

「顔色がだいぶ悪いな」

「大丈夫です」

涼子は答えたが、立っているのがやっとだった。もう汗すらでない。

大佐はドクターに目を移した。

「謁見は可能か」

「社長は本日は体調がすぐれておいでです。これまでの診察経験から申しあげて、今日のような日のあとは、一週間から十日は、半ば昏睡《こんすい》される状態がつづきます。今日の謁見を逃せば、来月までは困難かと思われます」

大佐は頷いた。

「ですがなるべく短時間で終えられることを主治医としては忠告いたします」

「わかった」

大佐は答え、扉を押した。大佐につづいて涼子は扉をくぐった。

広大な部屋だった。正面に、車中から見えた窓が広がっている。光学変化させた窓ごしにきらめく東京湾と横浜の街並が見おろせた。三浦半島の方角には霞《かすみ》がかかっている。

広いフロアは二段に区切られていた。右手の奥、吹きこむ風にそよぐレースのカーテンによって仕切られた高い段に、ベッドがおかれている。

段の高さは約一メートルほどで、カーテンの向こう側はベッドとさまざまな医療機械で埋めつくされていた。機械音はそこから伝わってきたのだ。

室内は白一色で統一されていた。しかもベッドの上に位置する天窓からさしこむ光が乱反射して、ベッドに横たわる人物が眩《まぶ》しく見える構造になっている。

いって、敬礼した。

「ただ今、参りました」

段までの距離は、十五メートルはあった。だが大佐は扉をくぐった位置で動かず母国語で

床石は磨きこまれ、半島の巨大な地図が浮かびあがっている。

モーターの回る音がどこからか聞こえた。乱反射する光の中で、ベッドの上の人物がゆっくりと上体を起こした。

ようやく光に目が慣れてくると、カーテンごしに人物の容貌が見えてきた。

頭髪の一本もない、まっ白い顔が浮かんでいる。かつては魁偉《かいい》な風貌であったのだろうが、ほとんどの贅肉を失った今、巨大な頭蓋骨と色の抜け落ちた肌だけが目につく。

年齢はおそらく七十代の初め。記録では崔将軍は六十代前半の筈だが、そこにいる人物はそれより十は高齢に見えた。首に何本かのチューブがつながっており、それより下は、白い軍服でおおわれて見えない。チューブの中を、赤や透明な液体が流れていた。さらに別の、さまざまなチューブや導線がベッドを囲む医療機械からのびている。

「今日は気分がいい。祖国の夢を見た」

歪《ゆが》んだ、信号音のような声が頭上から降ってきた。確かにその人物は口を動かしたが、音声は声帯ではなく機械を通じて伝達されたものだった。

「その者は貴官の部下か」

声が訊ねた。大佐は躊躇し、答えた。

「いえ。社外のスタッフです。ホーがトラックジャックの調査を依頼していた者です」

首が回転した。ほとんど光を失っているのではないかと思われるほど灰色に濁った瞳が涼子に向けられた。

「前にでよ」

声が命じた。涼子は一歩進みでた。

「名前は」

「櫟《くぬぎ》涼子です」

「少佐から報告を受けている」

涼子は顔を上げた。

「少佐とお話しになったのですか」

「お前は社内の害虫駆除を担当していた。そうだな」

社長はゆっくりと喋った。

「はい」

「害虫の名はわかったか」

「ひとりは」

「答えよ」

「呉部長です」

「理由を述べよ」

涼子は説明した。馬渕を拉致し、その訊問から、呉と覚しい人物の風貌を得たことを話した。龍の名はあえてださなかった。大佐は無言だった。

「他にもおるのか」

「います。ですがまだ調査の段階です」

「大佐」

社長が呼びかけた。

「はっ」

「呉を訊問にかけよ。他のスパイの氏名を割りだし、処刑せよ」

「社長」

涼子はいった。カーテンが一段とひるがえった。医療機械に混じり、いくつもの小型テレビカメラが設置されているのがちらりと見えた。つまりドクターはここでのやりとりを、どこからかすべてモニターしている。

「何だ」

「呉はもうひとりのスパイの名を知らない可能性があります。もうひとりのスパイは、周到で用心深い人物で、ＣＭＰの役員クラスの中に存在します」

社長は無言だった。やがて訊ねた。

「望みをいえ」

「調査の続行を。すべてをわたしに命じて下さい」

「お前は社員ではない」

「スパイを洗いだせば正社員にしていただくことをここにいる大佐にも約束していただきました」

「CMPの社長は私だ」

「申しわけありません」

大佐が低い声でいった。

「だが大佐の判断を私は支持する。女、調査続行の許可を与える」

「質問の許可を与えて下さい」

社長は無言だった。涼子は早口でいった。

「少佐は、この邸内に侵入したテロリストを追っていたのでしょうか」

「少佐の死は、我が社にとって大きな痛手だ。だがテロリストの影に怯《おび》えていては、業務の続行に支障をきたす。お前はスパイの発見に専念せよ。警備は大佐の任務だ」

奇妙だった。少佐の死の状況について、社長は具体的な情報を提供する気がないようだ。

涼子は社長を見つめた。広大な石ばりの部屋には、薬品の匂いに混じって、かすかな腐臭が漂っていた。

社長は死にかけている。数々の医療機械は延命装置にちがいない。

だが会話を交している限り、意識の混濁は感じられない。横たわったまま社長はＣＭＰを掌握している。

この宮殿に対する強制捜査を急がなければならない。社長が死亡すれば、ＣＭＰの全容が闇に消える可能性があった。

「今後の報告を直接社長におこなう許可をいただけませんか」

涼子はいった。

灰色の瞳が涼子を凝視《ぎょうし》した。涼子は寒けを覚えた。生気はまるで感じられないというのに、なぜか意志だけがそこには存在する。

社長はとうに死んでいるのではないだろうか。

ふとそんな疑問が浮かんだ。肉体は死を迎えているのに、心がそれを拒んでいる。数々の徽章《きしょう》が飾られた純白の軍服の内側は、すでに腐肉と化した死骸ではないのか。

「お前はＣＭＰの役員ではなく、社員ですらない。にもかかわらず、直接、私に謁見することを望むというのか」

「わたしの調査をこころよく思わない幹部が社内におります」

「その者の名を申してみよ」

大佐の視線が背中に注がれるのを涼子は感じた。一瞬の間をおき、涼子はいった。

「部外者のですぎた行動をこころよく思わないからといって、その人物がＣＭＰに忠誠ではないとは限りません」

「別のスパイをつきとめる手だてはあるのか」

「ある筈です。ホー部長を射殺したのは、呉ではなく別の人物です」

「大佐」

「はっ」

「ホーはＣＭＰに尽した。葬儀は少佐とともに社葬に準じよ」

「了解いたしました」

「女」

「はい」

「謁見を許可する。ただし、ドクターの許可が得られた場合に限られる。少佐の死は不幸だったが、ああした形での謁見は、私の望むところではない」

「わかりました」

「以上だ。さがれ」

涼子は頭を下げた。

「失礼いたします、将軍」

大佐が母国語でいった。機械音が響いた。

扉に手をかけ、涼子がふりかえると、社長が上体をベッドに横たえたところだった。レースのカーテンをおおうように分厚い緞帳《どんちょう》が降りてくる。

それとともに下界を見おろす窓が光学変化し、すべての光を遮断して室内は闇に沈んだ。

# 34

大佐の家まで戻る途中、涼子は意識を失った。苦痛と極度の緊張のせいだった。

目覚めたとき、再びベッドの上にいた。大佐が部屋の隅に立っている。

「大佐――」

大佐は手をうしろで組み、無表情に涼子を見おろした。

「ドクターに診療を要請したが拒絶された。今日は社長のそばを離れられん、ということだった」

「見苦しいところをお目にかけました」

涼子は低い声でいった。ドクターの拒否は大佐のプライドを傷つけたようだ。

大佐は顎をそらせた。

「負傷の経験は私にもある。恐怖は自棄的行動で回避できることもあるが、苦痛はいかなる方法をとっても回避できん」

「肉体の苦痛ならまだ耐えられます」

大佐を見つめ、涼子はいった。大佐は小さく頷いた。間をおき、いった。

「先ほどの社長に対する発言は、部外者としては評価に足るものだ」

「それをいわれたくて、ここにおられたのですか」

「もうひとつある」

「何でしょう」

「CMPは社長が設立した。私を含め、幹部の大半は、社長とともに祖国を逃れた人間だった。だがほんのわずかな期間に急成長し、幹部の中には、外国人も多く存在する」

「日本人も外国人ですか」

「当然だ」

冷ややかに大佐はいった。

「だが私は、国籍や民族による対立を社内に望まない。少なくとも社長が生存しているあいだは」

「社長のご病気は何ですか」

「癌《がん》だ。すでに食道、声帯、膵臓《すいぞう》及び肝臓の一部を除去している。癌細胞は脊髄《せきずい》にも侵入している。延命治療はドクターの任務だが、二年近くあの状態がつづいている」

「もしそうなら驚異的な生命力です」

大佐は頷いた。

「社長は、自分と主席に忠誠を尽した部下たちが、二度と飢えることがないようにと、CMPを設立されたのだ」

「それが今、スパイにむしばまれている」

「スパイは当然、厳罰に処する。我々は祖国を離れたが、国軍としての誇りまでは捨てていない」

大佐は胸をそらせた。

「わかりました。ご自分はスパイではないとおっしゃりたいのですね」

「少佐は生前、私とフランコ常務が結託したのではないかと憂慮していた。が、私にその意図はない。CMP内部の混乱を避けるため、フランコの申し出をうけいれ、駐在員を許可しただけだ。フランコの目的は金だ。だが日本国内での奴の勢力拡大までは認めない」

「少佐が亡くなられたとき、非常呼集をされましたね」

「全員の所在地を確認するのが目的だった。特にフランコがさし向けた駐在員の」

大佐は頷いた。

「結果は？」

「最短時間でここにやってきたのは、呉と村雨だった。次に佐藤と龍が現われ、ホーとは連絡がつかなかった」

「それぞれの到着時刻は？」

少佐の死体が発見されたのが九時四十分だという言葉を思いだしながら涼子はいった。

「呉と村雨は、我々が死体を運びこんだ直後に到着した。呼集は死体発見と同時におこなったのだ」

「死体を運びこむのに時間がかかったのですか」

大佐の家と死体発見の位置は目と鼻の先だ。涼子は首を傾げた。

「警察の介入は当然、避けなければならん。だが現場の状況を把握《はあく》する必要があった。キム大尉による検証の終了を待って、死体を移動した」

「ホー部長と私が最後に電話で会話をしたのは、九時三十分頃でした。その直後に殺害したとしても、呉と村雨は間に合いません」

「龍と佐藤は、十一時過ぎに到着した。龍はお前と行動を共にしていたのではないのか」

大佐は、涼子がスパイ狩りを龍とおこなっていたことを知っている。

「いっしょでした」

だが龍が荒川べりの倉庫をでていったのは八時過ぎだ。涼子はその点では龍のアリバイを証明できない。しかしそれは大佐に告げなかった。

「佐藤は十時過ぎに自宅にいた。佐藤の自宅は東京港《みなと》区にある。つまり少佐とホーの両方を殺害できた人間はいないということだな」

めまいが襲ってきた。ひとりだけいる。龍だ。

涼子はけんめいに気をとり直そうとした。

「訊問はおこなわなかったのですか。『アーバーン』と草加会の一味に対し」

「『アーバーン』の幹部は、お前がすでに高島平で処分していた。草加会の今泉は訊問しようとこころみたが――」

大佐は言葉を切った。

「抵抗が激しく、射殺せざるをえなかったと報告をうけた」

「誰からです？」

「キムだ」

涼子は息を吸いこんだ。

「キム大尉の当日のアリバイはどうなっていますか」

「奴を疑うのか」

「例外はありません」

「午後九時頃まで、私とここにいた。その後外出したが、私の呼集に応じて、十時には戻っていた」

「少佐殺害のアリバイはありませんね」

「その点では私も同様だ」

表情をかえず大佐はいった。

「スパイを発見できるか」

「ホー部長は用心深い人でした。うしろから撃たれてはいても、何か必ず証拠を残している筈です」

「どこにある？　それは」

涼子は躊躇し、答えた。

「あるとすれば、ホー部長の車の中に」

ホーは車を乗りかえるために築地の「四つ葉運輸」に戻ったところを殺された。トラックを降りた直後を撃たれたと涼子は考えていた。ホーが作業衣姿だったことがそれを証明している。

だがひとつだけ問題があった。今それを、涼子は思いだしていた。

トラックにはカメラがなかった。ホーは最後の通信で、カメラをもってきている、と告げたのだ。カメラは犯人が持ち去ったか、ホーのメルセデスに残されているかだ。

常識的に考えれば持ち去られた可能性が高い。が、用心深いホーのことだ。何か保険をかけていた可能性はある。

大佐がいった。

「スパイをつきとめ、それが私以外であってもお前は直接社長に報告する気か」

「許可を得ましたから」

涼子は大佐を見つめ、答えた。大佐は再び顎をそらせた。

「よかろう。できればその名が社長を苦しめるものであってはほしくないものだが……」

「呉の訊問を躊躇なさっているのですか」

「いや。すでにその手配はおこなった。結果はお前にも知らせる」

涼子は頷いた。

「立ち会いを望むか」

「よかろう」

呉は嫌な男だ。だが拷問されている姿を見たいとは思わなかった。

吐きけがした。呉の拷問とそれにつづく死のきっかけを作りだしたのは自分だ。

涼子の沈黙を拒否と受けとったのか、大佐はいった。

「だが、少佐とホーの葬儀には出席するだろうな」

「もちろんです。いつですか」

「現在、日本人の医師による死亡診断書を作らせている。二日くらいあとになるだろう。お前はあと一日、ここで静養することだ。ここにいる限り、スパイはお前には手がだせん。たとえそれが私の部下でもな」

「――わかりました」

35

「崔将軍の自宅をつきとめました。先日報告した、大佐の私邸のさらに上にある、丘の頂上に位置しています。つまり、大佐の私邸は警備兵の駐屯地になっているのです。したがって社長宅の警備は厳重ではありませんが、丘を登る道路の手前には大佐宅しかないため、陸路での強制捜査にはかなりの抵抗が予想されます。警備兵は武装化が進んでおり、重火器の保有も確認しました」

「君は崔将軍に会ったのか」

「会いました。重症の癌におかされていて、余命はさほど長くないようです。自宅は一種の治療施設のようでした」

「警備兵の人員は」

「少な目に見積もっても二十名を越えます。崔将軍の身柄を確保するためには、空からの捜査執行が不可欠です」

「ヘリが着陸できそうな場所はあるのか」

「ありません」

「妙だな。そこまで要塞化した自宅をもちながら、逃走路を確保していないとは」

「これは私の推測ですが、崔将軍はさほど生存に執着を抱いていないように思われます。自宅からの離脱は、現在の健康状態を考えると死を意味します。それゆえに逃走路を確保していないのではないかと――」

「もしそうならば、強制捜査をおこなった場合、警備兵の抵抗は苛烈なものになるな。重装備の機動隊、ならびに特別強襲部隊《S・A・T》の出動を要請するしかないか」

「賛成です」

「ただしＩＮＣに許可を得なければならない。強制捜査時、アンダーカバーを引きあげさせるか、こちらに正体を通報してもらわぬ限り、生命に危険を及ぼす可能性がある」

「コード・パープルの解除はどうなりました？」

「許可された。だがもうひとつの問題が生じた」

「何です？」

「東京都公安委員会の非公開指定公式約定がひっかかっている」

「どういうことです？」

「この案件には、警視庁のみならず、東京都公安委員会が非公開を指定した、公式の決定事案が関係しているのだ」

「つまり内容を知るには公安委員会の許可が必要だというのですか」

「そうなる。龍某に関するデータには、二重の機密保持規制がかかっている。異例のことだ」

「わかりました。ＩＮＣとのコンタクトにはどのていどの時間を要しますか」

「おそらくこちらの強制捜査着手を認めるかどうかの回答を得られるまで数日間は最低でも要するだろう。ＩＮＣの目的は、崔将軍の組織潰滅のみでなく、ブラックボールの製造地特定だ。製造工場の存在を君はまだ視認していない。そうだな？」

「わたしがこれまでに足を運んだＣＭＰ関連施設に、ブラックボールの製造工場はありませんでした」

「ＩＮＣのアンダーカバーも同じ状況だとすれば、君のいう国内生産を裏づける証拠は得られていないことになる。ＩＮＣは、国内であれ国外であれ、製造工場の位置を特定するまでは、こちら側の強制捜査を望まないかもしれん」

「しかし崔将軍や大佐など幹部を逮捕すれば――」

「それは日本の国内法違反にかかわる容疑だ。万一、製造工場が国外にあり、崔将軍の組織潰滅後も、ブラックボールの流通が他国に及べば、ＩＮＣは当初の目的を果たせなかったことになる」

「ＩＮＣのアンダーカバーと協議をさせて下さい」

「ＩＮＣがアンダーカバーの正体通報に同意しない限り、それは難しい」

「私の判断では、龍某がその人物です」

「コンタクトをとったのか」

「まだ完全には」

「慎重に行動したまえ。確かにその可能性は高いようだが、株式会社『ムーンランド』の社長、馬渕元輝が保護されたという報告はどこからもうけていない」

「ＩＮＣは日本国内に独自の捜査機関をもっているのではありませんか」

「もしそうならば、君の叔父上がそれを知っている筈だ」

「叔父とはこの数年、連絡をとっていません」

「君にとっては身近な存在ではないのか」

「いえ……。最もよき相談相手です」

「だろうな。伝説的な人物だ」

「とにかく、ＩＮＣのアンダーカバーとコンタクトがとれるまで捜査を続行します」

「了解した。くれぐれも注意したまえ」

「了解。通話終了します」

龍とは連絡がつかないままだった。だが少佐とホーの合同葬儀で会える筈だった。二人の葬儀は、涼子が大佐の家を〝退院〟した二日後と決まった。

〝退院〟直前、涼子は葬儀終了後に、自分がＣＭＰに正式採用されることを大佐に告げられた。所属は警備部だが、龍と同じく、担当役員以外の直属の上司をもたない、という立場だった。つまりキムの部下にはならずにすんだわけだ。

そして呉の逮捕・訊問は、葬儀の終了を待っておこなわれることも決定したと教えられた。呉は喪服のまま葬儀場から連行され、拷問される。

## 36

涼子はホーの車を調査するため、「四つ葉運輸」に向かった。

ホーのメルセデスは、あの晩涼子が発見したのと同じ位置に止められたままだった。ホー以外の人間が運転しようとしてもステアリングがロックされるシステムだとホーはいっていた。

おそらく掌紋照合装置がステアリング全体にセットされているにちがいない。ホーの所持品は、遺体とともに龍が持ち帰って、「四つ葉運輸」の本社におかれていた。そこでキィホルダーを受けとり、涼子はメルセデスのドアを開けた。

失望が広がった。カメラはメルセデスのどこにもなかった。やはりホーを殺した犯人が持ち去ったのだ。

車内はきちんと整頓されていた。初めて新東京港埠頭で会い、乗せられたときとかわっていない。ひとつだけちがうのは、ホーのスーツがバッグに入れられて後部席におかれている点だった。ホーはわざわざ社に戻って着がえる気はなかったのだ。時間を惜しんだのだろう。ホーらしい。

自分の手では決して動かすことのできないメルセデスの運転席にすわり、涼子は煙草に火をつけた。このメルセデスはいずれ「四つ葉運輸」によって処分されるだろう。ホーには身よりがいなかった。少佐には呉がいたが、結局、少佐の〝遺産〟も宙に浮くことになる。

ホーはいったいどんなカメラを使っていたのだろうか。

ホーはメカに明るかった。初めての調査のときも電波探知装置などを自分で操作していた。そんなホーが、通常のフィルムカメラを使っていた筈がない。夜間でもあったし、超高感度のＶＴＲカメラかデジタルカメラだ。

デジタルカメラ。

涼子は目をみひらいた。デジタルカメラの中には通信機能を内蔵したものがある。撮影と同時にデータを転送できる機能だ。それならば、カメラ本体を奪われても、データは別のバックアップに残されている。

ホーならまちがいなくそれを使う。

カメラ本体が失われているという事実は、犯人が自分を撮影されたと疑ったことを意味している。単に背後から射殺して立ち去ったのであれば、カメラの存在を気にはとめない筈だ。

そしてその犯人がカメラの通信機能に気づいていなかったら。

あるいは気づいたとしても、ホーのコンピュータから転送されたデータをとりだせずにいたら。

涼子はメルセデスをとびだした。行先は、ホーの渋谷のマンションだった。

第一東名高速道に連絡する首都高速道が老朽化に伴い地上トンネル化された、通称パイプラインの上にそのマンションは建っていた。二、三階部分を走る首都高速道をはさんだ、地上三十階、地下三階の建造物だ。ホーの部屋は二十一階にあった。

予期していたが、そこはホーが個人的な趣味を包み隠さず内装に反映した調度品で溢れていた。

意外だったのは、ハイテク好きのホーに似合わず、室内には掛け軸や壺などの古美術が多く飾られていたことだ。

漆黒《しっこく》のフローリングは、二日掃除をしなければホコリがたまったろう。主が帰らなくなって五日間が過ぎていたが、うっすらと床に積もったホコリの量は、それまではていねいな掃除がおこなわれていたことを示していた。

ホーは用心深かっただけでなく、几帳面《きちょうめん》できれい好きだったのだ。

新東京タワーの見える横長の窓がはまったリビングルームに、コンピュータや武器などの〝仕事道具〟はまったくおかれていなかった。あとからとりつけたらしい窓ぎわのバーカウンターには、最後の朝、でかける前に飲んでいったと覚しいコーヒーカップがぽつんと残されていた。

涼子はそれが気になり、キッチンに運んでいくと洗って流し台の上においた。キッチンカウンターにはさまざまな調味料や香辛料が並べられていて、ホーかホーのガールフレンドが料理好きであったことを表わしている。

おそらくここでホーと食事をしたり酒を飲むような機会は一度も訪れなかったろう。が、部屋にいると、ホーがこの空間を大切にしていたことは伝わってきた。

リビング・ダイニングの他は、広いベッドルームがあった。ベッドはキングサイズで、ベッドカバーが雑にかけられている。付属するウォークインクローゼットの扉を涼子は開いた。

ウォークインクローゼットが、ホーの「仕事部屋」だった。コンピュータデスクと椅子がおかれ、洋服のかわりにナイフや銃器がずらりと並んでいる。その光景を目にして、やはりホーが犯罪組織の人間であったことを涼子は改めて感じずにはいられなかった。

愛用していた細身のナイフのさまざまなタイプとケース、九ミリ口径を中心にした四挺のハンドガン、そしてブルパップ型の最新式アサルトライフルにミニマシンガン、対応する弾薬は千発を越える。

涼子はウォークインクローゼットの明りをつけ、コンピュータデスクの前にすわった。電源を入れ、コンピュータを起動する。

もしホーが愛用のコンピュータにまで掌紋照合装置かそれに近いセキュリティシステムを導入していたらここではお手上げだ。本体ごともちだして、警視庁にもちこむ他ない。が、通常のログインパスコードシステムを採用していたなら、何とか侵入することも可能だろう。

コンピュータのモニター画面が明るくなった。涼子は息を吸いこんだ。ベトナム語が並んでいる。

なるほど、ベトナム語を使った入力をおこなうことで、秘密を守っていたのだ。おそらくアルファベットをベトナム語表記に変換するソフトが入っているのだろう。

ベトナム語は涼子にとっては未知の言語だった。が、その可能性も踏まえ、ノートパソコンには、ベトナム語辞典を、ホーと知りあってすぐダウンロードしてある。うまくノートパソコンとつなぐことで翻訳文字がこちらのモニターに表示される筈だ。

二十分ほどをかけて、起動画面のベトナム文字を、ノートパソコンに日本語翻訳表示させることに成功した。

「パスコードを入力せよ」

やっとスタートだ。

涼子の指はキィボードの上空で止まった。ホーは何をパスコードにしていたのか。

本名、ありえない。生年月日、ましてありえない。母親の名、祖母、生まれた土地の愛称――。可能性は無限にある。

ホーに関して警視庁に登録されていたデータをすべて打ちこむ。すべてが符合しない。

二時間があっというまにすぎた。室内を再び歩き回り、パスコードの参考になるような、飾られている掛け軸の文字、画家の名前、郵便物などを探しだしては入力した。

動かない。

パスコードを回避して中のデータをひきだすのは、プロのハッカーでなければ不可能だ。

涼子はあきらめそうになった。

あらゆる可能性を試した。だが子供の頃飼っていた犬の名とかを使っていたらお手上げだ。

ホーの頭の中にしか存在しない固有名詞。

そして遊びで、「RYOKO」と入力した。

コンピュータが動いた。

「ばか」

思わず涼子はつぶやいた。なぜこんな簡単なパスコードにしたのだ。まるであらかじめ、涼子が侵入するのを予期していたように。

だがそれが自分の思いこみではなかったことを次の瞬間、涼子は知った。

画面にはデジタル入力されたホーの顔が浮かびあがっていたのだ。

「やあ涼子。お前さんがこれを見てるってことは、どうやら俺はドジを踏んだってわけだ」

ホーは例によってすました表情だった。

「俺が誰にやられたかはわからんが、お前さんじゃないことだけは祈っておこう。このパスコードは、俺を殺《や》った野郎をお前さんがきっとつきとめて仇を討ってくれると信じて変更しておいたものだ。お前さんとは本当の意味で仲よくはなれなかったが、いろいろ勉強させてもらった。まさか俺がこれほど他人を信用する日がくるとは思わなかった。

皮肉な話だ、俺が他人を信用する気になったときに、会社にとんでもないスパイがいやがる。だからこそ、こいつをあんたに残すことにした。知りたい情報があったら、以下のリストにしたがってクリックしてくれ。ただし俺のガールフレンドの住所は秘密にさせてもらったぜ。本当ならあんたの名もそこに並べておきたかったんだが……」

涼子は目を閉じた。涙がこぼれそうになったのだ。

通信機能内蔵のデジタルカメラからの送信データはリストの最終にあった。当然だ。このコンピュータに送られた最後のデータだからだ。

デジタルカメラから転送された画像が浮かびあがった。わずか一枚。

ひどくぶれていて、撃たれた直後とわかる。地表近くから斜め上方を写しこんだものだ。

サイレンサー付の銃を手にした男が画面の端にかろうじて写っていた。がっしりとした冷蔵庫のような体つきで濃紺のスーツを着こんでいる。

男の目は無表情にカメラを見おろしていた。

涼子は拡大表示を男にあわせ、プリンタを作動させた。銃を手にした佐藤の姿が吐きだされる。

ホーの好意が、龍を殺人犯でないと証明した。

「ありがとう、ホー」

涼子はつぶやいた。

「大好きよ」

「CMP内部のスパイは佐藤と判明しました。佐藤は『四つ葉運輸』でホーを射殺したのち、自宅に戻り、大佐の非常呼集を受けて、横浜に向かったものと思われます」

「すると少佐殺害の犯人ではない、ということだな」

「ホーの殺害と少佐の殺害は、ほぼ同時刻に起こっています。築地と横浜という地理条件を考えあわせれば、それは不可能です」

# 37

「告発するのか」

「呉に対する訊問の結果を待ちたいと思います。少佐の殺害犯が不明であることを考えあわせると、CMPは想像以上に外部犯罪組織の侵蝕《しんしょく》をうけていたという結論になります」

「これまでの情報を総合すると、CMPは流通組織としては機能していたが、麻薬の製造・密売組織としては脆弱《ぜいじゃく》な構造基盤しかもたないようだ。そこまで侵蝕をうけていながらブラックボールの流出がトラックジャックによる少量でとどまっていたというのが、むしろ信じられない」

「製造部門と流通部門が完全にひき離されているとしたらどうでしょうか」

「つまりブラックボールの密造は、まったく別の組織によっておこなわれている、というのか」

「ブラックボールが国内生産であるという事実の重大さに、その秘密を握るＣＭＰイコール密造・流通組織と私はこれまで考えてきました。ですが製造施設の不在、その部門に関する情報の絶対的不足を考えると、別の組織であると判断した方が論理的です」

「仕入部門の責任者は少佐だったな」

「はい」

「そして死後、龍某がそれを実務担当していると」

「……はい」

「ならば、龍某は製造組織に関する情報を掌握していることになる」

「可能性は高いと思われます」

「龍某がＩＮＣのアンダーカバーならば、ＩＮＣはすでにそれに関する情報を入手していることになる」

「………」

「ＩＮＣは、強制捜査に関する協議を了承してきた」

「接触できるのですか?!」

「合言葉が指定された。『雨』、『オレンジ』、『パルス』だ。以上三つの単語のどれか、あるいは状況によっては複数を使用して君に接触してくることになっている」

「『雨』、『オレンジ』、『パルス』」

「そうだ。接触後、情報交換をおこなった上で、強制捜査の可能性を協議したまえ。君らの判断にしたがって、警視庁ならびにINCは、CMPに対する強制捜査に着手する。すでに警視庁組織犯罪対策局からは、重装備機動隊及びS・A・T特別強襲部隊の出動許可をとりつけてある。強制捜査は短期作戦を想定し、ヘリ及び装甲車を動員して、崔将軍の私兵に対する制圧を一気におこなう予定だ。必要とあればヘリからの空爆も敢行する」

「了解しました。それまでに製造施設に関する情報を極力入手します」

「東京都公安委員会には現在も働きかけているが、今しばらく時間がかかる。龍某の正体に関しては、アンダーカバーとの接触によって判明するだろう」

「彼がそうであると確信しています」

「安全には充分留意したまえ。大詰めだ」

「了解」

「以上。通話終了する」

38

少佐とホーの合同葬儀は、ＣＭＰがマネーロンダリングに経営する羽田沖のセレモニードームでおこなわれた。

かつての東京国際空港が八年前に閉鎖され、その跡地に建設されたコンベンションホールやホテルなどを併設する施設だった。ドームには電気高熱炉と納骨堂も付属している。納骨堂の一部は、水族館と施設を共有しており、密封納骨庫による〝海中での永眠〟をうたい文句にしている。

四基の高熱炉はこの日すべて貸し切りとなり、セレモニードームにはＣＭＰと「四つ葉運輸」の関係者のみが集まっていた。

ドームへの連絡道である旧滑走路は閉鎖され、礼装の軍服を着けた大佐の部下が立った。ドームの内部にも、礼装の軍服が溢れていた。

冷凍処理を施された少佐とホーの遺体が菊で埋まった祭壇に横たえられていた。祭壇の裏側は高熱炉で、遺体は納棺されることなく、白檀《びやくだん》の台にのってコンベアで炉の中に移送される。

ドームの内部には百名を越える人間がいた。「四つ葉運輸」の社員及びCMPの社員たちだ。

ここにいる全員が、自分の勤務先を犯罪組織だと知っているのだろうか。

涼子は傘を畳み、ドームの受付前に立って思った。朝からの雨で、連絡道の手前でポルシエを乗り捨てた涼子は、ここまで傘をさし、杖をついて歩いてきたのだった。

おそらくは知るまい。奇妙な会社であるとは思いつつも、まさか自分が麻薬の流通に加担しているとは疑ってもいない者が大半だろう。

知っているのは役員と警備部の兵士、そして一部の上級社員だけだ。

そこには社長を除く、CMPの全幹部がそろっていた。一般社員と幹部がすわるスペースは厳然と区別されている。

涼子は幹部社員席の後方に腰をおろした。

幹部社員に関する情報は絶対的に不足しているのか、喪服姿の涼子を見ても、怪訝《けげん》な顔をする一般社員はほとんどいない。

祭壇の手前に、葬儀委員席があった。大佐、佐藤、初めて見る白人、それに呉が腰かけている。社葬に準じるとはいえ、部外参列者はまったくいないようだ。白人は、欧米流通担当の役員、フランコだろう。彼らはホールの地下にある特別駐車場を使って出入りし、外部に姿をさらすことはないようだ。

葬儀は二部に分かれておこなわれた。葬儀委員長の大佐が簡単な弔辞《ちようじ》を読み、一般社員が献花をおこなって退出する第一部。

第二部は幹部社員のみを対象にしていた。そのときになってようやく、龍が幹部社員席の前方にすわっていることに、涼子は気づいた。龍の横にはキム、斜めうしろには村雨の姿もある。キムは礼装だった。

一般社員が完全に退出するのを待って、ドームの三カ所ある出入口が閉鎖された。礼装の警備兵士が隊列を組んで祭壇と向きあった。社長警護にあたる者を除く、すべての警備部員がここに集まっているようだ。兵士は捧《ささ》げ銃《つつ》の体勢でライフルをもっている。

キムが立ちあがり、隊列の兵士と向かいあった。彼らの軍服はオリジナルデザインだが、色や襟の形は、祖国の軍服を思いださせる。

大佐が演壇に立った。マイクが天井から降りた。

「それではただ今より、幹部社員による本葬をおこなう。今日、永遠の眠りにつく二名は、出身国こそちがえ、ともに我がCMPのために身命を尽した。それをここに称《たた》え、深い哀悼《あいとう》の意を表すものである」

大佐は厳粛に告げた。礼服には、祖国から受けたと覚しいおびただしい数の勲章が並んでいる。少佐の遺体も同じような礼服に包まれていた。ホーはダークスーツ姿だ。その落差に、涼子はそっと息を吐いた。

「この者ら両名は、ともに海を渡り、母国ではない国において、CMPの業務に従事した。もとよりCMPは、この国に本来存在した企業体ではなく、両名はいわば先駆的役割を担って苦労をともにした同志であった」

すすり泣きが聞こえた。呉だった。大きな体を丸め、子供のように泣いている。

「我々はその不慮の死を決して無駄にすることなく、また死の責任者に対しては厳然と処罰を下すことをここに誓うものである。流された同志の血は、さらなる敵の血をもって贖《あがな》われねばならない」

大佐はゆっくりと踵を返し、遺体と向かいあった。

スクリーンが降りてきた。CMPの社名ロゴにつづき、社長の上半身が写しだされる。医療機械はトリミングされ、執務室のような部屋に立つ姿だった。合成の映像だと涼子は直感した。

「諸君、CMPの代表取締役、崔だ。本日は所用によって出席できないが、両同志の死を悼《いた》む気持においては、諸君と何らへだたりはない」

機械による代替音声ではなかった。朗々たる老人の声だ。また映像の中の社長は血色もよく、とうてい死期の迫った末期癌患者には見えない。

すべてがまやかしだ。コンピュータによる合成映像だった。

「我が社は現在、外部からの攻撃を受け、未曽有《みぞう》の危機に瀕《ひん》しておる。だがいかなる攻撃があろうと、CMPの基盤は安泰であり、敵が、望むものを手にすることは永久にない。したがって軽挙妄動《けいきょもうどう》に走ることなく、任務を全うしてもらいたい。私は部下を信頼し、社を掌握している。CMPは、私とともにある。私の存在は、何人《なんぴと》にもおかされることはない。諸君、事態は遠からず鎮静される。本日はご苦労だった。同志の魂が安らかならんことを――」

映像が消えた。大佐が向き直った。

「かまえーっ、銃《つつ》！」

キムが叫んだ。母国語だった。兵士が銃をかまえた。

「撃て！」

轟音がドーム内に反響した。空砲がこめられていた。

「撃て！」

再び轟音。

「撃て！」

葬送行進曲が天井から吊るされたスピーカーから流れでた。白檀《びゃくだん》の台をのせたテーブルがゆっくりと回転した。

「起立！」

全員が起立した。

「軍籍にある者は敬礼！　他の者は黙禱《もくとう》！」

二つの遺体をのせたテーブルがゆっくりと水平に滑りだした。高熱炉が蓋を開けた。

涼子は深々と息を吸いこんだ。

約束は守るわよ、ホー。

高熱炉に遺体が吸いこまれ、噴きだした炎に消えると同時に、炉の蓋が閉ざされた。

「以上をもって、本葬を終える。納骨に参加する者以外は、すみやかに業務に戻れ」

大佐が宣言し、参会者の列が崩れた。

涼子はホーの骨を拾うつもりだった。ドームの隅にある喫煙所で煙草をとりだした。

葬儀委員の中では、大佐と呉が残っていた。フランコはアメリカにとんぼ返りするらしく、
警備兵の案内をうけて、地下特別駐車場へと消えた。佐藤もいっしょだった。

あとは村雨とキム、それに何人かの幹部社員が残っている。

龍がゆっくりと歩みよってきた。

「傷はどうだ」

微笑みかけた。

「痛み止めを飲んでいるうちは大丈夫。あなたはいつも黒だから、こんな日もかわりばえがしないわね」

涼子は答えた。龍は頷き、ドームの出入口の方向を見やった。警備の兵士は六名ほどが残っている。

「歩いてきたのか、ゲートから」

「ええ。車はそこまでしか入れなかったもの」

「雨だというのにな」

涼子は龍の横顔を見つめた。だが表情に特別な変化はない。

「特別駐車場を使う権利が君にはある」

「オ、オ、オレンジのラインの？」

龍は涼子をふりかえった。

「俺が止めたのは黄色だった」

涼子の胸に不安が広がった。次の言葉「パルス」をどう会話につなげようかと考えていると、龍がいった。

「ホーを殺した犯人はわかったのか」

涼子は小さく頷いた。周囲には誰もいなかった。大佐はキムとともに祭壇の近くに立っている。

「佐藤よ。ホーの写した映像がコンピュータに転送されてた」

龍は無言で頷いた。

「おそらく草加会とのつながりで、情報を流していたのね」

「君が片をつけるのだろ」

「もちろん」

号泣が聞こえた。ふりかえると呉が祭壇にとりつき、身も世もなく泣きじゃくっている。母国語で、叔父さん、叔父さん、と叫んでいた。

龍は舌打ちした。

「うしろ盾がなくなったんで怯えているんだ。臆病者が」

「このあと訊問するそうよ」

龍は頷き、冷ややかにいった。

「俺も立ち会うことになってる」

「あなたも?」

「馬渕の証言を聞いたのは、俺と君のふたりしかいない」

「そうね。じゃ、あたしもいく。いかないつもりだったけど」

龍は閉ざされた高熱炉を見やった。

「ここでやるそうだ」

「ここで?」

「処分の手間が省けるだろ、いろいろと」

龍はにやりと笑った。

涼子は短くなった煙草を灰皿に押しつけた。考えが混乱していた。

「外の空気を吸ってくるわ」

龍は手を広げた。

「あと十分くらいはかかるとさ」

「ホーの骨はあたしが拾う」

いいすてて出入口に向かった。警備兵は、涼子の姿を認めると無言で道を譲った。

涼子はドームの外、雨に濡れない位置に立った。雨に煙った高層ホテルやコンベンションホールの向こうに、東京臨海区のビル群が見える。そこに自分が所属する警視庁分庁舎がある。直線ならば千五百メートルかそこらの距離だ。だがひどく遠く思えた。

絶望と不安、それに何よりも孤独感が胸を嚙んでいる。

理由はわかっていた。

「失礼」

声がしてふりかえった。滑稽《こっけい》なほど喪服の似合う黒縁眼鏡の男が立っていた。とってつけたような機械的なお辞儀をする。

「ホーさんはとても残念なことでした」

村雨はいった。古めかしいコウモリ傘を手にしている。

「お帰り?」

「ええ。あとは親しかった人たちの仕事です」

コウモリ傘を広げた。

「古い傘ね。お父さんの形見?」

「そうです。子供の頃、とても気にいっていた傘がありました。雨の日だけでなく、晴れの日でも学校にもっていきました。鮮やかなオレンジ色の傘でした」

涼子の胸を電撃が走り抜けた。息が詰まり、身じろぎもできなくなった。

「……嘘、みたい……」

ようやく言葉を口にした。村雨は微笑んだ。

「本当です。開いたり閉じたりすると、まるで電気のパルスを空に向かって送りだしているようでした」

膝から力が抜けそうになった。

「オレンジ色のパルスね」

「ええ。雨の日にはお似合いだ。では、失礼」

村雨は連絡道を歩いていった。そのうしろ姿にめまいを感じた。しゃがみこまないでいるためには、ありったけの気力をふり絞らなければならなかった。

涼子は雨の中によろめきでた。冷たい滴が、顔を体を、濡らした。

心を必死になって鎮めようとした。大きく深呼吸すると、雨粒が口の中までとびこんだ。

任務の遂行。芝居の続行。麻薬組織の潰滅。龍の破滅。

誰にも力は借りられない。戦いはまだつづいている。戦いは、涼子から心を奪いつづけている。

ホーの骨を拾った。かたわらに立つ龍を痛いほど意識した。少しでも触れれば、火傷《やけど》してしまうのではないかというほど体を縮めた。無言で骨を拾い集め、密閉型の容器に詰めた。

涼子と龍を手伝ったのは、「四つ葉運輸」でホーの下にいた、二人の日本人だった。

## 39

少佐の骨は、大佐と呉、キムらが拾っていた。

ふたつの容器の蓋が封印されると大佐がいった。

「これらは、海中に沈める。ともに海を渡ってきた者たちだ。ふさわしいだろう」

「叔父さんの骨は、俺がもって帰ります」

呉がいった。初めて会ったときに見せた傲慢《ごうまん》な態度は姿をひそめている。

「両親の墓の横に墓を買いました」

大佐はゆっくりと呉に目を向けた。無表情に告げた。

「お前はここから帰ることはできん」

呉は一瞬、とまどったように大佐の目を見返した。キムが腰のホルスターから拳銃を抜き、呉の後頭部にあてがった。

大佐が呆然としている呉の喪服の上着の前を開き、吊るしていたチタンのマグナムを引き抜いた。手にもち、さも軽蔑した口調で、

「ど素人が」

と吐きだした。

「どういうことです、大佐……」

まだ意味がわからないというように、呉はいった。

「お前にはCMPを裏切ったスパイの容疑がかけられている」

呉はぽかんと口を開いた。

「はぁ？　なんで？　なんでそんな馬鹿な話が……」

龍が呉に歩みよった。呉の右手をとった。

「株式会社『ムーンランド』の社長が、オフィスにきているあんたの姿を覚えていた。特にこの、素敵な指輪を」

呉の口がわななき始めた。血の気がひき、あせったように大佐をふり返った。

「嘘だ、嘘ですよ！　そんな、何かのまちがいだ！」

「嘘だったらよかったがな」

龍は首をふり、涼子をふり返った。

「彼女も聞いてる」

呉はさっと涼子を見た。

「嘘だ、これは何かの罠だ。お前が何かをしかけたんだ！　大佐、こんな女を信用しないでっ。こいつは何か企んでいる。俺が、俺が会社を裏切るわけないじゃないですか！」

「俺も何かを企んでいるというのか」

龍はそっと呉の黒ネクタイをほどきながらいった。

「俺も会社を裏切っていると——？」

呉は激しく首をふった。

「あんたは……あんたはちがう。それは知ってるよ。あんたは製造部門の人間だ……。だけど、俺がそんな——」

涼子ははっとして龍を見た。龍の表情は変化がなかった。

「おいおい、少佐がそんなことをあんたに喋ったのか？　それは社の最高機密だぜ」

「いや……。今のは、今のは、まちがいだ……」

呉はいって後退りしようとした。が、キムの銃によってさまたげられた。龍がいった。

「俺と涼子はチームなんだ。力をあわせてスパイを追ってきた。正直に認めろよ。『ムーンランド』にいったろ」

呉は今にも泣きだしそうに顔をくしゃくしゃにした。大佐は冷ややかに見つめている。

「俺はいってないよ……。いってない……」

「まだ嘘をつくのか？」

龍はいい、左手を掲げた。使われていない高熱炉へとつながるコンベアが動きだした。白檀の台をのせる新たなテーブルが滑りでた。

「あそこにすわってもらうか」

呉はへなへなと腰を抜かした。大佐の足にすがりついた。

「大佐ぁ、それはないでしょう。俺は、俺は、少佐の甥です。俺の親父は、崔将軍を始め、皆《み》んなの世話をしたんですよ！　忘れたんですか」

「だからこそ無能なお前を部長においた。にもかかわらず、お前は社を裏切った」

呉は激しく首をふった。

「ちがいます。ちがいますよ！　俺は裏切っちゃいない」

「じゃあ俺は嘘つきか？　俺と涼子は」

龍の存在が急に大きくなったように見えた。龍に対し、口をはさむ者は誰もいない。龍はかがみこみ、大佐の足に顔を押しつけている呉の顎をつかんだ。

「俺が会社を欺いている、そういうのか」

呉は子供のようにいやいやをした。

「あんたはちがう！　あんたは大物だよ。でもわかってくれよ……。俺は裏切ってなんかいない……」

龍はいきなり呉の腕をつかんだ。うしろ手にネクタイで縛りあげる。

「こいつをコンベアにのせろ」

大佐がいった。

「いやだーっ」

呉が悲鳴をあげた。兵士が四人がかりで暴れる呉の体をもちあげ、コンベアのテーブルにのせた。テーブルは遺体をのせる台がすべり落ちないように浅いプールの形をしている。テーブルに横たえられた呉は激しく身をよじり、体を起こした。

「信じて下さい！　本当です！　俺は会社を裏切っちゃいない」

「では『ムーンランド』にいたという事実を否定するのか」

大佐が訊ねた。呉は黙った。

龍が合図した。コンベアにつながった高熱炉の蓋が開いた。呉が目をみひらいた。喉仏が上下し、眼球がとびでそうだった。

「奴を燃やせ、爪先からゆっくりとだ」

大佐がいった。炉内に炎が噴きだした。呉は悲鳴をあげた。コンベアが動きだした。

「いいます！　いいますから止めて下さい！」

大佐が手をあげ、コンベアが止まった。呉は泣き声でいった。

「買いにいったんです……。ブラックボールを……。あそこが卸し元だって知ってたんで……。買いにいったんですよ……」

「なぜお前がわざわざ買いに行く必要がある？　商品をくすねていただろうが」

「それじゃ足りなくて……。叔父さんに叱られたんです。いい加減にしないとクビにするって……。でも友達や女たちが、ブラックボールを欲しがって……」

「つまり、あそこがトラックジャッカーとつながっていると、あんたは知っていたわけだ」

龍が明るい口調でいった。呉はかぶりをふった。

「知りあいの売人から聞いたんだ。昔は……叔父さんに見破られる前は、俺が抜いたブツを、そいつを通して流してた。だから、あそこが唯一の卸し元だとは知ってた。だけど、トラックジャッカーとつながってるなんて思わなかった……」

龍は痛ましそうに首をふった。

「一ひく一は零だろう。あそこが唯一の卸し元なら、つながっていない筈がない。考えなかったのか？」

「そんな大変なことだなんて思わなかったんだ。ただ小遣い稼ぎをしたかっただけで……」

「それで情報も流したというわけか」

大佐がいった。呉は首をふった。

「やってません！　俺はやってません。信じて下さいよ、大佐。そんな……情報を売るなんて……」

大声で泣きだした。

「ならば誰が売った？」

大佐が訊ねた。呉はぴくりと体を動かしたが、首をふった。

「知りません。聞いたこともない」

「ふざけるな。こいつの膝から下を焼いてしまえ」

大佐が命じた。呉は悲鳴をあげた。

「本当です！　信じて下さーい！」

テーブルが動きだした。呉は芋虫のようにテーブルの縁をのりこえようとした。大佐がもっていたマグナムを無雑作に発射した。弾丸が金属のテーブルの角にあたり、呉は身をすくめてテーブルの中に転げ落ちた。

「熱っ、熱い！　熱い！」

呉は叫んだ。しかしテーブルは止まらず、三十センチほど炉の中に入った。呉が絶叫した。

涼子は大きく息を吐き、目をそらした。

絶叫はいつまでもつづいていた。やがて大佐が指示を送り、テーブルが炉から抜けでた。

悪臭がたちこめた。呉は息も絶え絶えだった。

両足の脛《すね》から下が無残な姿にかわっていた。溶けた脂肪がぐつぐつと泡立ち、焼け焦げた骨が煙をあげている。

「誰が売った?」

「し、しらない……」

大佐が再び指示を下そうとした。涼子は進みでた。

「佐藤常務です」

大佐が動きを止め、涼子を見た。もはや社長への謁見を待ってはいられない。

「証拠は?」

涼子はプリントアウトした写真をとりだした。大佐にさしだす。

「ホー部長のもっていたデジタルカメラから自宅のコンピュータに転送されていました」

大佐は受けとり、広げて見つめた。深々と息を吸いこむ。

「なるほど、ホーを殺したのは奴か」

涼子は頷いた。

「佐藤も草加会と同じ、旧日本人暴力団の出身です。そこでつながっていたのでしょう」

「だが佐藤には少佐は殺せない」

「はい。アリバイがあります」

「すると——」

大佐は呉をふり返った。

「自分の裏切りがばれそうになって殺したか」

呻き声をあげていた呉は目をみひらいた。

「やってない！　俺はやってない！」

「つじつまは合う」

龍がいった。

「本当です！　本当にやってない！　信じて！　信じて！　信じて！」

「燃やせ」

大佐が命じた。テーブルが再び動きだし、呉の断末魔《だんまつま》が炉の中に吸いこまれた。蓋が閉じ、ぷつりと断ち切ったように絶叫が途絶えた。

# 40

「送ろう」

龍が誘ってきたとき、断わろうと思った。だが断わりきれなかった。

「俺が運転するよ。ひどく疲れた顔をしてる」

涼子が手にしたポルシェのキィをとりあげながらやさしく龍はいった。

「あなたの車は？」

「運転手が乗って帰るさ」

涼子は大きくため息を吐いた。逃れられない。龍と向きあわなくとも、自分とは向きあわなければならない。ならば両方と向きあうべきだ。

涼子の肩を抱き傘を広げた龍は、ポルシェまでゆっくりと歩いていった。

「いつものホテルでいいかい」

ハンドルを前に訊ねた。

「ええ」

龍はポルシェをスタートさせた。無言で走らせる。涼子は煙草をとりだした。

「君には話さなければならないと思ってた」

やがて龍がいった。

涼子は窓の向こうを走る濡れた光景を見つめていた。ひどく虚《むな》しかった。この任務を一刻も早く離脱したい。そうなれば二度と龍と会うことはなくなる。

絶望したが、すべてが消えてなくなったわけではない。残っているのは、龍への気持だ。その強さと自分へのやさしさを、涼子は憎む気にはなれなかった。

龍があたしを欺いたわけじゃない。

あたしが龍を欺いたのだ。

「怒っているのか」

龍が訊ねた。その言葉は不思議に今の涼子の混乱と重なりあっていた。

『怒っているのか、俺がアンダーカバーじゃなくて』

もちろんそんな筈はない。

「別に」

「だまされたと思っているのじゃないか」

「そんな風には思ってない。あたしが勝手に思いこんでいたことだから」

涼子は目を閉じた。いけない、いうべきでない言葉を口にした。

「俺の立場は複雑だ。いってみりゃ出向する形でＣＭＰにきている他所者《よそもの》だったんだ」

「他所者ね」

涼子は大きく息を吸いこんだ。

「だから出世には興味がなかったというわけ」

「ＣＭＰは現行の状態が一番いい。俺は君にヒントを与えた。ブラックボールは日本国内で作られている可能性があると教えた筈だ」

「あなたはブラックボールの製造部門にいる。組織は流通をＣＭＰに一任していて、ＣＭＰは日本国内での販売をおこなわない。その状態がつづく限り、流通ルートを辿って製造工場が司法機関のマークをうけることはない」

「その通り。ＣＭＰが安定していれば、製造部門は安全だ」

「本当は別の組織なのでしょう？」

涼子は龍を見た。

「製造組織はＣＭＰをカモフラージュに使い、外部にその存在を示さないようにしている。ちがう？」

龍は無言だった。涼子はいった。

「社長は死にかけている。でもさっきのネット画像では、まだいかにも元気だというようすを社員に見せた。社長がすべてのボス、ブラックボールに関する秘密を握っている、そう思わせておきたいのじゃない?」

「そんなことをして何の得がある?」

「製造組織に関する情報をCMPの誰もが実はもっていない。知っているとすれば、社長と少佐だけ。今は社長ひとりになった。いざとなれば社長の息の根を止めれば、製造組織は安泰だわ。CMPが駄目になっても、新たな流通組織なんてすぐ作れる。でも工場は別。日本のどこかにあるブラックボールの製造工場は、おそらく大規模な設備の筈だし、もし司法機関に攻撃をうければ、再生にはたいへんな時間と費用がかかる。だからCMPをトカゲの尻尾にしても、製造組織は生き残りをはかるというわけ」

龍は大声で笑いだした。その笑い声にはどこかぞっとするような響きがあった。涼子は龍の横顔を見つめた。

「すばらしい。すばらしいよ、涼子。君は警察をやめるべきじゃなかったな。そこまで犯罪者の頭でものを考えられる刑事《でか》はそう、いない。警視庁も大損をしたものだ」

「あたしのいったことは当たっている?」

龍は涼子を見やった。

「すべて、とはいわないがね」

「ちがっている部分をあたしが知る機会はあるかしら」

「あるかもしれない」

龍はいって、目を前に戻した。

「君はすばらしい。君と出会えたことを、俺は本当に感謝する。君の頭、君の体、すべてが俺には愛《いと》おしいよ」

涼子は目をそらせた。じきにあなたはそう思わなくなる。それどころか、この世で最もあたしを憎む人間になる。

涼子が沈黙している間に、ポルシェは品川のホテルに到着した。車を降り、エレベータに乗って、スイートルームに入った。

「久しぶりだな」

しみじみとした口調で龍はいった。

逃げだしたかった。が、同時にとどまりたかった。龍を求めている。体だけではなく、心も。

涼子を全裸にし、龍は傷のようすをひとつひとつ確かめていった。

「治りかけてる」

ささやくと、やさしくくちづけをした。涼子はたかまっていく自分を感じた。

龍がアンダーカバーでなかったからといって、龍の存在を捨てられるわけではなかった。

龍は決して涼子を欺いてはいない。真実の姿を隠していただけだ。涼子がこうあってほしいと願った真実とは、正反対の姿を。

にもかかわらず、気持はかわらない。

かえられない。

かえられるほど簡単な気持ではない。

どうすればいい。

龍がやさしく自分の中に侵入してきたとき、涼子の手は龍の体をひき寄せていた。甘い呻き声をたて、さらに深く求め、許しを乞うた。

わかっている。

偽りは、自分の中にある。嘘をついたのは自分であって、龍ではない。

なのに失ったのは自分のような気がしてならなかった。

とめどなく涙が流れ、龍はそれを唇でぬぐった。

「愛して」

涼子はつぶやいた。

「もっともっと、愛して……」

## 41

村雨から連絡があったのは翌日のことだった。

「会った方がいいようですね」

「そちらの電話は安全？」

「充分に。あなたと同じです。しかし電話ですべてを相談するのは、賢明とはいえませんね」

「といって、お互いの場所にいききするのも危険だわ」

「外で会うのはどうです？　食事をいっしょにする、というのは。私は今後駐在員として日本のスタッフとうまくやっていかなければならない立場にある」

「あなたは今、龍のアシスタントの立場にある、ちがう？」

「そうです。彼はあまり私を信頼していないようですが」

村雨と会っているのを、龍には知られたくない、と思った。

いずれは自分の裏切りを龍は知る。だがその瞬間まで、愛されていたい。なんと傲慢《ごうまん》で、なんと卑怯《ひきょう》な考えだろう。

「外で会うのは論外よ。絶対に駄目」

龍と別れてから一晩、まんじりともせずに考えた。すべてを龍に告白し、司法取引を条件に龍から協力をとりつけられないだろうか。

龍が製造組織の一構成員なら、それは可能だ。龍は涼子の裏切りを憎むだろうが、まだ彼を救う道はある。

しかし龍が製造組織にとってどれほどの存在なのか、涼子は知らない。龍本人にそれを確かめることはできない。知るべきときがくるまで、龍は真実を口にしないだろう。

唯一の機会は、社長だ。社長への謁見の際に、龍の本当の身分を、社長本人に訊ねる。

「ではどこで？　あなたの家でも私の家でもない、安全な場所とはどこです？」

もしCMPの関係者に、そこに入っていくところを見られても、必要以上の疑いをかけられない場所。

龍にそこで何をしていた、と訊かれても、すらすらといいわけのできる場所。

ごめんなさい、ホー。

「渋谷のホーのマンション。キィはあたしがもってるわ。万一誰かに見られたら、調査のためだといえる」

「場所を教えて下さい」

涼子は告げた。

「そこで一時間後に、どう？」

「わかりました」


「よく侵入できましたね」

ホーのコンピュータを操作している涼子を見るなり、村雨はいった。

「パスコードを聞いていたの」

真実は告げず、涼子はいった。

村雨はつかのま沈黙し、いった。

「あなたの潜入手腕はみごとです。誤解をなさらないでほしいのですが、男性のアンダーカバーでは、あそこまで信頼されるのは容易ではない」

涼子は自分の顔がこわばるのを感じた。

「あたしが体を使ったといいたいの？」

村雨の表情に変化はなかった。

「あなたと龍のことは、幹部の大半が気づいています。龍の命をあなたが救い、あなたの命を龍も救った。二人が強い信頼で結ばれていると、誰もが感じています」

涼子は顔をそむけた。モニター画面を示す。

「見て。『四つ葉運輸』の運行日誌よ。どの港から何という船にブラックボールが積まれたかが、ひと目で分かる」

「重要なデータです。ＩＮＣの本部に送って、積荷の受けとり人を調べさせましょう。各地の密売組織が解明できます」

涼子は頷き、コンピュータテーブルを立った。入れかわってすわった村雨は、自分のコンピュータを接続した。

「これから直接、ＩＮＣに送ってはまずいでしょうね」

「ＣＭＰが社宅としてここの家賃を払っていたとすれば、メールの送り先もＣＭＰに伝わる可能性があるわ」

「なるほど。それは危険だな」

涼子は壁にかけられたアサルトライフルを手にとった。

「その銃は日本では珍しいでしょう」

ふり返った。データを自分のコンピュータに移しかえながら村雨がいった。

「ＣＡＤＣ中央アジア武器開発公社の製品です。超高速ケースレス五ミリ弾を、毎分二千発発射します。ロングマガジンには百発の弾が入りますが、それでもフルオートで三秒しかもたない」

「破壊力が高いのね」

「ビルの鉄骨外壁でも貫通します。こいつで狙われたら特別装甲車でも逃げられない」

「もらっていくわ」

涼子はいった。弾薬箱には、三本の予備マガジンがおさめられていた。

「これでよし」

コピーを終えた村雨はいって、立ちあがった。二人は狭いクローゼットルームで向かいあった。

「製造設備に関する情報は入手しましたか」

村雨は落ちついた表情で訊ねた。

「無理ね。製造設備はＣＭＰとは完全に切り離されていて、組織も別である可能性が高い」

「龍がそういったのですか」

村雨はわずかに首を傾げた。

「あたしがいったの。でも否定はしなかった。龍は製造組織の構成員で、ＣＭＰには出向という形できている、といった」

「出向……」

村雨はくり返した。

「奇妙ですね。アメリカで、フランコとその周辺から私が得た情報では、ＣＭＰはひどく閉鎖的な組織だということだった。他の組織からの出向人員をうけいれるようなタイプの組織ではない」

「でも、そういったの。疑う理由はないわ」

村雨は天井を仰いだ。

「ブラックボールの製造部門に関しては情報が不足しています。少佐はおそらく工場の所在地を知っていたでしょうが、他の上級社員はまったく知らない。役員であっても、知る可能性のある者はわずかです」

「社長、大佐。それに龍」

「ホーと少佐の殺害犯は呉だったのですか」

「どちらもちがうわ。ホーは佐藤よ。少佐に関してはまだ不明」

「呉ではなく？」

「たぶんちがう」

涼子はつぶやいた。うしろ盾である少佐を殺す理由が呉にはない。仮りに「ムーンランド」との関係が少佐にばれていたとしても、手を下す勇気は呉にはなかった筈だ。泣いて許しを乞うのが関の山だ。

「では誰が？」

涼子は首をふった。

「犯人を知っていそうな人間はいる」

「誰です？」

「ドクターよ」

「ドクター？」

「社長の延命治療をおこなっている男。社長の屋敷に常に詰めていて、たぶん邸内で起きるすべてのできごとを監視している」

「口を割るでしょうか」

「わからない」

村雨はクローゼットをでた。

「あなたと会う件について、本部と協議をしました。本部の判断では、強制捜査への踏み切りは急ぐべきだと……」

「製造工場の所在地がわからない」

「少なくとも三名は知る者がいます。あなたがそうおっしゃった。社長、大佐、龍。逮捕ののち、誰かの口を割らせればいい。もし別組織なら、龍はともかく、あとの二人の口は割らせやすい。二人とも高齢だ。司法取引をちらつかせれば、喋る可能性が高い」

涼子は鋭い目で村雨を見た。

「ＩＮＣの標的は製造工場ね」

「CMPの潰滅も重要です。しかし工場を残せば、再びブラックボールが出回るのは、時間の問題だ」

涼子は煙草に火をつけた。深々と吸いこむ。

「司法取引をもちかけるなら龍よ。龍は製造組織の一員だから、工場に関する重要な情報を握っている」

「彼自身が製造組織の幹部だったら？　私の判断では、彼は相当の大物だ」

「だからこそ、落とせば獲物も大きい」

「しかし彼には年齢というハンディがない。取引をつっぱねられ、製造組織との関係を否認されたら、社長や大佐ほどには重い刑を求められませんよ。それともあなたは彼の重大犯罪の証拠を握っている？」

いくつかの殺人。だがそれは涼子とともにおこなった、自分の生命を守るための殺人だった。

唯一の例外が、「ムーンランド」の社長、馬渕だ。だが死体の処理方法が不明で、起訴にもちこむには証拠に乏しい。

「もし龍が司法取引に応じるなら、それには彼の自発的な意志が必要です。前非を悔いるような。彼にそんなものがありますか」

「試してみなければわからない！」

涼子はいった。村雨は冷静だった。

「試して駄目だったら？　あなたが刑事であることを告白し、拒否されたら？　彼が次にとる手段はわかる筈です」

涼子を殺す。それがまず最初だ。そして高飛びするだろう。社長と大佐を逮捕し、司法取引に応じさせても、二人が知る製造組織に関する重要な情報が無駄になる可能性は高い。

「何とか工場は潰せるかもしれない。しかし化学者や技術者に逃げられたら、元も子もありません。連中はまた別の場所で工場を作る」

「司法取引を拒否したら、彼を逮捕すればいい」

村雨は首をふった。

「それでは公判が維持できないことは、あなたもご存知だ。龍はまず、訴追を逃れることを望むような重大犯罪を犯していなければならない。尚かつその証拠を我々が握っていることが不可欠だ。彼は拒否します、まちがいなく。司法取引に応じたら、失うものの方が多い」

あたしを失わずにすむ。もし、龍が、あたしが彼を失いたくないと思うのと同じくらい、あたしを失いたくない、と思っているなら。

「危険です。龍への司法取引の申し出はあきらめるべきだ。捕えても、彼はすぐ釈放されてしまうかもしれない。いずれにしろ工場は叩けない」

涼子は村雨を見つめた。

「彼の重罪の証拠をつかめばいいのね」

村雨は涼子の目を見返した。

「死刑、または無期懲役に処せられるほどの重罪ですよ」

涼子は固唾《かたず》を飲んだ。

「時間は？」

「そう、ありません。ＩＮＣは、数日以内にＣＭＰへの強制捜査に着手すべきだと考えています。もし佐藤に対する粛清がおこなわれれば、重要な情報源がまたしても失われることになる」

涼子ははっとした。

「あなた、佐藤に対する司法取引を考えているのね」

村雨は微笑んだ。

「ばれましたか。ホーを殺したのが佐藤であるという、あなたの話をうかがって、いいアイデアだと思ったのですが。このままでは佐藤はＣＭＰに消されます。証人保護プログラムを適用するといえば、洗いざらい吐いて協力するでしょう」

涼子は深々と息を吸いこんだ。

「それはできない」

「なぜです？」

「佐藤は……あたしが殺す」

「任務の逸脱です」

涼子は村雨を見た。

「奴は生かしておけない」

「ホーの復讐、ですか？」

信じられないように村雨はいった。

「あたしにそんな権利がないことは承知している。警官だから、という意味じゃない。ホーを裏切っていたから、という意味で。でもやりたいの」

村雨の顔が真剣になった。

「それはいけない。刑事訴追の対象となる、というだけでなく、重要な証拠が失われる」

「でもやるわ」

「……本気ですか」

「奴に先に銃を抜かせればいいだけのこと。証拠は他の人間からいくらでも手に入る」

涼子はいった。

「もし本当にそんなことを考えているなら、私は強制捜査の着手を急がせる他ありません」

「お願い。龍に試させて」

村雨は無言で涼子を見つめた。しばらく見つめ、やがて吐きだすようにいった。

「やはりね」

「何が？」

「あなたは龍に惚れてる。だから奴を救いたい。だがそれは捜査とはまったく別の問題だ」

涼子は沈黙した。その通りだった。司法取引をもちかけるなら、佐藤以上の適任者はいない。ただ、佐藤が製造工場に関する正確な情報をもっていれば、だが。

司法取引を、組織犯罪の複数の容疑者にもちかけることはできない。そんなことをすれば、組織の全容は解明できても、重大犯罪で起訴する人間がひとりもいなくなってしまう。受けいれる判事などいまい。

「佐藤が製造工場について知っている可能性は低いわ」

村雨は考えていた。

「CMPは、重要なセクションには結局、民族主義を適用している。唯一の例外が龍よ。彼はあの国生まれじゃない」

その瞬間、恐ろしい考えが浮かんだ。龍は父親を科学者だといっていなかったか。

まさか。だが――。

龍の父親自身が、ブラックボールの製造者だという可能性は排除できない。

「どうしました？」

涼子の表情の変化を悟ったように村雨が訊ねた。

「何でもない。とにかく龍の重大犯罪の証拠をつかみ、司法取引に応じるよう、彼に迫るわ」

村雨はじっと涼子を見つめた。

「忘れないでもらいたいのですが、あなたが正体を明すとき、私も身の危険にさらされる」

涼子は頷いた。涼子が裏切る、あるいはあべこべに龍の拷問にあって村雨のことを喋れば、村雨も命はない。

「時間はごくわずかです。強制捜査の着手を遅らせる理由を、あなたの感情にゆだねることはできない。もし龍に司法取引させたいのなら二十四時間、せいぜい四十八時間以内に、あなたのいう重大犯罪の証拠を手に入れるべきでしょうね」

「わかったわ」

涼子はいって村雨を見返した。

「いっておきますがその件で私の協力は期待しないように」

「もちろんよ」

村雨は頷いた。そしてしばらく無言でいたが、いった。

「あなたの叔父上を知っている。彼は今回の捜査にあなたが加わっていることをご存知です。おそらく捜査終了後、あなたについて話す機会もあるでしょう。何か伝えることはありますか」

「別にないわ」

「彼が望むかどうかはわかりませんが、あなたをＩＮＣにひっぱることもできる」

村雨の真意はわからなかった。今後の展開によっては、涼子が警視庁を辞めなければならなくなると考えているのか。

「必要ないわ。叔父を尊敬はしているけど、いっしょに働こうとは思わない。たぶん彼も同じ意見よ」

組織の論理に対する反骨。そんな精神を最も強く受け継いだのが涼子だった。

村雨は頷いた。

「あなたの本名も、彼と同じですか？」

「知る必要はないでしょう。今の私の名前は櫟涼子。他に名はないわ」

涼子は冷ややかに告げた。村雨は顎をひいた。黙って涼子を見つめていたが、やがていった。

「あなたが切り抜けようと、失敗しようと、私は任務を遂行する。ＣＭＰは潰滅させる。必ず」

## 42

「社長への謁見を望みます」

「急いでいるようだな」

「少佐殺しの犯人をつきとめていません」

「呉ではないのか」

「ちがいます」

電話の向こうで大佐は沈黙した。

「呉には少佐を殺す動機がありません」

「では私は見当ちがいの理由で呉を処刑したというのか」

大佐の声は低かった。

「呉がＣＭＰに損害を与え、尚かつ重要な情報を隠匿していたというのは事実です」

「呉の父親は、ＣＭＰ創設の恩人だ。それは事実だ」

「ではあのまま呉の裏切りを黙認していた方がよかったのですか」

「お前には感情がないのか。恩に報いるという、人間の義務を何とも思わんのか」

「大佐。あたしは恩に報いようとしています。あたしを拾ってくれたＣＭＰに対する恩に――」

すべてが嘘だ。あたしは薄汚ない裏切り者だ。嘘つきで、卑怯者で、恩知らずだ。

「わかった。ドクターに伝えよう」

「お願いします」


「重要な話があるって、どういうことだ？」

「会ってから話すわ。社長の家にこられる？」

「社長の家に？」

「明日、会うことになったの。大佐は同じ時間に佐藤を呼びだしている。臨時の重役会が、私と社長の面談のあとで開かれるわ。その前にあなたと会いたいの」

「時刻は？」

「社長とあたしが会うのが午後三時。重役会は五時からよ」

「俺はどうすればいい？　社長の家には俺は入れない。知っているだろう」

「門の外で待ってて。兵士たちから見えない場所で。社長との謁見が終わったら、すぐにいくわ」

「四時くらいか？」

「そうね。あなたも重役会に呼ばれた？」

「いいや。今、初耳だ」

「本当に？」

「もう隠しごとはないよ」

「よかった。あなたを信じてる」

でもあたしを信用してはならない。あなたは明日、人生で最大の裏切りを知る。

「俺もさ」

「………」

「涼子？」

「何？」

「こいつがすんだら旅行にいこう。いったろう、小島のリゾート。今日、予約をしたんだ」

「いけたら、ね」

「いけるさ、俺たちは最高のチームだ」

「先ほどＩＮＣから連絡があった。明日、ＣＭＰの役員会が開かれるという情報がアンダーカバーからもたらされたそうだ。警視庁はＩＮＣと協力し、強襲する。アンダーカバーも君も、巻き込まれることがないよう、どんな理由をつけてでも現場から離脱せよ」

「了解しました」

「尚、セーフカラーがある。水色を衣服のどこかにつけておけ。包囲、突入する捜査員に対してのの目印になる」

「セーフカラーは水色」

「そうさ。そして万一離脱に失敗し、セーフカラーの確認も不可能な状況におちいった場合は、合言葉を告げろ。合言葉は『ヴァイオレット』」

「『ヴァイオレット』ですね」

「攻撃の第一波は、まず大佐宅に対しておこなわれる。警備兵の排除が目的だ。そして、ヘリによる攻撃を社長の屋敷周辺におこなう。その後、社長宅を地上部隊が包囲し、突入する」

「大佐宅、空撃、社長宅の順。確認しました」

「長期間、ご苦労だった。明日、会おう」

「了解。通話終了します」

## 43

坂道を大佐の家の前まで登ったところで涼子はポルシェを止めた。この車に乗ることは、今日以降、二度とないだろう。自分の人生にとって、今日という日は、忘れられない日となる。あるいは最悪の場合、今日より先の人生を失う。

涼子は車を降り、深々と息を吸いこんだ。ゆったりとしたパンツスーツに水色のスカーフを首元に巻きつけている。愛用のCzは今日はバッグの中ではなく、ジャケットの下に吊るしていた。ポルシェのトランクには、ホーの部屋にあったアサルトライフルが入っている。

玄関の扉を開けたのは、制服の大男だった。涼子は演壇の部屋に通された。すぐに大佐が現われた。

「じきに佐藤がくる。佐藤には役員会が開かれる時刻を一時間早く伝えたのだ」

大佐は告げた。

「佐藤はまだ自分の正体が発覚したとは知らないのですね」

大佐は頷いた。

「訊問はお前の役目だ。奴が草加会につながっていたことを認めさせせろ。会話はテープに録音され、のちほど社長にお聞かせする」

「わかりました」

大佐の態度はいつもと同じだ。だがどこか冷ややかなものを涼子は感じた。佐藤の訊問に失敗することを、大佐は心の裡《うち》で望んでいるのではないか。涼子に対し、秘かな憎しみを抱き始めているのではないだろうか。

ドアがノックされた。

制服を着けたキムが佐藤を連れ、入ってきた。キムは佐藤を案内すると、部屋の中に入り、ドアを背にして立った。

佐藤は涼子に気づくと、不快そうな顔になった。

「なぜ、お前がここにいる？」

「私が呼んだ」

大佐が答えた。佐藤は首を傾げた。

「今日は緊急の役員会だったのじゃないのか」

「そうだ。だがフランコが本国に戻り、残っているＣＭＰの役員は、私とお前だけだ」

「この女はいつ役員になった」

「役員会に出席するためにここにきているわけではありません。のちほど社長に謁見するためです」

涼子はいった。右手はCzのグリップからほんの数センチの位置にある。

「社長に？」

佐藤は顔をしかめた。

「何の権限があって社長に会う」

「CMP内部に存在するスパイの告発を命じられました」

「沛につづいて呉が処刑された、そう聞いたが――？」

佐藤は大佐に目を向けた。

「ホー部長を殺したのはどちらでもありません」

いって涼子は佐藤を見つめた。佐藤はだが涼子を一顧《いっこ》だにしなかった。

「どういうことだ。大佐」

大佐は無言で視線を涼子に向けた。

「ホーは『ムーンランド』の事務所を監視している途中、いったん『四つ葉運輸』の本社に戻ったところを射殺されました。射殺したのは、CMPあるいは『四つ葉運輸』の社員です」

「お前の話は聞いてない」

佐藤がいった。

「つづけろ」

大佐は涼子に命じた。

「ホーの目的は、『ムーンランド』に出入りするCMPのスパイの撮影でした。当日、『ムーンランド』の社長が誘拐され、身代金としてブラックボールが要求されました。『ムーンランド』の実質経営者である草加会は、緊急にCMP内部のスパイと協議する必要が生じていたのです」

佐藤は涼子をふり返った。

「それがどうした」

「スパイはホーが『ムーンランド』の監視についていることを知っていました。そして『四つ葉運輸』でホーに会い、自分が疑われる可能性があることに気づき、背後から射殺したのです。さらにホーと連絡がとれなくなったわたしを罠にかけるため、『アーバーン』のメンバーを手引きして、『四つ葉運輸』の敷地内に入れた。そして自分は自宅に帰ったのです」

「俺がそうだというのか」

涼子は無言だった。

「そうだというんだな！」

佐藤は吠《ほ》えるように叫んだ。そして大佐をふり返った。

「わかってたぜ。あんたはフランコの野郎と組んでCMPを独占支配する気なんだ。そのために少佐も殺《バラ》した。邪魔になる奴はすべて殺すか、スパイの濡れ衣《ぎぬ》を着せて処刑する気なんだ！」

佐藤は両手をふりあげた。

「冗談じゃねえ！　もうたくさんだ。こんな会社やめてやらあ。お前らは結局、身内だけが生きのびればいいと思っている。あのくたばりかけた社長が神様なんだろうが。かわってねえんだ、何にも！　主席様の次は社長様だ。社長様のいうことは絶対で、ちょっとでも逆らいそうな奴は、皆殺しにしようってのか、え？　ちっとは手前の頭でモノを考えてみやがれ」

「話をすりかえてる」

涼子はいった。

「何だとこの野郎！」

佐藤は涼子をふり返った。

「あたしが問題にしているのは、誰がホーを殺したのかってことなの。そしてそれはあなたなの」

「ふざけんな！　どんな証拠があるんだ。確かに俺は『四つ葉運輸』にいった。担当役員がいっちゃいけねえのか。社長様の命令以外、何もやっちゃいけねえってのか！」

「写真が残ってた」

涼子はいった。佐藤は目をみひらいた。

「あなたが奪ったホーのデジタルカメラは撮影と同時に、同じデータをコンピュータに転送する機能があったの」

「デタラメだ！」

佐藤はわめいた。

「そんなものはでっちあげだ！　こいつを見——」

いって佐藤は上着の内側に手をさしこんだ。キムがはっとしたように腰のホルスターに手をやったが、涼子の方が早かった。Czをひき抜くと、佐藤の胸に二発の弾丸を撃ちこんだ。

佐藤はよろめいた。上着から現われた右手は四十五口径のオートマティックを握りしめていた。地響きをたて、仰向けに倒れた。目が大佐を捜した。

「くそ、野郎……」

佐藤はつぶやき、絶命した。

大佐が息を吐いた。涼子に目を向けた。

「わざと佐藤に抜かせたな」

「わたしはホーに恩を感じていました」

大佐は小さく頷き、キムにいった。

「これを片づけさせろ。我々はこれから社長に会う」

「――国内の役員を、私を除きこれですべて失った」

ポルシェに乗りこむと大佐はいった。ハンドルは涼子が握った。

「国内でブラックボールを売らないというのは、社長の方針だった。が、こんなことになろうとはな」

「社長の方針ではなく、製造組織の方針だったのではないですか」

「なぜそう思う」

「龍と話しました。彼は自分が製造組織からの出向メンバーであると認めました」

「我々もそれは気づいていた。社長の命令でうけいれたのだ」

涼子は坂道を走らせた。

「龍がどれほどの人物なのかご存知ですか」

「お前の方が奴とは親しかろう」

「彼はかんじんのことは口にしません」

大佐は涼子を見た。

「少佐を殺したのは、龍か」

「実はあの日、午後八時過ぎ以降、彼とはいっしょではありませんでした」

大佐はわずかに目をみひらいた。

「彼は仕事にかかわる緊急の呼びだしをうけ、でていったのです」

「それはいつだ」

「でていく直前、八時少し前でした」

「少佐が社長の謁見を申しいれていた時刻だな」

「ドクターは龍とはどんな関係です？」

涼子は訊ねた。

「なぜそんなことを訊く」

「ドクターは社長の治療以外の仕事には興味がないように見えます。にもかかわらず、高島平でわたしが負傷したとき、龍はドクターを連れて現われました」

大佐は疲れたように目を閉じた。

「ドクターは祖国から我々と行動を共にした人間だ。社長を心から尊敬し、その延命治療に身命を投げうっている。龍がなぜドクターを動かすことができたのか、私には心あたりがない」

「ドクターの訊問の許可を、社長にいただきます」

「何のために。ドクターが裏切り者だというのか」

「ドクターは、少佐を殺したのが何者であるかを知っている可能性があります」

大佐は小さく頷いた。

「それは私も思った。だがドクターの存在は重要だ。あのような状態で社長を生かしつづけていられるのは、ドクターしかいない」

第一のゲートをくぐり、第二の鉄扉の前までポルシェは到着した。涼子はサイドブレーキを引き、大佐に訊ねた。

「社長が亡くなられたらどうなるのです？」

大佐はじっと前方に視線を注いでいた。

「後継者の問題は考えたことがない。おそらく時期がくれば社長が決断を下すだろう。我々はそれにしたがうだけだ」

「それを奇妙だと思われたことはないのですか。社長があのような体で、幹部の誰よりも長生きをする、と？」

「すべては社長の意志だ。我々は社長の兵士なのだ。社長なくしての我々はない！」

涼子の疑問を断ち切るように大佐はいって、ポルシェのドアを開けた。

佐藤のいっていたのは、このことなのだ。社長がすべての頭脳であり、すべての決定機関なのだ。もし誰かが社長をコントロールしていたら、その人物はＣＭＰのすべてをコントロールできる。

鉄扉が開かれ、涼子と大佐は勾配のきつい坂を登った。その頂上では、今日もドクターが待ちかまえている。

「社長のお加減はどうだ」

大佐の問いにドクターはいかめしい表情で首をふった。

「かんばしくありません。謁見されても、お話を理解できるかどうか……」

大佐は涼子を見た。

「お会いするだけでも」

涼子はいった。ドクターはあきらめたようにいった。

「本日は私がおそばにつきます」

涼子はドクターに訊ねた。

「最後に少佐がきたときも、ドクターは社長のそばにいたのですか」

土気色をしたドクターの表情はかわらなかった。

「少佐は席を外すよう命じられた。社長のお加減がよくないので、私としてはそうはしたくなかったのだが」

「その間はどこに?」

不快げな表情になって、ドクターは答えた。

「薬剤の調合をしていた。私は何も見ていない」

ドクターは背を向け、歩きだした。エレベータで二階に登り、巨大な広間を抜け、謁見の間の扉の前に立つ。

「私は向こうから、社長のおそばに参ります。お二人はこちらからお入り下さい」

ドクターはいい、扉の横につづく廊下を進んでいった。

涼子と大佐は、背の高い扉を押した。

今日はすべてが暗かった。窓ガラスは濃い茶色に変化し、照明も絞られている。レースのカーテンの向こうの、一段高いベッドに横たわる社長の姿は、シルエットでしかうかがえない。

やがてドクターがベッドのかたわらに姿を現わした。社長のベッドがおかれた高いフロアは、まるでステージのようだと、涼子は思った。

どこかでマイクのスイッチが入った。荒い呼吸音がスピーカーを通して聞こえてくる。

「社長、大佐がお見えになりました」

大佐はあいかわらず入口の近くにとどまったままだった。

「社長」

再びドクターが呼びかけた。

がらごろという痰のからんだ音がした。

苦しげな咳が二、三度あり、

「何だ」

機械音声が答えた。大佐が告げた。

「先ほど佐藤常務を処分いたしました。トラックジャッカーの一味に情報を流していたスパイは佐藤でした」

社長は短く唸った。

「つきとめたのは、私の横にいる者です。先日、謁見を許可された――」

「ご苦労だった」

「社長」

涼子は進みでた。

「ふたつお願いがあります」

社長はしばらく無言だった。やがていった。

「申してみよ」

「ひとつは、龍についてお話し願いたい、ということ。もうひとつは、ドクターに対する訊問の許可をお与え下さい」

沈黙はさらに長かった。

「龍の何を知りたい」

やがて社長はいった。

「龍は製造部門において、役員に相当する人物なのでしょうか」

「なぜそのようなことを知る必要がある」

「知りたいのです」

「許可しない」

涼子は社長を見つめた。

大佐が進みでた。

「社長、少佐殺害犯が龍であるという可能性が生じております」

「それはちがう」

「では、龍の立場をお話し下さい」

涼子はいった。

「龍は外部の人間だ。重要な存在ではない」

「それならばなぜ、ドクターは龍のために便宜をはかったのでしょうか。救われたのはわたしですが、疑問は感じております」

「私が特別に許可した。お前が社にとって必要な人材であると、龍が申したのだ」

「直接、社長にですか」

「ドクターを通してだ」

涼子はドクターの姿に向き直った。

「ドクター、あなたはこの屋敷の内部のもようをすべてカメラで監視していらっしゃいますね」

「それが仕事だ」

「ならば少佐がこられたときのようすもご覧になった筈です」

「いった筈だ。私は薬剤室にいた。何も見ていない」

「映像は保存されていないのですか」

「訊問は許可していない。この件にドクターを巻きこむことは許さん」

社長がいった。

「もういい」

大佐が涼子にささやいた。

「社長は、少佐を殺害した犯人について、何か情報をおもちの筈です」

涼子はかまわずいった。全員が凍りついた。

そのとき、かすかな振動が足もとを通して伝わってきた。銃声が聞こえてくる。涼子は腕時計を見た。

「何ごとです?!」

ドクターがいった。午後四時になったばかりだ。ＩＮＣと警視庁の攻撃が一時間くりあがった。涼子は血の気がひくのを感じた。これでは龍に司法取引の話をもちかけるチャンスがない。

村雨だ。村雨が攻撃を早めさせたにちがいない。

「――何が起きた」

不審げに大佐もつぶやいた。が、次の瞬間扉がノックされ、キムが姿を現わした。

「大佐、報告いたします。警察権力による包囲、攻撃をただ今、確認しました」

母国語の緊迫した口調でキムは告げた。

「何だと――」

大佐は目を大きくみひらいた。

「現在応戦中ですが、敵は装甲車も準備しており、ヘリによる空中からの攻撃もうけております」

その言葉が終わらないうちに、超低空飛行の爆音が、全員の頭上で轟いた。

バタン、という音がした。前方を見ると、ドクターの姿がベッドのかたわらから消えていた。

「ドクターが逃げました」

涼子はいった。

「お前に任せる！　私は戦闘の指揮をとらねばならん！　将軍、失礼いたします」

大佐はいって、扉を開いた。キムとともにあわただしくでていく。

涼子は謁見の間に残された。再び足元が揺れた。今度は爆発とはっきりわかる轟音を伴っていた。

「社長」

荒い呼吸音だけが聞こえている。

「社長」

くり返しいって、涼子が足を踏みだしたとき、音をたてて緞帳《どんちょう》が降り、社長の姿をおおい隠した。

## 44

涼子は謁見の間をでた。表の騒ぎとは裏腹に、邸内は無気味なほど静まりかえっている。

ドクターを追うべきか、龍との待ちあわせ場所に向かうべきか。

一瞬考え、涼子は決断を下した。まず龍と会う。龍の協力さえとりつけられれば、ＣＭＰとブラックボール製造組織の全容が解明できる。

外にでたとき、小隊をひき連れたキムと出会った。社長の身を護衛するために戻ってきたようだ。

「どこへいく?!」

キムは険しい表情で訊ねた。

「車に武器がある。とりにいくの」

涼子は答え、坂道を走り下った。下方で黒い煙があがっていた。激しい小火器の銃声と、腹に響く砲声が混じっている。社長の屋敷の上空を旋回した警視庁の攻撃ヘリが二機、超低空飛行で、キムらや涼子の頭上をかすめ、大佐の家の方向に飛んでいった。機関銃が発射され、きらきらと輝く薬莢《やっきょう》が宙を舞っている。

キムらを通した鉄の門扉が閉じられかけていた。

「開けて！　そこを通して！」

涼子は叫んだ。驚いたように門扉を押していた兵士らが立ち止まる。

ここを閉めさせてはならない。閉まれば警察部隊が立ち往生し、歩哨小屋からの銃火にさらされる。

門扉のすきまを走り抜け、止めておいたポルシェにたどりつくと、トランクからアサルトライフルをとりだした。予備マガジンをショルダーバッグに詰め、ふり返った。

龍がきているとすれば、まだこの下だ。歩哨小屋からは見えない位置にいるだろう。戦闘に巻きこまれてさえいなければ。

地響きが伝わった。大佐の家の一部が爆発、炎上したのだった。

涼子は唇を嚙んだ。ポルシェのドアをひき開け、運転席に乗りこんだ。エンジンをかけるとギアをバックに叩きこみ、門扉に向かって猛スピードで後退させた。

あっけにとられて見ていた兵士たちが、涼子の意図に気づいた。ポルシェをレール上で止め、完全に門扉を閉められなくしようというのだ。

キィをひき抜き、車を降りた瞬間、上空から銃弾が襲ってきた。涼子は転がってポルシェの陰に隠れると、アサルトライフルで歩哨小屋を狙った。百発の銃弾がわずか三秒で小屋の頂上を蜂の巣にした。銃撃がやみ、涼子は新たなマガジンを押しこんで身を起こした。

ヘリがつっこんできた。上空から機銃を掃射している。道路に次々とミシンのような穴が穿たれ、まっすぐポルシェに向かってきた。

涼子はポルシェの陰から転げでた。ポルシェのボンネットに銃弾がつき刺さり、へこみ、たわんで穴が一列に穿たれていく。次の瞬間、ガソリンタンクに命中して炎上した。

涼子は走りだした。龍が待つとすれば、第一ゲートと門扉との中間だ。

「龍！　龍！」

叫びながら走った。だが龍の乗る、もう一台のポルシェの姿はなかった。第一ゲートが見える位置まで下り、涼子は戦況を悟った。

強襲部隊は、大佐の家をほとんど破壊していた。丘を登る道は、ほぼふもとまで、装甲車とパトカー、消防車などで埋めつくされている。第一ゲートが退却した警備隊の守備地点だった。

ゲートをはさみ、数十メートルのところまで装甲車の部隊が迫っていた。警備兵はゲートの内側から対戦車ミサイルを使っている。

ミサイルが発射され、直撃をうけた装甲車が炎を噴きあげながら空中でもんどりを打った。装甲車の後方で待機する盾をかまえた機動隊員の頭上に落下する。

涼子はアサルトライフルをかまえた。新たな対戦車ミサイルをもちあげた兵士に後方から銃弾を浴びせる。後方から飛来し、足もとにつき刺さった銃弾に仰天して、ミサイルは見当ちがいの方向へと発射された。

いっせいに守備隊がうしろをふり返った。彼らが涼子に銃弾を浴びせる直前、戻ってきたヘリが掃射を加え、兵士たちは逃げまどった。

涼子はくるりと踵を返した。龍はここにはいない。こなかったか、こられなかったかだ。となれば残る任務は社長の身柄確保しかなかった。

痛みのぶり返した体に鞭《むち》を打ち、涼子は坂道をひき返した。

任務を離脱すべきときなのはわかっていた。だが龍に会えないとわかった今、生き残りたいという気持も失われつつあった。

門扉までひき返した。兵士の迎撃を予想していた涼子だったが、門扉の周辺にはヘリによる攻撃で、戦闘力のある兵士はほとんど残っていなかった。炎上するポルシェのかたわらを、高熱に炙《あぶ》られながら涼子はすり抜けた。

坂道の頂上に社長の宮殿だけが静かに佇《たたず》んでいた。そこだけはいまだ破壊されておらず、ヘリによる銃撃の跡も最小限だった。強襲部隊の作戦指揮官は、病人である社長を延命設備への攻撃で死亡させるのをためらったようだ。社長が死ねば、重要な情報源を失うことになる。

涼子は人けのない坂道を登っていった。宮殿の中には、キムを始めとする護衛部隊がいる。強襲部隊が第一ゲートを突破するのも時間の問題となった今、わざわざキムらと銃火を交える必要はなかった。だが涼子はいかずにはいられなかった。もしかすると、邸内のどこかに龍が潜んでいるかもしれないと思ったからだ。

邸内につづく階段を登った。

二階の大広間に入り、思わず涼子は足を止めた。キムとキムが連れていた兵士たちの死体が折り重なるように倒れている。

何があったのだ。ヘリによる機銃掃射のせいだとは思えなかった。兵士たちは、広間に入ったところを待ちうけていた何者かによってなぎ倒されたのだ。

涼子はアサルトライフルに新たなマガジンをさしこんだ。一瞬脳裡に、死にかけていた社長が起きあがり、全員に銃弾を浴びせるイメージが浮かんだ。だがその筈はない。仮りに社長にそれだけの体力が残っているとしても、自分を護衛しにやってきた兵士を撃つ理由などない。

目をみひらき仰向けに倒れているキムの脈を探った。完全にこと切れている。銃撃は背後から、効率よくおこなわれたようだ。

涼子は謁見の間の扉の前へと進んだ。扉は開け放たれている、内部に人の気配はなかった。緞帳がベッドのあるステージをおおい隠していた。

アサルトライフルをかまえ直し、涼子は廊下の先へと進んだ。丘には、この屋敷の先につながる道はない。キムらを殺戮《さつりく》した犯人が潜んでいるとすれば、屋敷の内部以外考えられなかった。

開け放たれた小さな扉があった。さっきのバタンというのは、ドクターがこの扉から逃げだした物音だったのだ。

扉の内側は、ベッドのおかれたステージだった。ぎっしりと医療機械がおさまり、低い振動音があたりを満たしている。

涼子は部屋の中に入った。部屋の入口には、照明を始めとするさまざまな機械のコントロールパネルがあった。

明りのスイッチをいれた。緞帳をあげ、窓を光学変化させる。

謁見の間に外の光が流れこんだ。

ベッドには横たわる社長の姿があった。

白い軍服を着け、首から下はシーツにおおわれている。

「社長」

涼子は呼びかけた。返事はない。マイクのスイッチが入っていないせいか、呼吸音も聞こえない。

涼子はゆっくりと歩みよった。ベッドのかたわらに立ち、社長を見おろした。

社長は眠っているのか目を閉じ、身動きひとつしなかった。シーツの胸がゆっくりと上下している。

ときおり、液体がチューブの中を流れる音が聞こえた。

「社長」

もう一度呼びかけ、涼子は社長の肩のあたりに手をのばした。

反応はない。

涼子は社長の頰にふれた。驚きに手が止まった。氷のように冷たい肌だ。

涼子は社長の体にかかったシーツをはがした。息を吞んだ。

社長の体には下半身がなかった。白い軍服の上着から下は、伸縮するアームがとりつけられた機械だった。医療機械からのびたチューブはベッドの内部につながっていた。

涼子は軍服に手をのばした。規則正しい呼吸は胴体に送りこまれる液体チューブが作りだしたものだった。

「やっとたどりついたな」

声がして、はっと顔をあげた。

謁見の間の中央に龍がたたずんでいた。その後方には四人の男がいる。警備兵とはちがう迷彩服に身を包んだ白人の男たちだった。いずれも涼子がもっているのと同じタイプのアサルトライフルを手にしていた。

「俺も探していたんだよ、涼子。早くここをでよう」

涼子はまじまじと龍を見つめた。

「――なぜ約束の場所にいなかったの」

「もっと君の近くにいたかったからさ」

龍は白い歯を見せた。

「君のことが心配だった」

「この屋敷の中にいたのね」

龍は頷いた。

「CMPの人間は誰も知らないが、建物の地下に緊急脱出用の通路がある。マンホールとつながっていて、外にでることができるんだ」

「その人たちは？」

「友だちさ。話したろう。幼な馴染のロシア人だ」

涼子は社長に目を落とした。

「これはいったい何？」

「社長だ。二年前から、彼にはこうして社長の仕事をつとめてもらっている」

「どういうこと？　ロボットなの、これ」

「正確にいえばロボットじゃない。肌も頭蓋骨も、崔将軍本人だ。二年前、手術をしても余命は数カ月だろうという判断をドクターが下し、我々は彼の中身を抜きとることにした」

「抜きとる?!」

「外見はそのままで、こちらの意志を伝える人形になってもらった。脳を外し、頭蓋骨の中に瞼や口の動きをつかさどるメカを埋めた。下半身は必要ないので除去した」

「何のために」

「君の想像した通りだ。崔将軍とCMPには、順調に流通組織としての業務をつづけてもらわなければならない」

「ブラックボールの製造組織の存在をカモフラージュするためね」

龍は微笑んだ。

「社長が我々の人形だったという点だけは、さすがの君も見抜けなかった。悪趣味な話だからな。ま、人間の剥製《はくせい》だ」

涼子は首をふった。

「我々、といったわね。あなたは製造組織の何なの」

「一種の責任者かな」

涼子は足もとが崩れるような衝撃を味わった。最悪の結論だった。

「龍……」

「残念だがCMPの命運はつきたようだ。警察がここまでつきとめるとは思えなかった。新たな流通組織を作る他ない。我々はここを爆破して脱出する。いっしょにくるんだ。新しい組織作りに君は欠かせない」

龍は手をさしだした。

涼子はゆっくりと首をふった。

「いけないわ」

龍は眉をひそめた。

「なぜ……」

涼子はアサルトライフルをかまえた。

「武器を捨てなさい。あたしは今でも刑事なの」

龍は笑いだした。

「何をいってるんだ、涼子、俺は――」

その言葉が止まった。笑みが消え、涼子を暗い瞳で見つめた。

「本当なのか」

「本当よ。あたしは警視庁捜査四課特殊班に所属している。通称潜入捜査課」

龍の顔から表情がそげ落ちた。

「何てことだ……」

「銃を捨てて！」

白人たちがゆっくりとアサルトライフルを足元におろした。

「少佐を殺したのはあなたね、龍」

龍は答えずに涼子を見上げた。やさしさも笑いも影をひそめ、裏切りの衝撃とそこから生まれた憎しみだけが宿っている顔だった。

「――少佐は」

龍が口を開いた。虚ろな声だった。

「あろうことか社長の正体に気づいちまった、ＣＭＰの人間は誰ひとり知らない事実に。お前が一対一の面談を彼に望んだからだ」

「あなたが殺した。呼びだしたのはドクター。ドクターをあなたは飼い慣らしていた。なぜなら彼は麻薬中毒だから」

龍は目を閉じた。その瞬間でさえ、憎しみに満たされた瞳に見つめられないだけで、心がほっとゆるむのを涼子は感じずにはいられなかった。

「奴は正真正銘のヘロイン中毒なんだ。今の時代、本物のヘロインやモルヒネはめったに手に入らない。この国で供給できるのは俺たちくらいだ」

「龍……」

「涼子……」

龍は目をひらいた。

「お前と見たかった夢がある。いくつもの夢、すばらしい夢だったよ」

涼子は体が震えだすのを感じた。

「龍、司法取引をうけいれて。密売組織の全容を話せば、あなたは刑事訴追を免れられるかもしれない。さもないと――」

不意に大きく建物が揺れた。体を支えようと思わず社長の胸に手をつき、それがぐんにゃりと中にくぼむ感触に、涼子は吐きけを覚えた。

「さもないと？」

龍は訊き返した。冷ややかだった。

「あなたを逮捕しなければならない」

「刑事《でか》が――」

龍は吐きすてた。次の瞬間、その右手に九ミリオートが現われた。

「この薄汚ないメス刑事が」

涼子の唇はわなないた。

「刑事《でか》だからこそあなたと出会った。刑事だからこそあなたを破滅させる」

九ミリが火を噴いた。涼子はよろめいた。左肩を弾丸がえぐっていた。

「撃てよ」

龍がいった。

「撃てよ、メス刑事」

涼子は首をふった。涙が流れているのがわかった。

「撃ちたくない、あなたを撃ちたくない」

「撃てったら！」

龍が撃った。涼子は呻き声をたてた。第二弾は右肩をえぐった。

ドン、という物音がした。ロシア人たちがアサルトライフルを拾い、ふり返った。

大佐だった。血と硝煙にまみれ、軍服は裂け、右手に大型のオートマティックを握りしめている。

「貴様ぁ」

オートマティックを龍に向けた。ロシア人たちがアサルトライフルを発砲した。

涼子は歯をくいしばり、社長のベッドの上にアサルトライフルをのせ、自由のきかない手でひき金を絞った。

連続する銃声が交錯した。龍が跳び、銃弾が大佐の体をひき裂き、ロシア人をなぎ倒した。

そして猫のように床で回転して立ちあがった龍が九ミリを撃った。

涼子の目前で閃光《せんこう》が走り、涼子は右耳の上に衝撃をうけて倒れこんだ。直後、これまでとは比べものにならない激しい衝撃が建物を揺らし、崩壊が始まった。

## 45

何者かが激しく体を揺さぶっていた。全身が痛む。特に頭が割れそうだ。何かを叫んでいる声が聞こえたが、意味はわからない。

突然激しい光が目の奥にさしこみ、涼子は悲鳴をあげた。

やめて、やめて。やめさせなくては。

この痛みを止めて、あたしを放っておいて。

そのときひとつの言葉が深海から浮上する泡のように心の奥底から急速に浮かびあがった。

いわなければ、この言葉をいわなければ。

血で唇がはりついていた。うまく動かせない。いう相手の姿も見えない。

舌がもつれた。それでもささやくような小声でかろうじていった。

「ヴァイオレット……」

叫び声が再びあがった。痛みを起こす光が消え、体がもちあげられるのを涼子は感じた。

## 46

言葉が投げかけられていた。眼の奥にさしこみ、脳をひき裂く光の向こうから、それは聞こえてくる。

「――意識がない」

「いえ、意識は戻っている筈です。ただ本人に、外部の刺激に反応する意志がないのです」

彼女は無言だった。心と体が離ればなれになっている。

「こんな状態では手術に対する同意をとりつけられない。もう少し回復を待とう」

「肉体的には、かなり回復しています。むしろ、精神的な外傷の影響が強いのでは、と思われます」

「その回復にはどのくらいかかる？」

「わかりません。ひと月か、半年か、あるいは何年もかかるかもしれない」

彼女は目を閉じた。

次に目を開いたとき、ベッドのそばにすわっている男のシルエットがあった。目だけを動かし、男を見た。首は固定されていて、寝返りもうてない状態だった。

「たいへんだったな」

男が低い声でいった。彼女は瞬きした。懐かしい声だった。

「話を聞いて、おとといこちらに戻ってきた。報告もうけている。お前としては、できる限りのことをした。私はそう思っている」

彼女は目を閉じた。涙が目尻を伝うのを感じた。

「今はもう、何も考えずに休むことだ」

男はいって立ちあがった。

「叔父さん……」

彼女はささやくように呼びかけた。ほんの小さな頃から、彼女をかわいがってくれた人物。口数は少ないが、両親以上に彼女を理解し、警察官になりたいといったとき、反対する両親を説得してくれた。

「何だ?」

暗い中で叔父が向き直った。

「り、龍は?」

その名を口にしたとき、胸に激しい痛みを感じた。自ら発した言葉が、矢となって胸を射抜いたような気分だった。

「行方不明だ。ＩＮＣは製造工場の特定に失敗した」

死なななかったのだ。彼女はほっと息を吐いた。

「そう……」

叔父は息を吸いこんだ。何か重要なことを告げようとしている――予感があった。

「さっきまで、お前の上司と担当医の先生といっしょにいた。まだお前の体内に銃弾の破片が残っている」

「どこに？」

一瞬の沈黙のあと、叔父は答えた。

「頭だ」

「とりだせないの？」

「手術は可能だそうだ。だがそれをすると、お前の脳の一部を傷つけてしまうことになるかもしれないと、先生はいっている」

彼女は黙った。驚きはなかった。むしろ、やはりそうか、という気持の方が強かった。

「あたしは警官を辞めるのね」

「それはどうなるかわからない。先生の話では、運動機能に障害がでる可能性は低いということだ」

「じゃあ……何が……？」

シルエットの叔父はじっとたたずんだまま動こうとはしなかった。

「記憶の一部が失われるかもしれない」

再び涙が流れだした。

「一部？　全部ではなくて？」

叔父は首をふった。

「それはないそうだ。お前はお前であることを忘れるわけではない」

「あたしはあたしであることを忘れない……」

「そうだ。それに記憶の一部を失ったとしても、性格までがかわるわけじゃない」

彼女はそっと息を吸いこんだ。

「手術をうけなかったらどうなるの？」

「何かの衝撃をうけたりすると、破片が周囲の血管や組織を傷つけるかもしれない。そうなればより深刻な事態をひき起こす」

「現場は無理ね」

「――だろうな」

彼女は考えた。ひとつのことしか思い浮かばない。

「何を忘れるのかしら」

「さあ」

叔父の口元で白い歯が光った。

「——忘れたくないな。忘れるのは卑怯。そんな気がする」

「私にはわからない。だがこれだけはいえる。たとえ忘れてしまったとしても、起きたできごとが消えるわけではない。本当にそれが重要なできごとなら、必ずこれからのお前の人生にかかわってくる。そのとき、過去と対決する気持さえもっていれば、きっとやり抜ける筈だ」

「わかった。叔父さん、お願いがあるの」

「何だ」

「今の言葉、手術のあと、もう一度あたしに聞かせて」

「約束する」

叔父は力強く頷いた。

「手術をうけるわ。先生にそう伝えて」

彼女はいった。

「それからもうひとつ」

「何だい？」

叔父の声はやさしかった。

「あたしはもう二度とさようならはいわない。何に対しても。それも覚えていて」

「わかった」

叔父は答えた。そしていった。

「これだけはいっておく。お前が従事したのは、苛酷で孤独な任務だった。お前でなければ、これほどの成果をあげることはできず、しかもお前はそれとひきかえに大きな傷を負った。このことを警視庁もＩＮＣも、決して忘れはしない。だがお前の人生はこれからもつづいていく。たとえこの先、お前が警官でありつづけようがなかろうが、それはかわらない事実だ。つまり、何もかもこれで終わったわけではない、ということだ」

「わかってる。現場に復帰したいと思ってるわ。手術がうまくいったら。過去に怯えたり、過去にすがって生きていく気はないもの」

再び叔父の白い歯が光った。

「また会おう」

「きっと会いにきてね」

# エピローグ　二年後

がっしりとしたいかつい顔の男が立っていた。ヒゲのそり跡が濃い。一日最低二度はそらなければならない体質だろう。

「よろしくな」

性格を思わせる重たい口調でいって右手をさしだした。

「よろしく」

彼女は答え、その手を握った。

「内勤だったそうだな。入庁以来ずっとか」

「まさか」

彼女は微笑んだ。

「怪我をして、それが治るまでのちょっとの間だけよ」

いかつい顔の男は頷いた。

「よかった。俺はてっきり……」

「てっきり、何？」

「何でもない」

男は横を向いた。

「女と組まされるのは不満？」

男は瞬きした。感情を隠すのは苦手なようだ。

「そんなつもりでいったんじゃ……」

「いったでしょ。怪我で現場を離れてたけど、それはほんのわずかの間よ」

「じゃそれまではどこに？」

彼女は肩をすくめた。

「悪いけどそれは話せないの。それに実は、あまりよく覚えてないのよ」

「覚えてない？」

「頭に傷を負ったの」

「なるほど」

「ご不満？　何だったら勝負してみる？」

男はにやっと笑って首をふった。

「いや、やめとこう。俺は李、李建巡査部長だ」

「李ね。あたしは鮫島《さめじま》ケイ巡査部長よ」

「鮫島さんか。おっかない名だな」

「ケイって呼んでもいいわ。あなたが立派なパートナーになってくれるなら」

「それはじきわかる」

李はいって再び笑った。はにかむような笑顔は悪くない。

「なにせ、天下の一課だからな。嫌でも仕事においまくられる」

「そうね」

いって彼女は息を吸いこみ、にぎやかな刑事部屋を見回した。以前いた部署はここことは全くちがっていたような気がする。よくは思いだせないのだが。

カウンセラーは、無理に思いだすべきではない、といった。

医師はなんといったろう。

記憶の一部をつかさどる脳が傷つけられた、とか。

だが今の自分は体のどこにも不調は感じていない。この部署でせいいっぱい働くまでだ。

「期待してるわ」

彼女は微笑んだ。

# あとがき

大沢　在昌

きっかけは、エッセイを連載していた某週刊誌担当者の異動だった。畑ちがいのテレビゲーム雑誌に移った彼とはその後もつきあいがつづいていたが、あるとき、

「大沢さんには興味がないかもしれませんが――」

といって送ってくれたのが、人気ロールプレイングゲームのソフトだった。今から、そう、五年近くも前だろう。

実際、それまでの私はテレビゲームには何の興味ももっていなかった。ドラクエもF・Fも、お子様のお楽しみだと、心のどこかで馬鹿にしていた。

ソフトをプレイするゲーム機は我が家にあった。たまにゴルフゲームや麻雀ゲームなどを遊ぶことがあったからだ。

今でも覚えているが、東京にしては雪が多かった年で、ある週末を、雪のために表にでかけられず、家に閉じこもって過すことになった。

まさに魔がさした、という奴だった。

正直にいおう。それは「ドラゴンクエストVI」だった。その週末を一歩も外へでず、プレイしつづけた。そして週末ごとにプレイをつづけ、ひと月ほどでクリアした。さかのぼって、ドラクエのソフトを捜し、たてつづけにプレイをした。こうなると止まらない。別のゲーム機を買い、かたっぱしからおもしろそうなソフトを試し、といった具合で、一年もたたないうちに、我が家には五十本近いソフトがそろっていった。今では百本を越えている。

中でも私が興奮させられたのは、カプコン社の「バイオハザード」シリーズだった。アイデアと制作者の苦労の結晶ともいえる名作だと、今でも信じている。

やがて悪い虫が頭をもたげてきた。ゲーム作りにかかわってみたい、そう思い始めたのだ。就職らしい就職をしたことのない私は、協同作業に対する強い憧れがある。チームを組み、何かを作りだすという仕事に心を惹きつけられるのだ。そのため、漫画の原作チームを作ったり、映画やビデオの製作にかかわってきた。

それはまたある意味で、自分の想像力が異ジャンルにおいてどれほど通用するか試してみたいという、他流試合願望でもある。

もちろんあらゆるジャンルにはその道のプロフェッショナルたちがいる。門外漢である私が、彼らを凌駕《りょうが》することなど思いもよらない。せいぜい、ここは何かのお役に立てば、というていどの気持である。だが門外漢であるからこそ、通り一遍の企画を立てるのみではなく、自分のもてるアイデア、空想力のすべてをぶつけてみたい、と思っていたのだ。

そのチャンスを私に与えてくれたのが、「パルス・エンターテインメント」という会社だった。

この会社は、これまでゲーム機向きのソフトをまったく開発したことがなく、しかし新たにゲームソフト市場に参入するべく、日米の資本を募って創設された。ひょんなことから、シリコンバレイに本拠をもつ、この社の社長と私は知りあった。

「大沢さん、ゲームに興味ありますか」

「興味も何も、今いちばんおもしろいエンターテインメントのひとつだと思っていますよ」

「そのソフトを作ってみる気はありませんか。ただし、単なる監修とかではなくて、最初から最後までずっぽりと身を浸す覚悟で」

得たりや応、とはまさにこのことだった。

こちらもただの監修ですまそうという気はなかった。できることはできる、できないことはできないで、とにかく思いつきのありったけをぶつけさせてくれるなら、という気持があったのだ。

こうして「アンダーカバー・プロジェクト」がスタートした。あれから瞬《また》くまに三年が過ぎた。

ちなみに私は、コンピュータはおろか、ワードプロセッサももっていない。この原稿も一字一字、手で書いている。

だが秘《ひそ》かな確信はある。コンピュータ、テレビ、映画、どれほどメディアとそれを支えるハードが進化しようと、いや、進化すればするほど、ストーリーやキャラクターというソフト面を提供する、人間的頭脳の需要は増していく、というものだ。

　表現力の進歩はあっても、表現する内容そのものは、いつの時代にあっても、人間の脳味《のうみ》噌《そ》の中からしか生まれないのである。

　しかし初めてのゲーム作りは、発見と学習の連続だった。特に私のように、ストーリーやキャラクターを、書きながら考えるタイプの物書きにとっては、試行錯誤のくり返しである。これが実写の映画やテレビなら、監督や出演する俳優陣、さらにはロケ地などによって、あるていどのイメージを描くことはできる。しかしそれらをすべて、前もって作りだしておかなければならないとしたら。

　小説だって同じじゃないか。お前はいつだって頭の中でこしらえているのだろう――確かにそういわれればその通りだ。

　だがいくらリアルな小説であっても、書き手の頭の中にある映像と読み手のそれが一致するとは限らない。逆に一致しないからこそ、読み手の中で想像力がふくらみ、思い入れをうながすという効果も期待できる。

　ゲームにおいて、特に今回我々が製作しようとしたアドベンチャーゲームにおいては、映像は、こちらからプレイヤーへの一方通行である。あいまいな部分はみじんも存在しない。

ほんの一瞬登場して消える端役にいたるまで、その風貌《ふうぼう》と服装を考えてやらねばならない。

「その角を曲がって百メートルほど先に問題の建物があった」と、小説では書けばすむものが、角から百メートルのあいだにも、どんな建物や商店が存在するかを、あらかじめ決めておかなければならないのだ！　何というたいへんな作業か。

正直いって、私ひとりの頭ではとうてい不可能だった。「パルス」の優秀なスタッフ、特に監督の米田喬氏、脚本の横倉廣氏、キャラクターデザインのくつぎけんいち氏らの存在なくしては、主人公のイメージはこれほどふくらまなかったろう。

ようやく主人公である女刑事のイメージが固まったとき、今度は小説家としての私に〝欲〟が生まれた。

彼女とサシで対話をしてみたくなった。ゲームでは語られない、彼女自身の物語を描いてみたくなった。

こうして生まれたのが本書である。したがって本書は、このあと発売されるであろう（それまではまだ気の遠くなるほどの作業が待ちかまえている。私にも、そして私以上にスタッフたちにも）、「UNDER COVER」のノベライズではない。むしろ本書とゲームは、正篇と続篇というつながりかたをしているのだ。

もちろん、それぞれを独立して楽しむことができるのはいうまでもない。しかし、ゲームの「UNDER COVER」なくしては本書が生まれなかったことはまぎれもない事実である。

楽しくもたいへんな協同作業のみで終われないところが、小説家の宿命なのだ。しかし考えてみると私が小説家でなければ、ゲーム作りには、はなからかかわれなかったわけで、本書を書きあげるための労苦とひきかえといったことになったかもしれない。その点、ワリを食ってしまったのは、光文社カッパ・ノベルスの〝鮫番〟、渡辺克郎氏だった。彼にはまた例によって、小説作りにおける唯一のキャッチボール相手として多大な世話になった。

きつい仕事が増えるにもかかわらず、嫌な顔ひとつせずつきあってくれたのは、彼自身がゲーム好きで、何よりモノ作りが楽しくてたまらないという因果な性分であるからだと思っている。感謝している。

また本書が「小説宝石」連載中は、田中省吾氏に手間をかけた。さらにここには記せないが、本書の誕生とゲーム「UNDER COVER」のために有形無形さまざまな御助力を下さった方々に心から感謝している。

おもしろいものを作る戦いに、終わりはない。

⁜

## 追記　『撃つ薔薇』ノベルス版によせて

四六判『撃つ薔薇』のあとがきにも記したが、いよいよゲーム『UNDER　COVER』が発売される。さまざまな試行錯誤と難題の連続に、米田監督以下スタッフは、胃が痛くなる毎日であったにちがいない。

できばえは――。

プレイしていただきたい、としか、私からはいいようがない。「涼子」と「龍」のその後の運命が、『UNDER　COVER』の中で描かれている、とだけ申しあげておこう。

「アンダーカバー・プロジェクト」は、立ち上げから三年半を過ぎ、「パルス・エンターテインメント」のみならず、「セガ・エンタープライゼス」、「光文社」をも巻きこむ、大きなプロジェクトへと発展した。

この稿を書いている時点では、その結果を知る由もないが。それがどうあれ、私自身は、多くのものを学び、刺激をうけた。今は感謝にたえない気持ちだ。『撃つ薔薇』は、私の作品だが、『UNDER　COVER』は、プロジェクトにかかわったすべての人の作品である。慣例にない早い時期に刊行されたノベルス版の本書を、その人たちに捧げたい。

ありがとうございました。

# 解説

吉野《よしの》 仁《じん》
（文芸評論家）

本書、『撃つ薔薇』、副題「AD2023 涼子」は、二〇二三年の東京を舞台にした近未来活劇サスペンスである。

大沢在昌はこれまで〈新宿鮫〉シリーズと並ぶ代表作として、『B・D・T 掟の町』『天使の牙』など二十一世紀の都会を舞台にした傑作を発表してきた。アクションとサスペンスを存分に楽しめる近未来設定の作品群である。現実そのものをリアルに描くのではなく、やや大胆で奇抜なアイデアによる未来世界を構築することで、桁外れのアクションや緊迫したサスペンスを生みだしてきたのだ。

だが、本作は、単に近未来ということだけではなく、さらに異色な要素が加わって出来上がった長編作である。これは、そもそもドリーム・キャスト用ゲームソフト「UNDER COVER」の小説版として構想されたものなのだ。それまでゲームにたいして興味をもっていなかった大沢氏が、たまたま「ドラゴンクエストVI」にはまってしまったことから、次々にゲームに挑戦するようになったという。とくに、「バイオハザード」シリーズに興奮させられたと語る。そこで、自分もゲームづくりにかかわってみたくなった。そんな経緯で、「ＵＮＤＥＲ　ＣＯＶＥＲ」のプロジェクトがはじまった。一九九九年に本作がまず雑誌連載を経て単行本化され、続いてゲームソフトが発売された。

しかし、これが直木賞作家、大沢在昌のこだわりなのだろうか、ゲーム発売前に発表された長編小説『撃つ薔薇』は、単なるゲームのノヴェライズではない。ストーリーを活字に置き換えたのではないばかりか、まったくオリジナルな物語なのである。設定としてはゲーム版「ＵＮＤＥＲ　ＣＯＶＥＲ」の前作にあたる。なんとヒロインの名前が、両者で異なるのだ。そのあたり、本書を読んだあとに、実際にゲームをプレイした方は、ニヤリとしたのではないだろうか。それぞれ独立した作品でありながら、たしかに正篇と続篇のつながりをもっているのである。

さて、本作『撃つ薔薇』、もちろん、題名の薔薇を意味しているのは、ヒロイン櫟涼子だ。警視庁特殊班に所属し、銃声の轟《とどろ》くなか敵に立ち向かっていく彼女は、大人の女の匂いを漂わせる美貌の持ち主であるとともに、鋭い棘《とげ》を隠した女性でもある。ちなみに、「うつ」（撃つ）に「ばら」（薔薇）と、わざわざ難しい漢字を組み合わせたかのような言葉のタイトルに加え、彼女の名字「くぬぎ」（櫟）まであまり見なれない漢字だ。この櫟の果実も、棘だらけの「いが」を具《そな》えている。超がつくほどの美人、櫟涼子は、同時にたくさんの棘をもった薔薇の花なのである。作者はパソコンやワープロを使わず、原稿を一字一字、手で書いているらしいが、さすがに名前の方は「涼子」とシンプルだ。ともあれ、活劇娯楽作品に美女は欠かせないキャラクターながら、活劇小説のヒロインである以上、単なる添え物ではなく、男でも過酷なアンダーカバー（潜入捜査）に挑むことになる。

近未来が舞台とはいえ、ほとんどは現代都市の延長線上にあると考えていいだろう。東京のお台場付近は、すでに未来都市を思わせる湾岸地区だ。そのほか高島平の低層ビルがゴーストタウン化し、その一画が不法滞在外国人やホームレスに占拠されたとの設定などは、かつて香港《ホンコン》にあった治外法権巨大ビル群、九龍城《カオルン》を思わせる。どこか世紀末的都市の不気味な雰囲気を醸《かも》しだしているとともに、外国人マフィアが進出していたり、麻薬ドラッグが氾濫したり、さまざまな意味で犯罪がボーダーレス化している現実をデフォルメしているのだ。涼子は、そんな大都市の地下世界にもぐりこみ、悪者たちと闘っていく。犯罪組織へ潜入し、しかも敵とともに行動しながら、正体不明の裏切り者を捜しだすとの展開がきわめてスリリングなのである。

こうした警察による犯罪組織への秘密潜入捜査は、どうやら現実でも実際に行われており、捜査官の立場は、まさに本作のヒロイン涼子が味わったように複雑で困難なもののようだ。たとえば、今年（二〇〇一年）夏に発表された、元大阪府警巡査部長の高橋功一氏によるノンフィクション『手記　潜入捜査官』（角川書店）を読むと、その実態と警察組織の不可解さに衝撃を受ける。

著者の高橋氏は拳銃密売情報を得るために、警察官の身分を隠し偽名を名乗って暴力団組織に潜入した。やがて幹部に接触し、密売や所持に関する情報を得ることに成功した。だが、もともと命令に従い、相手に正体が知られないよう非合法的に行わざるを得なかった潜入捜査にもかかわらず、他の警察不祥事捜査とのからみなのか、誤解されたまま、高橋氏は犯罪者として逮捕されてしまったのだ。

〈新宿鮫〉シリーズで知られる大沢在昌が、警察によるこうした秘密潜入捜査の実態や内幕をどれだけ調べたうえで本作を執筆したのかは不明だが、まさにその現場や捜査員の心情を分かって書いているかのようだ。

もちろん、近未来サスペンスとして、二重のひねりがほどこされており、現実とそっくりそのままではない。涼子の立場がなによりも困難なのは、相手に潜入捜査官だと見破られてはならないことのほか、味方にも正体の分からないスパイがいることである。国際麻薬機関の捜査官が内部潜入しており、機密上、彼女にすら正体が明かされていないのだ。

すなわち、本作の面白さを決定的なものにしているのは、「だれが敵か味方か」まったく分からない状況で敵の内部へ潜入し、その組織のために裏切り者を追いつつ、真の黒幕をつきとめていくという展開にある。偽装潜入した以上、組織の信用を勝ちえなくてはならない。同時に、潜入している味方もいるのだが、自分の正体を明かせない。そんななか、スパイがスパイをさがす。この卓抜な設定ゆえ、最後まで緊張感あふれるサスペンスが生まれている。たんに女版「新宿鮫」警官によるアクション小説ではないのである。

こうした〈内部の敵〉さがしの物語とは、いささか大袈裟にいえば、ある意味で現代社会の姿を映しだしているのかもしれない。

たとえば、先に題名を挙げた九五年発表の『天使の牙』（小学館）もまた、麻薬組織に立ち向かう女刑事の活躍を描いた活劇サスペンスだった。きわめて大胆なこの話のなかに、あたかも一連のオウム真理教事件を予見したかのような展開が随所にみられていたのである。捜査側内部に組織の内通者がいるというのがその一例。この『天使の牙』も、やはり「だれが敵か味方か」分からない立場でヒロインが闘いを強《し》いられる物語だったのだ。

オウム真理教事件と現代社会との関係を論じたものに、大澤真幸『虚構の時代の果て』（ちくま新書）というすぐれた一冊があった。このなかで、オウム特有の陰謀史観にふれ、当時の幹部が語った「信者の四割はスパイだ」という発言を紹介している。実際、教団内部では、たえず「スパイ・チェック」と称する検査がなされていたそうだ。

彼らは、現職の警官や自衛隊員らを入信させスパイに仕立てようとする一方で、仲間の多くがじつは敵のスパイかもしれないと疑心暗鬼にかられていたらしい。

大澤真幸氏は、『パラサイト・イヴ』など一連の「寄生生物ホラー」ブームを例にだし、「現代社会は、敵対的な〈他者〉に内部が寄生されているとの想像力に現実性を与える感覚を醸成してきた」と指摘している。

自分たちのなかに、自分たちと同じ顔をした敵がいる。怖い。不愉快だ。彼らを見つけだし、排除しなくてはならない。

これは、戦後アメリカで起きたマッカーシーの赤狩り騒ぎとも、ユーゴスラビアにおける民族紛争の混沌《こんとん》とも、学校における〈いじめ〉の関係ともよく似た構図だ。

高度な管理体制が肥大すればするほど、内部の敵が、強い恐怖感とともにあぶりだされていく。もしくは、体制を確かなものにするためには、外ばかりでなく内にも強い敵を生み続け、それを否定し排除することで自らを正当化していく必然性があるのかもしれない。社会体制が持つ免疫システムのようなものである。なにより現在、国民総背番号制への流れや国家が情報を一元管理しようとする動きがこの日本でも起きている。本作の物語には、まさに現代社会が抱く不安感や恐怖感が反映されているといえよう。

さらに、涼子が潜入先で知り合った相手に恩義を感じたり、愛情を抱いたりするなど、単純に正義と悪、敵と味方の区別できない人間関係が巧みに描かれている。とりわけ、ホーと龍のふたりの男が印象的だ。

潜入捜査の心細さや危機一髪の場面で救出された安堵感、そして次々に生まれる疑惑。物語の進行とともに人間関係の微妙な心理がたえず揺れ動いていく。このあたりは、ゲームでは味わえない小説ならではの醍醐味《だいごみ》だろう。もちろん、ミステリーとしての意外な結末も忘れてはならない。

本作は、独特の魅力をもったヒロインの造形をはじめとして、幾重《いくえ》にもひねりのある展開、派手なアクションの連続など大沢在昌の持ち味が全面に発揮されているばかりか、いまや単純な善悪や敵味方で正義を貫くことのできないハードボイルド小説の有り様をサスペンスフルに描いた傑作なのである。

(光文社文庫初版本から再録)

二〇〇〇年一月　カッパ・ノベルス（光文社）
二〇〇一年十月　光文社文庫刊

光文社文庫

長編ハードボイルド小説
撃《う》つ薔《ば》薇《ら》　AD2023涼子《りょうこ》　新装版
著　者　大《おお》沢《さわ》在《あり》昌《まさ》

2016年1月20日　初版1刷発行
2022年10月20日　4刷発行

発行者　鈴木広和
印　刷　萩原印刷
製　本　ナショナル製本

発行所　株式会社　光文社
〒112-8011　東京都文京区音羽1-16-6
電話（03）5395-8149　編集部
8116　書籍販売部
8125　業務部


落丁本・乱丁本は業務部にご連絡くだされば、お取替えいたします。
ISBN978-4-334-77229-1　Printed in Japan



組版　萩原印刷